그 여름의 서울

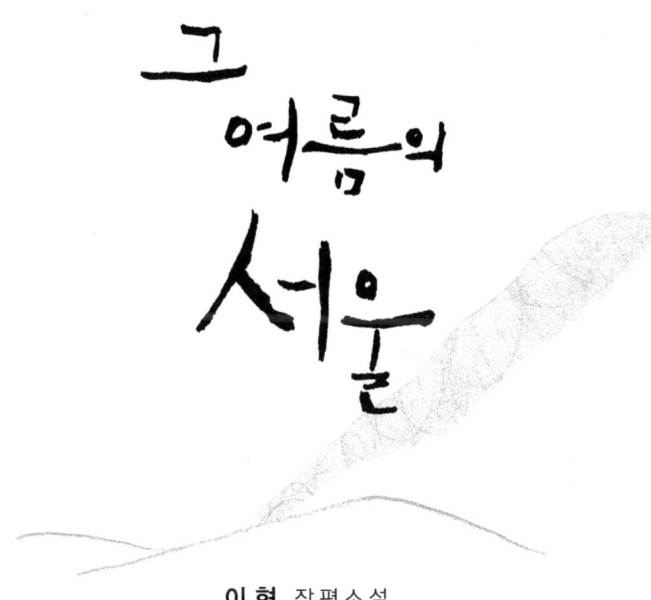

그 여름의 서울

이현 장편소설

창비

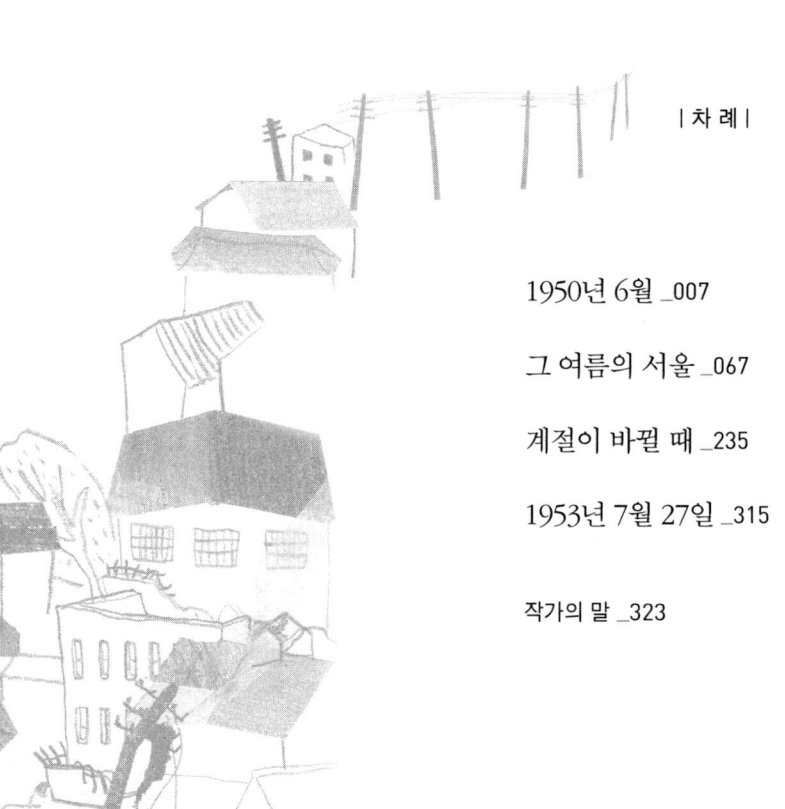

| 차 례 |

1950년 6월

1

투웅- 투웅-.

또 한 차례 포성이 들려왔다. 대포알을 맞아도 꿈쩍 않는다는 인민군 탱크가 쏘아 대는 것인지, 부질없이 허공을 두드리는 한국군의 대포 소리인지 구분할 수는 없었다. 그러나 포성이 가까워지고 있다는 사실만은 틀림없었다.

전쟁이 터진 지 사흘째였다.

삼팔선에서 남북이 총질을 주고받은 건 하루 이틀 일이 아니라지만, 이번에는 심상치 않았다. 휴가 나온 장병들의 귀대를 촉구하는 방송이 종일토록 거리에 메아리쳤고, 피란민들이 줄지어 내려오고 있었다.

오늘 밴드부 모임에는 아무도 오지 않을 모양이다. 은국은 창문을 닫고 돌아섰다.

바로 그때, 밴드부 지도 교사 양진석이 강당으로 들어왔다.

"황은국, 너도 참 어지간하다. 오늘 같은 날까지 나왔냐?"

은국이 싱겁게 웃으며 되물었다.

"그러시는 선생님도 오늘 같은 날……."

양진석은 화요일에만 나오는 보조 교사였다.

"그러게나 말이다. 제길, 하필이면 25일에 전쟁이 터진단 말이냐? 알량한 봉급이라도 받으려고 꾸역꾸역 나왔더니만, 교무실 문에 벌써 자물쇠까지 채워 놨더라. 우리도 그만 가자. 오늘 같은 날 누가 더 올 것 같지도 않고."

그런데 강당 문이 다시 열렸다. 햇살을 등지고 있어서 얼굴에 그늘이 졌는데도 은국은 그들을 한눈에 알아보았다. 양진석도 단박에 놀란 표정을 지었다.

"어라, 상만이랑 길재 아니냐?"

상만과 길재 모두 밴드부를 그만둔 지 일 년도 넘었다. 그런데 오늘 같은 날 밴드부 모임 장소인 강당에 불쑥 나타난 것이다. 양진석과 은국만큼이나 상만과 길재도 당황한 표정이었다. 누가 있을 거라고는 생각지 못한 모양이었다.

양진석이 은국을 그리고 상만과 길재를 번갈아 보았다.

"잘 지내셨어요?"

길재가 교모를 벗고 멋쩍은 웃음을 지으며 인사했다. 상만도 제 딴에는 예의를 차린답시고 교모를 삐딱하게 쓴 채 고개만 까딱했다. 반듯한 이마에 손가락 한 마디만 한 흉터가 희미하게 남아 있었다.

은국은 저도 모르게 그 흉터를 빤히 쳐다보았다. 상만은 그 눈길을 의식한 듯 교모를 푹 눌러쓰며 고개를 돌려 버렸다.

양진석이 혼잣말처럼 중얼거리며 셋을 차례로 돌아보았다.

"역전의 용사들이 다시 뭉쳤다고 해야 하나, 집 나갔던 탕아들이 돌아왔다고 해야 하나…….”

삼 년 전 양진석이 밴드부원을 모집했을 때, 가장 먼저 달려온 학생이 바로 은국, 길재, 상만 그리고 학성이었다. 말하자면 밴드부 원년 멤버인 셈이다. 하지만 길재와 상만과 학성은 이런저런 사정으로 차례차례 밴드부를 떠나고 말았다.

그런데 오늘, 포성이 서울 하늘을 두들겨 대는 때에 다시금 강당에서 마주 서 있었다. 감회가 새롭지 않을 수 없었다. 그렇다고 마냥 반가운 인사를 주고받을 수도 없었다.

한때는 제 몸 같고 제 마음 같은 동무들이었다.

길재가 맹장염에 걸렸을 때는 병원비를 마련해 주려고 다 같이 발 벗고 나서기도 했다. 시험공부도 팽개치고 아이스케키(아이스케이크) 장사를 하겠다고 온 서울 시내를 누볐다. 그러다 텃세를 부리는 다른 장사치들에게 호되게 두들겨 맞기도 했다. 상만의 이마에 남은 흉터는 그날의 흔적이었다.

그 아이스케키, 결국 팔지도 못하고 우리끼리 먹어 치웠다가 다들 설사로 고생깨나 했는데. 은국은 지난 시간이 떠올라 쓴웃음을 지었다. 어차피 다 지나간 일이다. 이제는 모든 게 어긋나 버렸다.

길재도 거북한 표정으로 은국을 할금할금 곁눈질했다. 상만 역시 화난 사람처럼 미간을 찌푸린 채 창밖만 노려보고 있었다.

양진석이 분위기를 풀어 보겠다는 듯 다시 입을 열었다.

"그래, 피란을 가려는 거냐?"

둘 다 먼 길을 떠나는 차림이었다. 상만은 'US ARMY'라는 글자가 찍힌 륙색을 걸멨고, 길재도 면 보자기로 싼 등짐을 졌다. 피란 소리에 상만이 언짢은 표정을 짓자 길재가 얼른 나섰다.

"네, 일단 고향으로 내려가서 상황을 보려고요. 상만이도 저희 집에 같이 가기로 했어요. 인천은 아무래도 서울이랑 너무 가까우니까요."

양진석이 고개를 크게 주억거리며 말했다.

"어쩌자고 세상이 하루도 조용할 날이 없단 말이냐. 교복 차림에 등짐 지고 피란이라니……. 아무튼 잘 생각했다. 그래그래. 일단 발등의 불부터 끄고 봐야지. 그나저나 학성이 그 자식은 어찌 지내는지……. 어디서든 무사해야 할 텐데."

학성의 이름이 나오자 상만이 사납게 인상을 구겼다. 은국과 길재도 불편한 표정으로 서로 눈을 피했다.

양진석도 그 사연을 모르지 않았다. 아차 하는 표정으로 얼른 입을 다물었다. 다시 어색한 침묵이 감돌았다. 투웅, 투웅. 다시금 포성이 울렸다. 모두 창밖으로 눈길을 돌렸다.

양진석이 다시 입을 열었다.

"너희들도 라디오 들었지? 아침에는 수원으로 천도한다더니 몇 시간도 안 되어서 홀랑 뒤집는 건 또 뭐란 말이냐? 국무총리다 국방 장관이다 줄줄이 나와서 서울을 사수할 거라고 떠들어 대더라만, 난 도통……."

길재가 한심하다는 듯 고개를 흔들며 덧붙였다.

"국군이 해주에 돌입했다고도 하던걸요. 적의 2개 사단이 투항을 했다고도 하고……. 하지만 저 포성 좀 들어 보세요. 분명 남하하고 있잖아요. 그런데 무슨……."

상만이 눈알을 부라리며 길재의 말을 가로막았다.

"인마, 그렇다면 그런가 보다 해. 빨갱이들한테 당하지는 않을 테니."

길재가 무안한 얼굴로 입을 다물자 양진석이 나섰다.

"자식, 성깔머리 하고는……. 고상만 너도 어차피 피란 가려고 나선 길이잖아."

상만은 목덜미까지 붉어졌다. 그 성격에 피란이라니, 이만저만 굴욕이 아니라고 생각할 게 뻔했다. 그렇지만 떠나지 않을 수 없을 터였다. 길재야 세상이 어찌 바뀌든 별 상관 없지만, 상만은 달랐다. 인민 공화국 세상에서는 살 수 없는 입장이었다.

상만이는 인민군에 쫓겨 피란을 가고, 학성이는 인민군을 환영하며 돌아오겠지. 길재야 전쟁 통에도 고향에서 머리를 싸매고 공부할 테고. 그리고 나는…… 은국은 바윗덩이에 짓눌린 듯 가슴이 답답해졌다. 그래, 황씨 집안의 아들은 피란길로 떠밀리게 되겠지.

투웅— 투웅— 투웅—.

다시 포성이 울리기 시작했다. 이제는 유리창까지 희미하게 떨렸다. 어찌 들으면 포성이 멀어지는 것 같기도 했다. 종일 듣다 보니 감각이 무뎌졌다.

"저기, 은국아."

양진석이 살피는 눈길을 보냈다. 그러고는 동의라도 구하는 듯 길재와 상만을 돌아보았다. 길재도, 지금껏 딴 데만 쳐다보고 있던 상만까지도 뭔가를 기대하는 눈빛으로 은국을 바라보았다.

양진석이 다시 은국을 돌아보며 조심스럽게 입을 열었다.

"혹시…… 뭐 아는 것 좀 없냐?"

막연한 질문이지만 은국은 그들이 뭘 바라는지 알 수 있었다. 은국의 집안 정도면, 보통 사람들은 모르는 고급 정보를 알 거라고 기대하는 것이다.

"……먼저 들어가 보겠습니다."

은국은 꾸벅 인사하고 돌아섰다.

사람들은 최대한 몸을 낮춘 채 세상의 눈치만 살피고 있었다. 전쟁은 두렵지만 무작정 집을 떠날 엄두가 나지 않았다. 인민군을 무턱대고 두려워할 이유가 없기도 했다. 터질 게 터졌다는 생각에 체념하는 기분도 들었다. 먹고살기 힘든 세상, 차라리 한바탕 뒤집어지는 게 낫지 않을까 하는 생각도 없지 않았다. 무상 몰수 무상 분배니, 토지 개혁이니, 친일파 처단이니, 그동안 삼팔선 이북에서 들려오던 소식들에 대해 은근한 기대감도 일었다.

하지만 지체 없이 피란 짐을 꾸려야 하는 사람들도 있었다. 인민공화국과 불화하여 월남한 사람들 그리고 미국과 이승만 정권에 적극 협력한 사람들이 그러했다. 친일 이력이 있는 사람들도 인민공화국 세상을 두려워하지 않을 수 없었다.

그런데도 은국이 집으로 돌아갔을 때, 아버지 황기택은 또 어딘가로 외출하려는 참이었다. 황기택은 은국을 못마땅한 눈초리로 쏘아보고서 말없이 차에 올라탔다. 방 기사가 운전석에 오르자 덕이네가 대문을 열었다. 자동차는 빠른 속도로 달려 나가 골목 저편으로 사라졌다.

"그렇게 학교는 뭐하러 가셨습니까? 판사님께서 집에 있으라고 그리 당부하셨는데."

덕이네가 대신 야단맞은 모양이었다. 은국은 미안한 얼굴로 웃어 보인 뒤 자동차가 사라진 쪽으로 눈길을 보냈다.

"아버지는 어디로 가신 거예요?"

"쉰네가 그런 걸 알 리 있나요."

그럴 줄 알면서도 답답한 마음에 물었던 것이다. 아버지의 일에 대해서는 모르는 척하려고 애써 왔지만 지금은 그럴 수가 없었다. 아버지의 목숨이 위태로운 상황인지도 몰랐다.

친일 악질 지주 집안.

철원 사람치고 황씨 집안을 손가락질하지 않는 이가 없다고들 했다. 철원 제일의 지주였다는 은국의 할아버지 황인보와 할머니 차 씨의 이름 앞에도, 일제의 판사 노릇을 하던 은국의 아버지 황기택의 이름 앞에도 친일 악질이라는 말이 따라붙었다.

그러다 해방이 되었다. 철원은 삼팔선 이북으로 인민 공화국 세상이 되었다. 그리고 인민 공화국은 지주와 친일 인사를 엄중하게 단죄하기 시작했다.

황씨 집안은 삼팔선을 넘어 서울로 도망쳐 왔다. 철원의 그 너른 땅을 다 잃었지만 남쪽에서 여전한 부와 권세를 누렸다. 워낙 재력이 막강한 데다 황인보의 사업 수완도 좋았다. 삼팔선 이남에서는 친일 이력도 별 문젯거리가 되지 않았다. 황기택도 변함없이 판사 자리를 지킬 수 있었다. 빨갱이는 재판도 없이 처형하여 장거리에 효시해야 마땅하다는 게 그의 굳은 신념이었고, 그 신념대로 좌익 인사들에게 가혹한 판결을 내리는 판사로 여전히 악명 높았다.

그러다 올 4월, 황기택은 판사직에서 물러나 제2대 국회 의원 선거에 대한국민당 후보로 출마했다. 그런데 결과는 뜻밖에도 낙선

이었다. 그러니 지금은 판사도 국회 의원도 아니지만, 그간의 행적으로 보아 인민 공화국 세상에서는 목숨 부지할 수 없는 입장이었다.

그런데도 어둠이 내리도록 황기택은 집으로 돌아오지 않았다. 이제 간간이 총성까지 들려오는 것으로 보아 인민군은 서울의 목전에 다다른 게 분명했다.

은국은 2층의 제 방에서 초조하게 창밖을 살폈다. 밤마다 휘황한 불빛을 내뿜던 저택들은 텅 빈 채 캄캄한 정적에 휩싸여 있었다. 부유층이 모여 사는 동네라 다들 일찌감치 피란을 간 모양이었다. 그런데 아버지는 대체……. 그렇게 마음 졸이고 있는데 황기택의 자동차가 대문으로 들어왔다. 은국은 황급히 아래층으로 뛰어내려갔다.

하지만 황기택은 돌아오지 않았다. 방 기사만 혼자 들어와서는 은국을 보더니 대뜸 현관 앞을 막아섰다.

"안 됩니다. 아무 데도 못 가십니다."

"그런 거 아니에요, 아저씨. 아버지는 어디로 가신 거예요? 이러고 있어도 되는 건가요?"

방 기사는 갑자기 피로가 몰려오는 듯 한숨을 내쉬었다.

"휴, 아닌 게 아니라 저도 속이 새까맣게 탑니다. 이 박사께서도 벌써 대전까지 피신하셨다는데 이래도 되는 건지……."

"네? 대통령께서요?"

"대통령이고 장관이고 국회 의원이고, 높으신 양반들은 벌써 도망갔답니다. 인민군이 이미 창동까지 들어왔다는 소리도 있어요."

"그런데 아버지는 어쩌시려고……."

"그게…… 아, 솔직히 말해서 이제 이 박사는 정치적으로 끝났다고 봐야지요. 그동안 인심을 많이 잃은 데다, 이번 전쟁의 책임도 져야 할 테니까요. 밤낮 북진 통일, 북진 통일 하지 않았습니까? 점심은 평양에서, 저녁은 신의주에서 먹게 될 거라고 큰소리를 떵떵 치고. 그런데 어찌 되었습니까? 미군은 철수해 버리고 김일성이가 서울까지 내려왔습니다. 이 박사께서 대통령으로서 책임을 지셔야지요."

은국으로서는 도통 알아들을 수 없는 얘기였다.

"그런 게 아버지랑 무슨 상관이 있다는 거예요?"

방 기사는 답답하다는 듯 혀를 끌끌 차고서 설명을 이어 갔다. 대통령까지 비밀리에 서울을 떠나 버렸지만 몇몇 고위층 인사들은 국민과 끝까지 함께하겠다며 서울에 남아 있다는 것이다. 김준한 의원도 그런 사람 중 하나였다. 그는 민주국민당의 지도급 인사이자 꽤 폭넓은 국민들에게 신망을 받는 인물이었다.

"물론 지금까지 판사님께서 이 박사에게 줄을 대어 온 건 사실입니다만, 정치라는 게 다 그런 거 아니겠습니까? 이 박사가 대통령 자리에서 물러나면, 다음 차례는 김준한 의원이 될 거라고들 합니다. 그러니 김준한 의원을 꼭 잡아야지요. 이 전쟁 통에 끝까지 남아 있다가 함께 피란을 떠난다면, 그게 어디 보통 충심입니까? 훗날 김준한 의원이 경무대(청와대의 예전 이름)의 주인이 된다면 우리 판사님께서도…… 까짓 장관 자리인들 대수겠습니까? 도련님은 잘 모르시겠지만, 지난 선거로 판사님께서 이만저만 손해를 입으신 게 아닙니다. 판사 자리 날리셨지요, 체면 깎이셨지요, 선거 치르느라 날린 돈은 또 얼마이게요? 그런데 다시 기회가 온 겁니다. 오죽하면 판사님께서 그러시더라고요. 김일성이가 날 도와주러 온 모양이라고."

황기택은 지난 선거에 이승만 계열인 대한국민당 후보로 출마했다. 그런데 이제 와서 민주국민당의 김준한이라니. 은국은 아버지라는 사람을 도저히 이해할 수 없었다. 경무대니 국회 의원이니 장관이니……. 고깃덩이를 앞에 두고 침 흘리는 승냥이 같았다. 더 이상 듣고 싶지 않아 돌아서려는데 방 기사가 한마디를 보탰다.

"아무튼 오늘 밤 안에 김준한 의원님 모시고 함께 떠날 겁니다."

그리고 9시 무렵, 황기택이 집으로 전화를 걸어왔다. 방 기사가 고개를 조아리며 네, 네 하고 몇 번인가 대답하고서 은국에게 전화기를 건넸다.

"자정 무렵엔 떠날 거다. 곧장 출발할 수 있도록 준비하고 기다려라."

황기택의 목소리에서 흥분이 묻어났다. 뜻한 바를 이룬 모양이었다.

방 기사가 김준한 의원 집으로 간 뒤, 은국은 서재로 가서 라디오를 틀었다. 이승만 대통령의 목소리가 흘러나왔다.

"……유엔이 불법 남침을 그냥 좌시하지는 않을 것입니다. 지금 우리의 우방 미국을 비롯하여 전 세계의 자유 국가들이 대한민국을 돕기 위해 일어서고 있습니다. 저 대통령 이승만은 국민 여러분과 함께 수도 서울을 사수하고 북괴를 물리쳐 기필코 통일을 이루고 말 것입니다. 국민 여러분께서는 안심하고 생업에 종사하시기 바랍니다. 정부는……."

대통령은 이미 대전까지 피신했다고 들었다. 그런데 지금 라디오 방송에서는 서울을 사수하고 있노라고 말하고 있었다.

뎅!

은국은 소스라치게 놀라다 안도의 한숨을 내쉬었다. 괘종시계가 묵직한 소리로 밤 10시를 알렸다. 그것만은 여지없는 사실이었다.

2

"고봉아 동무! 정히 이럴 거이네!"

현자가 빽 소리쳤다. 봉아도 짜증이 치밀었다.

"그러니까 제발 자라고! 네가 곱게 자면 나도 조용히 나갈 거 아니니? 그런데 왜 기어이 버티고 앉아서 이러는 거냐고. 이러면 너나 나나 입장만 곤란해지잖아. 네 성격에 거짓말도 못 할 거고."

하필이면 모범생과 같은 방을 쓰게 되다니, 봉아는 신학기가 되어 방을 배정받았을 때부터 불만이었다.

현자는 포기를 몰랐다. 이번에도 집요하게 잔소리를 해 댔다.

"지난번에 사감 동무래 뭐라 했네? 한 번만 더 걸리면 징계 위원회에 회부해서리 퇴학시켜 버리갔다고 하지 않았네?"

"흥, 이따위 학교, 다니라고 붙잡아도 안 다닐 거거든."

그러나 진심을 말하자면, 떠나고 싶지 않았다. 봉아는 그 누구보다 학교에 대한 자부심이 컸다.

만경대 혁명 유자녀 학원은 아무나 들어올 수 있는 학교가 아니었다. 조국과 인민을 위해 싸우다 세상을 떠난 혁명가의 유자녀들이 다니는 학교로서 평양 최고의, 아니 공화국 최고의 명문교였다. 지난해 평양을 방문한 김구 선생도 만경대 학원을 둘러보고 그 시설이며 대우에 몹시 감탄했다는 소문이었다. 김일성 수상도 이따금 직접 와서 시찰하고 갈 정도였다.

그러나 이제 그 모든 것은 자신의 몫이 아니라는 생각이 들었다.

변절자 양은자의 딸.

그렇다면 제 발로 나가 줄 생각이었다. 나가라는 사람은 없지만 혁명가의 유자녀라는 자부심을 명찰처럼 걸고 다니는 아이들 사이에서 변절자의 딸로 기죽어 지내는 건 죽기보다 싫은 일이었다.

"너, 내 성격 알지? 나 고봉아야. 잊지 마."

봉아는 륙색을 야무지게 둘러메고 방문을 열었다. 딸꾹! 겁먹은 현자가 딸꾹질하는 소리가 크게 울렸다. 봉아는 다시 한 번 현자에게 매서운 눈길을 쏘아 보내고서 조심스럽게 방문을 닫았다.

기숙사는 조용했다. 취침 점호가 한참 지난 시간이라 다들 잠든 모양이었다. 봉아는 운동화를 벗어 양손에 하나씩 쥐고 발소리를 죽여 복도를 걸었다. 1층으로 내려가 주방 뒷문을 통해 빠져나가기만 하면 된다. 그다음의 대책은 이미 마련해 놓았다.

이른바 '양은자 사건'이 터지고 나서 돈을 모으기 시작했다. 만경대 학원생들에게 나오는 용돈은 한 푼도 쓰지 않았다. 용돈을 여투는 정도로는 턱도 없어서 기숙사생들의 빨래나 숙제를 대신해 주기도 하고, 남의 잘못을 뒤집어쓰고 대가를 받기도 했다.

그렇게 기어이 돈을 마련했다. 가짜 통행증을 만들고 철원까지 태워다 줄 택시도 알아 두었다. 일단 철원까지만 가면 어떻게든 서울로 갈 자신이 있었다.

그런데 전쟁이 터진 것이다. 공식 발표가 없어도 누구나 알고 있었다. 교사들은 목소리를 낮추어 숙덕거리지만, 학생들은 대놓고 열을 올렸다. 어째서 입대에 나이 제한을 두느냐고 흥분하는 아이들도 있었다.

그렇다면 출발을 좀 미룰까. 잠시 갈등하기도 했지만 봉아는 곧 마음을 다잡았다. 이런 상황일수록 서두르는 게 낫다는 생각이 들었다.

어제부터 등화관제를 실시한 탓에 평양 거리는 깊은 어둠에 잠겨 있었다. 남의눈을 피해 움직이기에 딱 좋았다. 봉아는 기숙사 담벼락을 훌쩍 넘었다.

봉아의 아버지 고석주와 어머니 양은자는 조선의용군의 일원으로 중국혁명군과 함께 일제에 맞서 싸웠다. 그러다 고석주는 전투

중에 사망했고, 양은자는 임신한 몸으로 남편의 시신을 옌안에 묻어 둔 채 조선으로 돌아왔다. 그러나 옛 동료의 밀고로 곧장 일경에 체포되고 말았다.

봉아는 서대문 형무소에서 태어나 어머니와 떨어져 홀로 바깥 세상에 내보내졌다. 봉아를 거두어 준 할머니도 형편이 말이 아니었다. 봉아와 할머니는 친척 집을 전전하며 더부살이하거나 토막집에서 유리걸식하며 간신히 연명했다. 끼니를 때우고 한뎃잠만 면해도 다행인 나날이었다.

그러다 해방이 되었다. 양은자는 석방되었고 남조선로동당원으로 활약하는 한편 조선인민보 기자로 취직도 했다. 봉아는 난생처음 어머니 품에서 걱정 없는 어린애로 살았다.

하지만 그 시간은 채 일 년도 가지 못했다. 정치 깡패들이 좌익을 테러하기 시작했고, 미 군정의 탄압으로 남로당(남조선로동당의 줄인 말)은 궁지에 몰렸다. 양은자도 깡패들의 습격에 큰 부상을 입었다. 그런 와중에 할머니마저 세상을 떠나고 말았다.

양은자는 이러다 자신에게 무슨 일이라도 생겨 봉아가 의지할 데 없는 신세가 될까 걱정이 되었다. 그래서 봉아를 삼팔선 너머 철원으로 보냈다. 철원에서 공산당 간부로 활약하고 있던 오래된 동지 홍정두에게 봉아를 맡긴 것이다. 그때 봉아를 북으로 떠나보내며 양은자는 이렇게 말했다.

조국이 나를 대신해 너를 돌볼 것이다.

만경대 학원에서 도망친 봉아가 밤새 택시로 달려 철원에 도착
했을 때, 그 조국은 전쟁을 공식적으로 선포했다.

"⋯⋯리승만 매국 역도와 제국주의의 수괴 미국이 삼팔선을 도
발하여 공화국을 침범하였습니다. 우리의 영용무쌍한 인민해방군
은 즉시 이들을 물리치고, 조국 통일을 위하여 가열하게 진격하고
있습니다. 조금 전인 1950년 6월 28일 새벽 4시, 인민해방군이 수
도 서울을 해방하였습니다."

강경애가 라디오를 껐다. 김일성 수상의 목소리가 사라지자 인
민서점은 무거운 침묵에 휩싸였다.

인민서점은 철원군 인민위원회에서 운영하는 국영 서점으로,
강경애는 이곳 점원으로 일하고 있었다. 그렇다고 컴컴한 첫새벽
부터 나올 필요는 없는데, 봉아가 라디오를 듣겠다고 성화를 부리
는 통에 자다 말고 끌려 나오다시피 한 것이었다.

강경애가 라디오에 손을 얹은 채 봉아를 돌아보았다. 봉아는 뜨
끔한 얼굴로 얼른 눈을 피했다. 강경애는 봉아를 물끄러미 바라보
다가 의자를 끌어와 바로 맞은편에 앉았다. 무릎이 맞닿을 정도로
가까운 거리였다.

봉아는 고개를 깊이 숙였다. 차라리 큰 소리로 야단을 치는 게
낫지, 이렇게 눈을 맞추고 앉아 차분히 따지고 들면 말대꾸도 제대
로 할 수 없는 기분이 되고 말았다.

"그래서 이제 어쩌겠다는 건데?"

강경애의 물음에 봉아는 목이 꺾이도록 고개만 더 깊이 숙였다. 강경애의 날카로운 눈초리가 느껴져 정수리가 근질거렸다. 뭐라고 말하면 좋을까. 택시를 타고 오면서 내내 궁리해 봤지만 뾰족한 생각이 떠오르지 않았다. 그럴싸한 핑계를 찾았다 해도 어차피 거짓말을 할 순 없을 것이다. 어쩐지 강경애 앞에서는 거짓말이 나오지 않았다.

사 년 전, 봉아가 삼팔선을 넘어 철원에서 지낸 지 얼마 되지 않아 어머니 양은자는 그예 다시 서대문 형무소에 수감되고 말았다. 게다가 철원에서 봉아를 돌봐 주던 홍정두마저 테러단의 손에 살해당하고 말았다. 봉아는 의지가지없는 천애 고아나 마찬가지인 처지가 되었다.

바로 그때, 강경애가 봉아를 친동기처럼 거두어 주었다. 만경대 학원에 들어가기 전까지 봉아는 강경애에게 의지하며 지냈다. 피한 방울 섞이지 않은 남남이고 나이도 네 살 차이밖에 나지 않지만, 봉아에게 강경애는 친언니 같고 어머니 같았다. 나고 자란 서울이 아니라 철원이 고향처럼 느껴졌다. 만경대 학원에 들어간 뒤에도 방학이면 으레 철원으로 와서 강경애와 함께 지냈다.

그래서 더욱 철원에 머무를 수 없었다. 만경대 학원에서 쫓겨난 아이, 그런 꼬리표를 달고 돌아오는 건 싫었다.

봉아는 고개를 발딱 들고 선언하듯 말했다.

"서울로 갈 거야."

강경애는 서울이라는 말에 입술을 깨물며 나직이 한숨을 쉬었다. 봉아는 그만 다시 고개를 떨구었다. 강경애의 입에서 무슨 말이 나올지 뻔했다.

"네 어머니 때문이니?"

서울이라는 말에 강경애가 그 일을 떠올리는 건 당연했다. 예상하고 있었는데도, 어머니라는 말에 봉아는 또 얼굴이 화끈거렸다. 어머니. 한때는 자부심으로 가슴이 벅차오르게 했던 나의 어머니.

"엄마 얘기는 하지 마. 듣기 싫어."

강경애는 잠시 침묵하다가 봉아의 손을 그러쥐었다.

"그러는 거 아니야. 양은자 동무도 무슨 사정이 있었겠지. 엄마잖아. 넌 하나밖에 없는 딸이잖아. 그런데……."

봉아가 고개를 세게 저으며 강경애의 말을 잘랐다.

"그런데, 그런데 어떻게 그런 짓을 할 수 있는 건데!"

올해 초, 양은자가 석방되었다. 이십 년 형을 선고받고 수감 중이었으니 형기를 채운 것은 당연히 아니었다. 공산주의를 부정하고 김일성 수상을 비난하는 전향서를 쓰고 국민보도연맹에 가입하는 대가로 석방된 것이었다.

그렇게 포기할 거라면 진작 그랬어야 했다. 중국에서 조선으로 돌아왔을 때, 해방을 맞아 석방되었을 때, 미 군정이 남조선로동당을 탄압하기 시작했을 때, 봉아를 홀로 북으로 보냈을 때, 그때 모두 포기하고 그저 봉아의 어머니로 살 수도 있었다. 하지만 그러지 않았다. 어린 딸을 모질게도 떼어 놓고 자신의 신념대로 살았다.

그래 놓고 이제 와서 전향한 것이다. 그 전향서는 남반부 신문에 대문짝만하게 실렸고 평양까지도 고스란히 전해졌다. 만경대 학원에서도 모르는 사람이 없었다. 봉아는 하루아침에 변절자의 딸이 되고 말았다. 조국이 나를 대신해 너를 돌볼 것이다. 어머니는 그런 말과 함께 봉아를 조국에게 맡겨 놓고 스스로 조국을 배신해 버렸다. 그리고 석방된 지 채 한 달이 지나지 않아 감옥에서 얻은 병을 이기지 못하고 그만 세상을 떠나고 말았다.

봉아는 어머니를 이해할 수 없었다. 이해하고 싶지도 않았다.

"봉아야, 하지만…… 이제 다 지난 일이야. 잘한 일도, 잘못한 일도 그만 다 덮어야지."

지난 일이라는 말이 가슴에 사무쳐 왔다. 어머니는 이제 이 세상 사람이 아니다. 두 번 다시 만날 수도 없고, 어째서 변절한 것이냐고 따져 물을 수도 없다. 그러나 봉아는 여전히 이곳에 남겨져 있었다. 변절자 양은자의 딸로서.

"아니!"

봉아는 치미는 울음을 삼키며 단호하게 고개 저었다.

"지난 일 아니야. 나에게는 지금 일어나고 있는 일이야. 엄마에게는 끝인지도 모르지만, 난 아니라고! 변절자의 딸, 그게 지금의 나야."

"그래, 네 맘 알겠어. 힘들 거라고 짐작했고. 만경대 학원에서 지내기가 불편하다면 그만둬. 그 대단한 학교 안 다녀도 사는 데 지장 없어. 관두고 철원에서 나랑 지내자. 그럼 되잖아."

어디서부터 어떻게 설명해야 할지 막막했다. 온 세상 사람들이 자신을 손가락질하는 것만 같아 고개를 들 수가 없었다. 그저 숨어 버리고만 싶었다. 강경애에게도 그 마음을 설명하기 어려웠다. 수치스러운 기분을 드러내기 싫은 것인지도 몰랐다.

봉아는 아무런 설명도 없이 무작정 간청했다.

"언니, 나 정말 서울로 가고 싶어. 도와줘."

서울이라면 그래도 좀 나을 것 같았다. 사람도 많고 사건도 많은 조선 제일의 도시. 서울에서는 남의눈을 거리낄 것 없이 무엇이든 새로 시작할 수 있을 것이다.

그러나 강경애는 한숨을 내쉬며 고개를 저었다.

"서울이라니, 무슨 소린지 모르겠다. 게다가 지금은 전시야. 무슨 수로 삼팔선을 넘어서 서울까지 간다는 거야?"

그에 대한 대답은 미리 준비해 두었다. 그만한 대비도 없이 이런 일을 저지르지는 않았다.

"승애 언니가 철원에 와 있잖아."

강승애는 강경애의 언니로 평양 학원을 졸업하고 조선인민군 중위로 평양의 정치보위부에서 복무 중이었다. 그런데 얼마 전, 강승애가 철원으로 부임했다는 소식을 들었다. 느닷없이 어째서 철원인가 했는데, 아까 라디오에서 듣자니 이 전쟁을 총지휘하는 전선사령부가 지금 철원에 있었다. 강승애는 전선사령부로 발령받아 철원에 와 있는 듯했다. 전선사령부 중위 정도라면 서울로 보내줄 방법이 있을 게 분명했다.

"승애 언니라면 나를 도와줄 수 있을 거야. 안 되면 나 혼자 걸어서라도 서울로 가고 말 거야. 그러니까 도와줘. 승애 언니를 설득하게 도와 달라고, 응?"

강경애가 손으로 이마를 짚으며 소리 내어 한숨을 내쉬었다. 봉아는 속으로 가슴을 쓸어내렸다. 됐어. 경애 언니는 내 부탁을 들어줄 거야. 뚜우─. 아침 안개를 헤치며 기적 소리가 들려왔다. 철원역에 첫 기차가 도착하고 있었다.

3

창밖의 세상은 이미 아침이지만, 서재는 컴컴했다. 시내에서 총격전이 시작되어 솜이불로 창문을 가려 두었기 때문이다.

은국은 찌뿌듯한 몸을 일으켜 창가로 가서 솜이불을 걷어 냈다. 아침 햇살이 꽤 강렬했다. 폭우가 먹구름을 쓸어 내고 더없이 맑은 하루가 시작되고 있었다.

"도련님."

덕이네가 서재로 들어왔다.

"제가 좀 나가 볼까요? 갑자기 이렇게 조용해지니 더 겁이 납니다. 대체 세상이 어찌 된 건지……. 도련님, 판사님께서는 무사하시겠지요?"

새벽 2시 무렵까지 라디오에서 이승만 대통령의 육성이 흘러나왔다. 국민 여러분, 안심하고 생업에 종사하십시오. 그러나 생업에 종사하고 있기에는 너무도 공포스러운 밤이었다. 총성이 빗발치고 포성이 온 세상을 뒤흔들었다. 그러다 어느 순간, 라디오 방송도 총성도 포성도 그쳤다. 전화도 끊어졌다. 이따금 멀리서 자동차 소리가 경보음처럼 들려와 시간이 흐르고 있음을 알려 줄 따름이었다.

그렇게 아침이 되도록 황기택과 방 기사는 집으로 돌아오지 않았다.

덕이네가 바깥 상황을 알아보겠다며 나간 뒤, 은국은 다시 라디오를 켰다. 아직도 잡음만 흘러나왔다. 전화도 여전히 불통이었다.

그런데 창밖에서 뭔가 소리가 들려왔다. 대문 흔들리는 소리였다. 아버지? 은국은 단숨에 서재 밖으로 튀어 나갔다.

하지만 현관 앞으로 다가가니 낌새가 이상했다. 은국은 저도 모르게 신발장으로 손이 갔다. 골프채를 꺼내어 단단히 쥐고 현관문을 조심스럽게 열었다.

"헉!"

은국은 가슴을 세게 얻어맞고 그대로 주저앉았다. 깡! 골프채가 현관문에 부딪히며 요란한 쇳소리를 냈다. 각목이 은국의 어깨를 툭 밀었다. 은국은 골프채를 떨어뜨리고 고개를 들었다.

눈빛이 사나운 청년들이었다. 하나, 둘, 셋 그리고 넷. 군인은 아

니었다. 경찰로 보이지도 않았다. 강도질을 하러 온 것은 더더욱
아니었다.

해방 이후, 그런 청년들이 있었다. 이념이든 돈이든 권력이든,
저마다의 이유로 무리 지어 다니는.

은국은 이들이 누군지 짐작이 갔다. 황씨 집안으로 거칠게 밀고
들어왔다면, 이들은 좌익 청년들일 것이다. 좌익 청년들이 백주를
활보하고 있다면, 서울이 인민군 손에 떨어졌다는 얘기다.

"뒤지세요."

넷 중 가장 어려 보이는 청년이 말했다. 그러자 다른 청년들이
구둣발로 뛰어 들어가 집 안을 뒤지기 시작했다.

남아 있던 청년은 은국을 가만히 쏘아보기만 했다. 외면하고 있
어도 은국은 그 눈길을 느낄 수 있었다. 뻣뻣하게 굳은 목을 천천
히 돌려 청년을 바라보았다.

그런데 얼굴이 눈에 익었다. 분명 어디선가 본 적 있는 얼굴이었
다. 은국의 표정에 그런 생각이 드러난 모양이었다.

"황은국, 나를 알아보겠나?"

내 이름을 아는구나. 하지만 은국에게 청년의 정체는 아직 수수
께끼였다.

"하긴 벌써 사 년이나 지난 일이니까. 난 그 후에도 어쩌다 먼발
치서 너를 봤다만, 넌 나를 못 봤겠지."

사 년 전. 그 말에 번득 떠오르는 일이 있었다. 철원에 있던 삼촌

기수가 삼팔선을 넘어 서울로 몰래 숨어들었던 그날.

그래, 바로 그때 그 사람.

"이제 기억나나? 맞아. 난 오복이라고 한다. 그땐 오제영이라는 이름을 썼지만."

그는 은국의 삼촌 기수의 동무였다. 기수와 함께 서울로 잠입해서 은국에게 도움을 청했던.

은국은 사 년 전의 그날을 떠올리며 스르르 일어섰다. 삼촌, 우리 다시 만날 수 있는 거죠? 그렇게 물었지만 삼촌은 아무런 약속도 해 주지 않았다. 그것이 은국과 삼촌의 마지막 만남이었다. 오복이 바로 그 자리에 함께 있었다.

"오복 동지!"

집 안을 뒤진 청년들이 돌아왔다.

"아무도 없습니다."

오복이 은국을 돌아보았다. 아는 사람을 바라보던 좀 전의 그 눈빛은 자취를 감추었다.

"황은국, 네 아버지는 어디 있지?"

은국이야말로 궁금해하던 일이다.

"모릅니다."

청년 하나가 은국에게 눈을 부라렸다.

"자식이! 지금 묵비권이라도 행사하겠다는 거야?"

오복이 청년을 제지하듯 앞으로 한 발 나섰다.

"일단 연행합시다. 취조해 보면 뭔가 나오겠죠."

은국은 청년들에게 이끌려 밖으로 나왔다. 대문 앞에 서 있는 트럭에 인공기가 걸려 있었다. 금기의 깃발이 버젓이 내걸린 걸 보니 세상이 뒤집어졌다는 실감이 났다.

청년들은 은국을 짐칸에 태웠다. 그러고는 몇 걸음 떨어져서 자기들끼리 머리를 맞대고 뭔가 의논하기 시작했다.

여름 햇살이 벌써부터 뜨거웠다. 간밤의 비가 한여름을 불러들인 모양이었다. 고급스러운 저택들을 옹위한 아름드리나무들은 빗물에 말갛게 씻겨 더없이 푸르렀다. 앞집 정원의 커다란 오동나무 위에는 푸른 하늘을 배경으로 완벽한 타원형의 흰 구름이 오도카니 떠 있었다. 한 폭의 그림 같은 정경이지만, 사람이 떠난 동네는 하룻밤 새 생기를 잃고 괴괴한 분위기를 풍겼다.

은국은 문득 현기증을 느끼며 짐칸 바닥에 주저앉았다. 밤새 한잠도 못 잤다. 그러고 보니 엊저녁부터 아무것도 먹지 못했다. 귓속에서 윙윙대는 소리가 울려왔다.

"은국아."

은국은 그 또한 이명인 줄 알았다. 주저앉은 채 어깨를 크게 들어 심호흡을 했다. 그런데 다시금 이름을 부르는 소리가 들렸다. 은국이 그제야 고개를 들었다.

훤칠하게 키가 큰 소년의 모습이 흐릿하게 보였다. 눈을 질끈 감았다가 다시 뜨니 시야가 좀 선명해졌다.

학성이었다. 못 본 새 키가 더 자랐는지 교복 바지가 짧아 보였다. 그래도 우뚝한 콧대와 한일자로 굳게 다문 입술 덕에 고집스러워 보이는 인상은 그대로였다. 학성이 변함없는 모습으로 돌아온 것이다.

큰길 쪽에서 군중의 함성 소리가 메아리쳐 왔다. 은국은 소리가 들리는 쪽으로 고개를 돌렸다. 거리가 멀어서 잘 들리지 않지만, 한마디만은 또렷하게 알아들었다. 만세. 은국은 다시 학성을 돌아보았다.

중앙청에 새로운 깃발이 내걸렸다. 붉은 바탕에 별 하나가 새겨진 인공기였다. 일장기에서 성조기를 지나 태극기를 거쳐 또 한 번 주인이 바뀐 것이다.

담벼락이며 전신주에는 붉은 글씨로 쓴 전단이 경쟁적으로 나붙기 시작했고, 붉은 완장을 찬 사람들이 무리 지어 다니며 큰 소리로 구호를 외쳐 대기도 했다.

　　만고역적 리승만 괴뢰 집단 전면적 궤멸
　　조선의 우수한 아들딸 영용무쌍한 인민군 만세
　　우리의 위대한 지도자 김일성 장군 만세
　　조선 민족의 친애하는 벗 스탈린 대원수 만세

어제까지만 해도, 저런 말을 입에 담았다가는 그대로 잡혀가 단매에 죽을 수도 있었다. 어느 중학교 교사는 수업 시간에 김일성을 김일성 '씨'라고 칭했다는 이유로 파면되기도 했다. 그런데 하룻밤 새 천지가 뒤집어졌다. 주인이 바뀐 세상은 낮과 밤보다도 판이하게 모습을 바꾸었다.

종로 경찰서도 이미 붉은 완장을 찬 치안대가 접수했다. 벌써부터 잡혀 들어오는 이들이 줄을 이었다. 은국도 종로 경찰서로 끌려 들어갔다. 오복은 은국을 곧장 취조실로 데려갔다.

취조실은 살풍경하지만 깔끔한 공간이었다. 갓을 씌운 백열전등이 매달려 있고, 나무 탁자를 사이에 두고 의자 네 개가 놓여 있었다.

은국은 오복과 마주 앉았다.

"황은국, 우선 상황을 알려 주마. 오는 길에 너도 보았겠지. 서울이 해방되었다."

그런데 아버지는 대체 어디에 계신 걸까. 나를 두고 피란을 가셨을까. 할아버지가 삼촌을 철원에 두고 서울로 도망쳐 온 것처럼……. 그게 아니면 아직 서울에 계실까. 간밤의 총격전에 휩쓸린 건 아닐까. 혹시 아버지가…….

"오늘 새벽 2시경."

오복이 다시 입을 열었다. 단지 시간을 입에 담았을 뿐인데, 은국은 가슴이 쿵 내려앉았다. 오복이 은국을 가만히 지켜보다가 말을 이었다.

"인민해방군이 되넘이 고개(미아리 고개)를 넘었다. 그러자 한국군은 한강 다리들을 폭파했어. 피란을 가려고 다리를 건너던 사람들이 그대로 폭파에 휩쓸렸다. 강변이고 물속이고 시신이 즐비해. 모르긴 해도 천여 명은 죽었을 거다. 대개 이승만을 따르던 반동들일 텐데, 그 손에 개처럼 죽은 거지."

황기택은 자정 무렵에 다시 전화를 걸어와 이렇게 말했다. 곧 데리러 갈 테니 준비해라. 그러고는 더 이상 소식이 없었다. 자정과 새벽 2시 사이. 은국은 오싹한 한기를 느꼈다.

"이제 서울에 남아 있는 반동들은 독 안의 쥐다. 하긴 서울에서 도망쳐 봤자 소용없는 짓이야. 인민해방군은 사흘 만에 서울을 해방했다. 이제 곧 목포도, 부산도 해방될 거다. 인민 공화국이 조선을 통일할 거야."

간밤에 총격전이 있었다지만 시가지는 거의 상하지 않았다. 그건 물러가는 측이 변변한 저항을 하지 못했다는 뜻이었다. 은국도 그 정도는 알 수 있었다. 그렇다면 오복의 말은 괜한 허풍이 아닐지도 몰랐다. 은국은 할아버지와 아버지의 얼굴을 차례로 떠올렸다. 그리고 어머니와 동생들…….

오복이 그 생각을 읽기라도 한 듯 다그쳐 물었다.

"그러니까 순순히 불어라. 네 아버지는 어디 있나? 네 어머니는? 동생들은? 그리고 너는 대체 왜 혼자 집에 남아 있었지?"

은국의 어머니와 동생들은 26일 새벽 기차로 부산에 내려갔다. 할아버지 황인보는 삼 년 전부터 사업차 부산에서 지내고 있었다.

은국은 그 사실을 순순히 털어놓았다. 그러나 아버지가 김준한 의원과 함께 있었다는 사실은 말하지 않았다. 아버지의 행방에 대한 단서를 줄 수는 없었다.

오복은 미심쩍은 눈길로 은국을 쏘아보며 중얼거렸다.

"그냥 밤새 집에서 아버지를 기다리고 있었다. 아버지가 어디 있는지도 모른다……."

은국이 얼른 고개를 끄덕였다.

"네, 저도 아버지의 행방이 궁금합니다."

그 말은 틀림없는 사실이었다. 오복의 눈빛에서도 의심의 기운이 가셨다. 그렇다고 완전히 믿기로 한 것은 아닌 듯했다. 오복은 팔꿈치로 책상을 짚으며 은국 쪽으로 상체를 기울였다.

"잘 들어라, 황은국. 인민해방군은 반동들을 재판 없이 처벌하지는 않을 방침이라고 한다. 하지만 이승만과 그 개들에게 당하며 지내 온 우리로서는 그리 너그러운 소리를 할 수가 없다. 놈들은 그동안 빨갱이라는 딱지를 붙여 수많은 사람을 학살했다. 네 아버지도 판사랍시고 학살에 가담했지. 일제 때부터 시작해서 판사를 그만두던 날까지 수많은 혁명가들을 감옥에 처넣고 형장으로 내던졌어. 그 사실을 기억하는 사람들이 많다. 그런 이들에게 걸렸다가는 황기택은 그 자리에서 맞아 죽게 될 거다."

오복이 등을 바로 하고 앉았다. 은국은 그제야 참았던 숨을 토해 냈다.

친일 악질 판사 황기택을 처단하자!

학성의 음성이 생생히 떠올랐다. 지난 국회 의원 선거 때, 학성과 그 동지들이 유세장으로 몰려와 황기택의 친일 행각을 폭로했다. 그러다 황기택이 동원한 정치 깡패들에게 무참하게 얻어맞았고, 몇몇은 구속되거나 수배되었다. 그 일로 학성도 수배자가 되어 숨어 다니다 이제서야 밝은 세상으로 돌아올 수 있게 된 것이다.

그런 이들에게 걸렸다가는. 오복의 그 말은 공연한 협박이 아니었다. 은국은 겁에 질린 눈으로 오복을 바라보았다.

"나도 개인적으로 네 아버지에게 받을 빚이 있다."

오복의 눈빛에 살기가 돌았다. 은국은 그 의미를 짐작할 수 있었다. 철원에서의 '그 일' 때문일 것이다.

"철원애국청년단, 그 이름을 들은 적이 있나?"

오복이 물었다. 물론이다. 은국도 그 일에 대해 잘 알았다. 철원애국청년단. 그 이름과 함께 삼촌의 죽음이 전해졌다.

"그들이 조선공산당 철원군당 부위원장 홍정두 동지를 참살했다. 기수도 그들의 손에 죽었지."

은국의 삼촌 기수는 제 신념대로 살고자 가족과 절연하고 인민공화국 치하의 철원에 남았다. 그런데 얼마 지나지 않아 철원애국청년단이라는 무리가 철원에서 테러를 일으키기 시작했다.

그들은 공산주의를 비방하는 삐라를 살포하고 방화를 일삼았다. 급기야는 조선공산당 철원군당 부위원장이던 홍정두를 살해했다. 그들의 테러를 막으려던 기수마저 그들의 총에 맞아 열여섯의 나이에 목숨을 잃고 말았다.

그런데 철원애국청년단을 배후에서 조종한 것은 다름 아닌 황인보와 황기택이었다. 결과적으로 기수는 제 아버지와 형의 수하들에게 죽임을 당한 셈이었다.

"알고 있구나."

알고 싶지 않았지만 알게 되었다. 잊으려 애써 왔는데 전쟁이 또 그 기억을 들쑤셨다. 은국은 고개 숙이며 어금니를 꽉 물었다. 오복의 목소리가 귓전을 파고들었다.

"나는 홍정두 동지를 살해한 황기택과 황인보에게 반드시 대가를 치르게 하겠다고 맹세했다. 하지만."

오복이 말을 끊었다. 은국이 다시 고개를 들었다. 오복은 여전히 굳은 얼굴이지만, 은국을 바라보는 눈길은 좀 누그러져 보였다. 오복이 한결 부드러운 말투로 다시 입을 열었다.

"난 기수에게 갚아야 할 빚이 있다. 그러니 너에게, 아니 네 아버지에게 기회를 주마. 네 아버지의 행방을 솔직히 털어놔라. 그럼 네 아버지가 인민 공화국의 법에 따라 재판받을 수 있는 기회를 줄 테니. 이것이 내가 황씨 집안에 베풀 수 있는 최대한의 호의다."

오복이 다시 은국 쪽으로 상체를 내밀었다.

"황은국, 명심해라. 지금까지 네가 알고 있던 세상은 끝났다."

서울은 인민 공화국 세상이 되었다. 은국은 더 이상 권세 있는 집안의 도련님이 아니었다. 갈 곳 없는 외톨이였다. 황씨 집안의 저택은 반동의 재산으로 몰수 대상이었다. 빈손으로 끌려 나왔으니 가진 것이라곤 아무것도 없었다.

하지만 혼자가 아니었다. 은국이 취조를 마치고 경찰서 밖으로 나가자 길재가 기다리고 있었다. 양진석도 함께였다.

어떻게 선생님이 여길……. 게다가 길재는 상만과 함께 피란을 간다 했는데.

"길재야, 네가 어떻게 여기에 있어? 상만……."

은국은 얼른 입을 다물고 오복을 곁눈질했다. 하마터면 실언할 뻔했다. 오복 앞에서 상만을 들먹이다니, 뒷목이 서늘해졌다. 길재도 당황한 얼굴로 급히 말머리를 돌렸다.

"밥은 먹었어? 생각보다 빨리 나왔네. 오복 도, 동무가 네 사정을 봐주신 모양이다. 고맙습니다."

오복이 길재에게 가볍게 고개를 끄덕여 보이고서 은국에게 눈길을 돌렸다.

"일단 양진석 동무와 함께 지내라. 네 거처를 확실하게 해 두고 싶으니 딴 데 갈 생각은 말고. 조만간 만나러 가마."

오복은 양진석에게 눈인사를 하고 경찰서 안으로 다시 들어갔다. 아무래도 둘은 안면이 있는 모양이었다. 양진석이 남로당 사람과 아는 사이라니, 은국은 의아한 생각이 들었다.

"저분이 일러 줘서 오신 거예요?"

양진석이 고개 저으며 경찰서 현관을 가리켰다.

"아니, 학성이가 알려 줬어."

은국이 얼른 뒤를 돌아보았다. 학성은 화들짝 놀라며 경찰서 안으로 급히 들어가 버렸다. 양진석이 말을 이었다.

"너희 집을 덮친다기에 걱정이 되어서 뒤따라갔단다. 이미 피란을 갔을 거라고 짐작했지만 그래도 혹시나 하고서. 한데 네가 집에 남아 있다가 잡혔다면서 나한테 뛰어왔더라. 지금 널 챙겨 줄 사람은 나밖에 없는 것 같다면서……."

은국은 학성이 서 있던 자리를 물끄러미 바라보았다. 그런 동무들이었다. 처지는 다르지만 마음만은 하나같던, 성격은 다르지만 우정만은 하나같던.

길재가 맹장염에 걸렸을 때는 다 같이 돈을 벌어 병원비를 마련했고, 학성이 시위하러 다니느라 바쁠 때는 숙제를 대신해 주기도 했고, 은국의 삼촌이 죽었을 때는 봉원사로 올라가서 다 같이 울어 주기도 했고, 상만에게 과외 자리를 구해 주려고 일류 교사라는 소문을 퍼뜨리고 다니기도 했다. 그렇게 사각형의 모서리처럼 서로를 지탱해 주던 네 동무였다.

그런데 서서히 허물어지고 말았다. 길재가 입주 과외 선생으로 들어가고, 상만이 정치 깡패들과 어울려 다니고, 학성이가 좌익 활동으로 학교에서 쫓겨나 수배자가 되고…….. 그렇게 차례로 밴드부를 떠나고 은국만 남았다. 단지 밴드부의 문제가 아니었다. 서로 등을 보인 채 다른 방향으로 멀어져 갔다. 그러다 황기택의 선거유세장에서 상만의 패거리가 학성과 그 동지들을 폭행하는 일이 벌어졌다. 그 이후로 네 동무는 서로의 눈을 똑바로 볼 수 없는 사이가 되고 말았다.

"가자."

길재가 은국의 팔을 부드럽게 잡았다. 은국은 길재의 온기에 눈물이 핑 돌았다. 양진석도 은국의 어깨에 가만히 손을 얹었다. 셋이서 광화문 쪽으로 걷기 시작했다.

거리는 혼잡했다. 한 발자국 떼기도 어려울 만큼 사람들이 많았다. 흥분된 함성 소리가 끝없이 메아리쳐 왔다. 어디서들 구했는지 손바닥만 한 인공기가 손에 손에 펄럭였다.

세 사람은 잠자코 걸음을 멈추었다. 은국은 갑작스런 돌풍에 휩쓸린 듯 어지러웠다. 나고 자란 서울이 딴 세상처럼 낯설었다. 단지 하룻밤이 지났을 뿐인데, 어제까지의 세상은 이미 먼 과거가 되어 버린 듯했다.

길재도 그런 기분인지 지난날의 이야기를 꺼냈다.

"생각나냐? 학성이랑 몇몇 좌익 애들이 3층 교실 창문에다 인공기를 내걸어 가지고 학교가 발칵 뒤집혔던 거."

은국이 고개를 끄덕였다. 길재가 말을 이었다.

"상만이 패거리들은 또 빨갱이 때려잡는다고 길길이 날뛰면서 인공기 끌어 내려다가 운동장 한가운데에서 불태웠잖아. 그 일로 결국 학성이가 퇴학당하고."

그런데 결국, 서울 하늘에 인공기가 내걸리게 되었구나. 은국은 인공기를 다시 올려다보았다. 마침내 인민 공화국 세상이 되었다. 학성이 돌아오고 상만은 사라져야 하는.

"어찌 된 거냐?"

은국은 그제야 길재에게 서울에 남게 된 사연을 물었다. 길재가 주위의 눈치를 살피고는 다시 발걸음을 옮기며 지난밤의 사연을 들려주었다.

어제, 상만과 길재는 피란을 가던 길에 선배를 만났다고 했다. 선배는 요기나 하고 가자며 상만과 길재를 남대문 시장 국숫집으로 데려갔다. 그런데 그 선배가 막걸리를 마시기 시작했고 그 바람에 출발이 늦어졌다. 자정이 넘어서야 부랴부랴 길을 나섰는데, 삼각지 근처에서 길재는 그만 상만을 놓치고 말았다. 뒤늦게 몰려든 인파에 떠밀리며 걸음이 더 늦어졌고, 그렇게 한강교 근처에 다다랐을 때 폭음이 들려왔다고 했다.

길재가 어두운 얼굴로 말을 멎자 양진석이 끼어들었다.

"상만이 놈은 진작 앞서서 한강을 건넜을 거다. 좀 몸이 재냐? 사막에다 던져 놓아도 우물 파서 등목할 놈이야. 그러니 걱정 마라."

바로 그때 동대문 쪽에서 지축을 뒤흔드는 굉음과 함께 거대한 물체가 줄지어 달려왔다. 말로만 듣던 소련제 탱크였다. 그 뒤를 따라 인민군들이 행군해 왔는데, 전투를 치른 병사들이라는 게 믿기지 않을 만큼 활기차 보였다. 포승줄에 묶여 끌려가는 한국군 포로들도 있었다.

지금까지 네가 알고 있던 세상은 끝났다.

은국은 오복의 말을 다시금 실감했다. 그 말은 틀림없는 사실인 듯했다.

4

서울은 흡사 평양 같았다. 큰길가의 상점들이며 골목 안의 주택들이며, 크고 작은 인공기가 사방에 나부꼈다. 김일성 수상과 스탈린 대원수의 사진도 나붙었고, 화신 백화점은 거대한 인공기로 아예 전면이 가려져 있었다.

와아! 와아! 갑자기 환호성이 터져 나왔다. 길가의 사람들이 인공기를 세차게 흔들며 일제히 한 방향을 바라보았다. 수인복을 입은 사람들을 짐칸에 태운 트럭 세 대가 줄지어 달려오고 있었다. 좌익 활동으로 수감되었던 사람들이 개선장군이 되어 돌아온 것이다. 트럭이 광화문 앞에 멈춰 섰다. 돌아온 영웅들은 눈물과 웃음이 뒤범벅된 얼굴로 군중과 함께 소리 높여 만세를 불렀다.

"조선 민주주의 인민 공화국 만세!"

바보같이. 이런 세상을 앞두고 변절자로 죽어 버리다니⋯⋯. 봉아는 운전병을 곁눈질했다. 빨리 이 자리를 뜨고 싶은 마음뿐이었다. 하지만 운전병은 입을 헤벌리고 구경에 넋이 나가 있었다.

"동무, 서두릅시다."

뒷자리에서 강승애가 말했다.

"죄, 죄송합니다. 중위 동무!"

운전병이 찔끔한 얼굴로 급히 차를 몰았다. 그러더니 얼마 가지 않아 이번에는 갑작스럽게 차를 세웠다. 강승애와 봉아는 기우뚱하다 가까스로 자세를 바로 했다. 운전병이 강승애를 돌아보며 급히 사과했다.

"중위 동무, 죄송합니다! 서울은 처음이라 정신이 없어서리⋯⋯."

강승애가 말없이 차에서 내렸다. 운전병도 황급히 따라 내려서는 강승애 앞에 척 하고 차려 자세를 취했다. 조수석에 앉아 있던 봉아도 비로소 서울 땅에 발을 디뎠다.

강승애가 운전병에게 말했다.

"동무, 오히려 내가 면목이 없습니다. 공무로 오는 길에 개인적인 인연을 앞세워 저 아이를 데려왔습니다. 이 문제에 대해서는 자아비판하고 합당한 처벌을 받겠습니다."

"아닙니다, 중위 동무!"

운전병은 소리 높여 외치며 팔이 부러질 듯 거수경례를 했다.

"그럼."

강승애는 가벼운 동작으로 인사를 받고 종로 내무서 안으로 들어갔다. 공화국의 말법에 따라 이제 경찰서가 아니라 내무서였다. 봉아도 운전병에게 인사하고 부리나케 강승애를 쫓아갔다.

내무서 안으로 들어가니 누군가가 반갑게 손을 흔들며 달려왔다.

"강승애 동무!"

강승애의 얼굴에도 환한 웃음이 번졌다.

"오복 동무."

두 사람은 손을 마주 잡았다.

"정말 반갑습니다, 강승애 동무! 인민해방군 중위라니, 정말 대단하십니다!"

"무슨 말을! 그 핍박의 세월을 견디고 남반부에서 꿋꿋하게 투쟁한 자네야말로 자랑스러운 인민의 전사일세."

오복은 어린애처럼 웃으며 뒷머리를 긁적였다. 그러고는 반가운 웃음을 지으며 봉아에게 눈길을 돌렸다.

"고봉아, 오랜만이다."

사 년 전 그때, 양은자는 봉아를 철원으로 보내며 오복을 월경꾼으로 고용했다. 당시만 해도 삼팔선의 경계가 그리 엄중하지 않다지만 어린애를 데려가는 월경꾼은 제법 큰돈을 챙길 수 있었다. 그러니까 오복은 한몫 잡겠다는 욕심으로 어린 봉아를 데리고 삼팔선을 넘었던 것이다. 그런데 철원에서 공산주의자가 되어 서울로 돌아왔다.

봉아는 좀 떠름했다. 반가운 마음이 없지 않지만, 오랫동안 만나지 못한 사이였다. 더구나 오복은 너무나 변해서 그때 그 사람이 아닌 것 같았다.

"어쩌면 하나도 안 달라졌냐? 가만, 너 올해로 열세 살이지?"

오복이 머리를 쓰다듬으려 손을 내밀자 봉아는 슬쩍 옆으로 피했다.

"열네 살인데……."

말을 놓기도 어색하고 높이기도 멋쩍어서 말끝을 얼버무리며 딴 데로 눈길을 돌렸다.

종로 내무서. 이곳이 처음은 아니었다. 정확히 기억나진 않지만 할머니와 함께 온 적이 있었다. 서대문 형무소에 갇힌 어머니를 면회하기 위해 서류 같은 걸 만들러 왔던 게 아닐까. 잘 기억나지 않지만 그 장면만은 눈에 선했다.

가뜩이나 작은 몸집을 옹송그린 채 순사에게 굽실거리던 할머니. 벽에 붙어 있는 기다란 나무 의자에 앉아 깡마른 다리를 달랑거리던 어린 날의 자신.

지금은 그 의자에 어떤 남자가 앉아 있었다. 삼십 대 중반쯤 되어 보였는데, 그는 눈물까지 글썽이며 봉아에게서 눈을 떼지 못했다.

"양진석 동무!"

오복이 그 남자에게 손짓했다. 양진석이 자리에서 일어나 주춤주춤 다가왔다.

"봉아야."

오복이 봉아를 불렀다. 봉아가 돌아보자 오복이 양진석을 가리켰다.

"네 외삼촌이다. 양진석 동무."

봉아는 양진석에게 다시 고개를 돌렸다. 한 번도 본 적 없는, 하지만 그 순한 눈매가 어머니와 쏙 빼닮은 얼굴이었다.

망모 양은자.

봉원사 명부전에 놓인 양은자의 위패에는 그렇게 짤막한 한마디가 쓰여 있었다. 망모. 죽은 어머니. 양은자가 마지막으로 얻은 이름이었다.

양진석이 소리 내어 울음을 터뜨리며 무릎을 털썩 꿇었다.

"나 때문이야……. 내가 부추겼어. 약 한 첩 써 보지 못하고 감옥에서 죽어 가는 게 너무 가엾어서……. 이북으로 가라고, 내가 어떻게든 방법을 찾아보겠다고 했어. 누이는 아파서 제정신이 아니었다. 그저 봉아 네 얼굴 한 번 보고 싶다는 생각에……. 나 같은 미련퉁이의 말을 믿고, 이런 날이 올 줄도 모르고……. 그 가여운 누이를 묻어 주지도 못하고 화장해서 한강에 뿌렸다. 돈이 없어서, 동생이라는 게 이렇게 못나서……."

봉아는 눈물을 글썽이며 허탈하게 웃었다. 얼굴 한 번 보고 싶었다고?

그런 생각을 할 여유 따위 가져 본 적 없었다. 어머니보다 중요한 건 하루하루 살아남는 일이었다. 얻어먹고, 뺏어 먹고, 주워 먹고, 훔쳐 먹고. 그리움이라는 단어가 끼어들 자리는 없었다. 넉살이 좋다거나 부지런하다거나 강단이 있다거나 눈치가 빠르다거나, 늘 그런 말을 들었다. 아무도 돌봐 주지 않는 아이는 그래야만 했다.

그러다 아버지와 어머니의 이름 덕에 만경대 학원에서 난생처음 떳떳한 제 자리를 가졌다. 그런데 다름 아닌 어머니 때문에 그 자리에서도 밀려나고 말았다.

"봉아야, 어머니께 인사드려야지."

강승애의 말투는 전에 없이 부드러웠다. 이 순간은 진심이겠지만, 강승애에게 양은자는 변절자에 지나지 않을 것이다. 봉아는 마땅한 일이라는 생각이 들었다. 어머니는 스스로를 그렇게 만들었다. 자신의 딸에게도 같은 굴레를 씌웠다.

봉아는 손바닥으로 눈물을 닦고 문상객처럼 차분한 태도로 두 번 절했다. 어쩌면 달라진 건 없는지도 모른다. 늘 그래 왔듯, 혼자 힘으로 살아가면 된다. 누군가의 딸이 아니라 그저 고봉아로.

어느덧 해가 졌다. 산 아래로 보이는 시가지는 깊은 어둠에 잠겨 있었다. 이따금 자동차 전조등만 어둠을 들쑤시고 지나갔다. 미군의 폭격이 시작되자 서울에 등화관제령이 내렸다. 오늘 오후에는 철원역도 폭격으로 쑥대밭이 되었다는 소식이었다.

봉아는 절 마당 끄트머리로 가서 어두운 세상을 내려다보았다. 강승애와 오복 그리고 양진석이 곁으로 다가왔다.

"언니, 나는 입대할 수 없나?"

봉아가 강승애를 돌아보았다. 강승애는 정색하고 대답했다.

"인민해방군이 애들 장난인 줄 아니?"

장난 아닌데. 전쟁터라면 큰 공을 세울 기회가 많을 텐데. 변절 자의 딸이라는 딱지도 단숨에 떼어 낼 수 있을 텐데.

그런 말을 해 봤자 입대 연령이 되지 않는데 받아 줄 리 없었다. 일단 서울에 자리를 잡아야 했다. 전선만큼은 아니겠지만 수도 서 울이라면 그럴듯한 공을 세울 기회도 많을 것이다.

하지만 강승애는 봉아를 철원으로 되돌려 보내고 싶어 했다. 만 경대 학원에서는 이미 퇴학이 결정되었으니 철원에서 강경애와 함께 지내라는 것이다.

그럴 거면 애초에 여기까지 오지도 않았다. 봉아는 청계천에서 거적을 치고 살더라도 서울에 남을 작정이었다. 뜻밖에도 외삼촌 까지 나타나 주었으니 일이 잘 풀리고 있는 셈이었다.

양진석은 봉아가 갓난아기였을 때 일본군으로 끌려갔다가 전투 중에 미군에게 사로잡혔다고 했다. 그때부터 포로수용소에서 지 내다가 해방이 되고서 한참이 지난 뒤, 봉아가 철원으로 떠난 다음에야 귀국할 수 있었다. 그러니 외삼촌이라야 봉아와는 생면부지나 다름없지만, 어쨌거나 유일한 혈육이었다. 외삼촌을 앞세우면 강승애도 철원행을 강요하지는 못할 터였다.

"곧 차편을 알아볼 테니 철원으로 돌아가."

강승애의 말에 봉아는 양진석을 돌아보았다. 부탁이라도, 아니 간청이라도 할 생각이었다.

그런데 봉아가 뭐라고 하기도 전에 양진석이 펄쩍 뛰었다.

"철원이라니요? 외삼촌이 두 눈 번히 뜨고 있는데, 어째서 남의 손에 맡긴단 말입니까? 봉아는 제가 돌봅니다. 친딸처럼 남부럽잖게 키울 겁니다."

친딸이니 남부럽잖으니 하는 소리는 낯간지러운 허세 같지만 일단은 고마운 얘기였다. 봉아는 양진석 곁으로 슬며시 다가섰다.

강승애는 말문이 막힌 모양이었다. 불만스러운 표정을 지으면서도 더 이상 철원 소리를 꺼내지 못했다. 결국 봉아를 양진석에게 맡긴 채 지프차를 타고 떠났다. 정치보위부 장교로 발령이 났는데 숙소가 돈암동이라 했다. 오복도 자전거를 타고 종로 내무서로 돌아갔다.

막상 둘만 남게 되자 여간 서먹한 게 아니었다. 양진석과 봉아는 머쓱한 표정을 지으며 먼 산만 바라보았다. 그러다 양진석이 어색하게 웃으며 가자는 듯 손짓하고 앞장섰다. 둘은 모르는 사이처럼 뚝 떨어져 걸었다. 산길을 다 내려가 서대문 형무소 앞에 이르러서야 양진석이 걸음을 멈추고 봉아를 기다렸다.

봉아가 가까이 가자 양진석이 곤란한 얼굴로 입을 열었다.

"저기…… 봉아야, 내가 말이다. 실은 기타 치는 재주밖에 없거든."

"기타요?"

봉아는 말뜻을 모르겠다는 듯 되물었다. 양진석은 곰처럼 통통한 몸집에 어딘가 촌스러워 보이는 데가 있었다. 그런데 기타라, 좀처럼 연결이 되지 않았다. 하지만 양진석은 진지한 얼굴로 크게 고개를 끄덕였다.

"응, 기타. 포로로 잡혀 있을 때 어쩌다 미군한테 기타를 배웠어. 한데 꽤 재밌더라고. 재주도 없는 편이 아닌 듯하고……. 이래 봬도 나, 종로통에서 알아주는 기타리스트야."

양진석이 자랑스러운 얼굴로 두 손을 들어 보였다. 과연 손가락이 기타리스트답게 곧고 길었다. 봉아는 아직 얼떨떨한 채 고개를 끄덕였다.

"하지만 기타로 밥벌이하기는 게 쉽지 않거든. 클럽에서 연주도 하고 학교에서 보조 교사도 하고 개인 강습도 하는데, 그래 봤자 벌이가 신통찮아."

친딸처럼 키우네 어쩌네 넘치게 큰소리친다 싶더니만, 부담스럽다는 건가? 형편이 어쩌느니 아쉬운 소리부터 꺼내는 건 아무래도 그런 뜻인 듯했다.

봉아는 맵찬 바람 속으로 내던져진 듯 정신이 바짝 들었다. 외삼촌에게 빌붙어 살려는 심산은 조금도 없지만, 어머니의 혈육과 만나게 되어 조금쯤 안도한 것도 사실이었다. 그래. 남에게 기댈 생각은 애초에 하지 않는 게 좋아. 외삼촌에게도 이런 뜻을 똑똑히 밝혀 두는 게 나을 것 같았다.

"외삼촌이 아직 공산주의를 잘 모르는 모양이네요. 이제 곧 반동들의 재산을 몰수할 거예요. 그걸 인민들에게 재분배할 거고요. 삼촌이 제대로 된 노동자로 일한다면, 인민위원회가 집을 배정해 줄 거예요. 내 몫으로 식량도 배급받을 거고요. 외삼촌이 아니라 인민 공화국이 나를 책임질 거예요. 그러니 짐스러워할 필요는 없어요."

조국이 나를 대신해 너를 돌볼 것이다. 어머니의 그 말은 틀림없는 사실이었다. 삼팔선을 넘은 뒤 인민 공화국 세상에서 그런 조국을 만났다. 봉아는 고개를 빳빳이 들었다.

양진석은 화들짝 놀라며 손을 내저었다.

"짐스러워하다니! 넌 내 딸이나 다름없어! 걱정 마. 내가 어떻게든 너 하나는 먹여 살릴 테니까! 아무 걱정 하지 말고 이 외삼촌만 믿어."

봉아는 코끝이 찡하고 울었다. 내가 어떻게든 너 하나는……. 이런 말은 태어나서 처음 들어 보았다. 그런데 얘기는 아직 끝나지 않았다. 양진석이 다시 굽죄며 말을 이었다.

"한데 내가 지금 당장은 능력이 안 되어서 말이다. 제대로 된 방한 칸도 마련하지 못해서……."

양진석은 봉아의 눈치를 살피듯 자꾸 뒤를 힐금거리며 다시 앞장서 걸었다. 봉아는 일단 말없이 뒤를 따랐다. 서대문 형무소 앞에서 길을 건너가자 거미줄처럼 얼기설기 엮인 골목을 따라 작은 간판들이 줄지어 있었다. 여관 골목이었다.

양진석은 그 골목 안의 어느 여관 앞에서 걸음을 멈추었다. 서울여관. 페인트가 반쯤 벗겨진 간판과 파란 철 대문에 녹이 잔뜩 슬었고, 일본식 2층 목조 건물 안에는 좁은 복도를 따라 작은 방들이 벌집처럼 다닥다닥 붙어 있었다.

양진석의 방은 1층 맨 끝 방으로, 두 사람이 간신히 누울 만큼 비좁은 데다 하나 있는 창문은 옆집 벽과 가까이 붙어 있어서 햇빛도 들지 않았다.

그 옹색한 방에 이미 두 소년이 와 있었다.

5

은국은 방문 두드리는 소리에 잠에서 깨어났다. 여긴 대체 어디
지? 고개를 옆으로 돌려 보니 길재가 정신없이 자고 있었다. 두부
사─려! 두부 사─려! 딸랑거리는 종소리와 함께 두부 장수의 걸
쭉한 목소리가 들려왔다.

은국은 서서히 정신을 차렸다. 그래, 어제 선생님이 사시는 여관
으로 왔지.

하지만 양진석이 쓰는 방은 너무 좁았다. 양진석과 봉아 거기다
은국과 길재까지, 네 사람이 같이 앉기도 힘들 정도였다. 여자애까
지 있으니 다 같이 한방을 쓰는 건 어차피 안 될 말이었다.

그런데 다행히 빈방이 났다. 어제까지만 해도 방이 꽉 차 있었는

데, 갑자기 빈방이 몇 개나 났다고 했다.

서대문 형무소가 열렸잖아. 감옥살이하는 식구들 옥바라지하느라 여관 생활 하던 사람들이 많았거든. 식구들이 풀려나니까 같이 집으로 돌아갔겠지. 얼마나 기쁠까…….

양진석이 콧물을 훌쩍이며 눈가를 닦자 봉아는 쌀쌀맞은 표정으로 방에서 나가 버렸다. 양진석은 눈물을 비죽비죽 흘리며 사연을 들려주었다.

그러니까 양진석의 누이가 거물급 남로당원이었다는 얘기였다. 봉아의 사연도 기가 막혔다. 하긴 지금의 모든 상황이 거짓말 같은 일이었다.

은국은 누운 채 옆으로 고개를 돌려 길재를 바라보았다. 실눈을 뜨고 입술도 조금 벌린 채 쌕쌕 숨을 몰아쉬며 자는 모습이 좀 모자란 사람 같았다. 입가에는 하얗게 침버캐가 말라붙어 있었다. 수석 입학으로 전액 장학금을 받는 경기 중학교 최고의 수재다운 모습은 결코 아니었다.

학성이 이 모습을 흉내 내며 놀려 대서 결국 길재가 화를 낸 적이 있었는데. 그런 걸로 화를 내는 좀팽이라고 상만이 또 길재를 놀려 댔고. 참다못한 길재가 상만더러 기생오라비처럼 생겼다고 빈정대다가 투덕투덕…….

은국은 그 여름의 추억을 떠올리며 서글픈 웃음을 지었다. 고작 이 년 전의 일인데, 전생의 기억처럼 까마득했다.

똑똑.

누군가 다시 방문을 두드렸다. 양진석이 방문을 열었다. 은국이 얼른 일어나 앉았다.

"아직 자?"

양진석이 그렇게 물으며 방으로 들어왔다. 길재는 그제야 깨어나 몽롱한 표정으로 몸을 일으켰다. 양진석이 뚝배기를 방바닥에 내려놓았다. 따뜻한 두부 한 모가 통째로 들어 있었다.

"원래 여관에서 아침밥은 주거든. 그래 봤자 멀건 보리죽 같은 거지만. 그런데 여관 주인이 피란을 가 버렸으니, 원. 일단 이거라도 먹고 어서들 학교 가야지."

은국은 학교라는 말이 처음 듣는 단어처럼 낯설었다. 전쟁이 터지고 아버지가 실종되었는데 학교라니. 하지만 학교 소리에 저절로 이런 생각이 떠오르기도 했다. 오늘이 목요일이니 수학 시험을 보겠구나. 오늘까지 도서관에 반납할 책도 있었지.

그러고 보니 빌린 책도, 교과서도, 책가방도 전부 집에 있었다. 집이 몰수될 거라지만 설마 그런 건 챙겨 올 수 있겠지. 은국은 수업이 끝나면 오복을 만나 봐야겠다고 생각했다.

난 기수에게 갚아야 할 빚이 있다.

어제 오복은 그렇게 말했다. 무슨 빚을 졌다는 건지 구체적으로는 알 수 없었지만, 대충 짐작은 갔다.

삼촌 기수는 그런 사람이었다. 자신이 가진 것을 한없이 나누고 싶어 하던.

그러나 어린 시절의 삼촌은 달랐다. 은국 어머니 윤 씨는 몸이 약한 데다 은국 아래로 몇 번이나 유산을 했기 때문에, 은국은 철원에서 삼촌 기수와 함께 할머니 손에서 자랐다. 삼촌이라지만 기수는 은국보다 고작 두 살 위일 뿐 늦둥이로 태어난 막내라서 욕심 많고 고집이 셌다. 제집이라고 유세를 부리며 은국에게 설움을 주곤 했다. 장난감이며 주전부리며, 무엇 하나 양보하는 법이 없었다.

그런데 은국이 서울의 부모에게 돌아온 뒤, 기수는 조금씩 달라졌다. 중학교에 입학하더니 적색독서회에 가입해 투철한 공산주의자가 되었다.

삼촌이 그리웠다. 삼촌에게 묻고 싶은 게 많았는데. 은국은 문득 걸음을 멈추었다. 서대문 형무소 뒤편으로 짙푸른 여름 산이 펼쳐져 있었다. 바로 그 산속의 절에 삼촌의 위패가 모셔져 있었다.

"길재야."

나직이 불렀을 뿐인데 길재는 화들짝 놀랐다. 태평한 듯 보였는데 내심 잔뜩 긴장한 모양이었다.

"자식, 무슨 생각을 하느라 그리 넋이 나가 있어?"

"어? 생각은 무슨……. 그냥, 우리 식구들은 어쩌고 있나 걱정되어서."

길재는 충청도 서산 출신이었다. 한강을 사이에 두고 남북이 대치하고 있으니, 서울과 서산은 다른 세상이나 다름없다.

부산도 마찬가지였다. 할아버지, 어머니, 동생들 그리고 아버지……. 아버지는 아무래도 무사히 한강을 건넌 것 같았다. 차기 대통령감으로 지목되는 김준한 의원과 함께 움직였으니, 폭파에 휩쓸렸든 잡혔든 뭔가 사달이 났다면 오복이 그 사실을 모를 리 없었다. 그렇다면 나는 인민 공화국 세상에 홀로 남겨진 건가. 은국은 목을 바로 세우고 주변을 둘러보았다. 서대문 형무소에 내걸린 인공기가 세찬 소리를 내며 펄럭였다.

은국은 아버지의 입장이 되어 그 밤을 돌이켜 보았다. 자정 무렵, 아버지는 은국을 데리러 집으로 돌아오려고 했다. 그런데 다급한 상황에 몰려 그대로 남쪽으로 차를 몰아야 했는지도 모른다. 그래, 김준한 의원을 모시고 가야 했으니 집으로 돌아오기 어려운 처지에 놓이셨는지도 몰라. 그렇게 한강을 무사히 건너셨다면…….

하지만 서울에서 빠져나갔다고 끝날 일이 아니었다. 사흘 만에 서울이었다. 인민군은 거침없이 남하하고 있었다. 부산이라고 언제까지나 무사하리라 장담할 수 없었다. 이러다 인민군이 부산까지 내려가면 아버지와 할아버지는 어찌 되시는 걸까. 그리고 상만이는 또 어찌……. 은국은 답답한 한숨을 내쉬며 서대문 형무소 뒤편의 산자락으로 눈길을 돌렸다.

"난 잠시 들를 데가 있어. 너 먼저 학교 가라."

은국은 길재를 보내고 반대 방향으로 가다가 산길로 접어들었다. 모처럼 봉원사에 가서 삼촌과 할머니를 만나고 싶었다.

절 마당은 한산하다 못해 을씨년스러웠다. 규모는 작지만 시내에 있어서 찾는 사람이 많은 절인데, 전쟁 통에 절집을 찾는 발길이 뚝 끊긴 모양이었다.

은국은 명부전으로 들어가서 삼촌과 할머니의 위패 앞에 향을 살랐다.

제집 사당에서 목을 맨 은국 할머니 차 씨의 죽음도, 제 집안과 연루된 일로 요절한 기수의 죽음도 흉사라 할 수 있었다. 사람들은 황씨 집안에 원귀가 붙은 모양이라고 수군덕거렸다.

은국 어머니 윤 씨는 위패를 명부전에 모시기 전에 무당을 불러 봉원사 뒤편의 동굴에서 진혼굿을 벌였다. 황기택은 쓸데없는 짓이라고 화를 냈으나 극구 말리지는 않았다. 은국도 괜한 일이라고 생각했지만 동굴까지 따라가 어머니 곁에 묵묵히 무릎 꿇었다. 이렇게 해서라도 어머니의 마음이 편해지면 좋겠다는 생각이었다.

그런데 무당의 기도를 듣고 있자니 은국도 어느 순간 간절한 마음으로 빌게 되었다. 부디 편히 잠드시길. 이승의 일들은 모두 잊고 훨훨 떠나가시길.

하지만 은국은 삼촌에게 묻고 싶은 게 많았다. 아버지는 무사히 서울을 떠나셨을까요. 부산의 식구들은 어쩌고 있을까요. 어머니는 얼마나 걱정을 하실까요. 삼촌. 이제 나는 어찌 되는 걸까요…….

바로 그때 문득 인기척이 느껴졌다. 은국이 바깥을 내다보니 누군가 탑 뒤로 재빨리 몸을 숨겼다. 한참을 쳐다보고 있자 숨어 있던 사람이 슬며시 모습을 드러냈다. 봉아였다.

"여긴 어쩐 일이냐?"

은국이 그렇게 물으며 섬돌로 내려섰다.

"남이야."

봉아가 톡 쏘듯 대꾸했다.

은국은 어이가 없어 헛웃음이 나왔다. 열네 살이라고 했던가? 막냇동생 은선처럼 애티 나는 얼굴에 몸집도 작았다. 되바라진 말본새 하고는. 하지만 어쩐지 밉살스럽기보다 귀엽게 느껴졌다.

그런데 봉원사엔 어쩐 일일까. 은국은 봉아의 낯빛을 살피다가 어젯밤 양진석에게서 들은 이야기를 뒤늦게 떠올렸다. 그래, 봉아 어머니의 위패도 이곳에 있다고 했지.

"어머니를 뵈러 온 거니?"

명부전 안을 기웃거리던 봉아는 귓불까지 벌게져서 은국을 노려보았다. 내가 말실수라도 한 건가? 은국이 어리둥절해하고 있는데 봉아가 성큼하고 바싹 다가왔다.

"황은국 동무, 처음이자 마지막으로 경고하겠는데."

조그만 입매가 여간 야무져 보이는 게 아니었다. 은국은 천천히 고개를 끄덕였다.

"딴 사람 앞에서건 내 앞에서건, 우리 어머니 이야기는 두 번 다시 입에 올리지 마요. 생각조차 하지 말라고요. 외삼촌이 쓸데없는 소리를 한 모양인데, 그 이야기는 싹 잊으라고요, 알겠어요?"

은국이 다시 고개를 끄덕이자 봉아는 조금 누그러진 얼굴로 돌아섰다. 그러더니 몇 걸음 가다 말고 다시 은국을 돌아보았다.

"그런데 동무는 여기 어쩐 일이에요?"

"삼촌 만나러 왔어. 할머니도 여기 계시고."

은국이 턱짓으로 명부전 안을 가리켰다. 봉아가 궁금한 눈길로 다시 다가와 명부전을 들여다봤다. 은국이 안으로 들어가 기수와 차 씨의 위패를 가리켰다. 봉아가 실눈을 뜨고 위패를 읽더니 불현듯 눈을 크게 떴다.

"설마…… 그 기수 오라버니? 그래, 맞아. 황은국 동무 집안이 철원 출신이랬지. 그럼 철원 만가대 마을의 그 기수 오라버니가 황은국 동무 삼촌이야?"

"우리 삼촌을 알아?"

"당연히 알지! 나도 철원에서 지낸 적 있어요. 만가대 마을에서 살았는걸요. 그러니 기수 오라버니 세상 떠나기 전까지……."

봉아는 말끝을 얼버무리고는 섬돌 위에 선 채 기수의 위패를 가만히 바라보았다. 그리고 조용히 명부전으로 들어가 향을 피웠다.

은국은 뭔가에 홀린 것만 같았다. 삼촌의 동무 오복. 삼촌의 그 시절을 알고 있다는 봉아. 삼촌이 꿈꾸던 공산주의. 은국은 기수의 위패로 천천히 고개를 돌렸다.

망 황기수.

삼촌의 위패는 하고 싶은 이야기가 많아 보였다.

그 여름의 서울

1

봉아는 굳이 동덕 여중을 고집했다. 서대문에서 통학하자면 너무 멀다고 해도 기어이 고집을 부렸다.

하긴 누이도 동덕 여중 출신이니까.

양진석이 그렇게 수긍하자 봉아는 발끈하며 반박했다. 일제 때부터 여성 혁명가들을 배출한 명문 학교라서 가려는 것뿐이라는 얘기였다.

그렇게 동덕 여중에 편입하게 되었다. 만경대 학원에서 다닌 학년을 고려해 2학년으로 편입했는데, 담임은 좀 납득이 가지 않는다는 얼굴이었다. 왜소한 몸집 때문에 봉아를 실제보다 한참 어리게 보았던 것이다. 동급생들도 뭐 저런 어린애가 왔나 하는 분위기였다.

하지만 봉아는 평양에서 온 아이였다. 만경대 혁명 유자녀 학원이라는 명칭도 만만찮은 권위를 과시했다.

수업 시간이 되자 그 권위는 야비다리가 아니라 실체로 드러났다. 수업이라야 교과와는 무관했다. 수학이니 영어니 과학이니, 그런 것들을 외고 있을 상황이 아니었다. 조선인민보나 로동신문을 읽고 토론하거나 인민해방군에게 보내는 편지를 쓰곤 했다. 그럴 때면 봉아는 평양의 명문교 출신다운 면모를 과시했다.

"동무들! 위대한 김일성 수상의 영도에 따라 인민해방군은 리승만 매국도당의 북침을 까부수고 폭풍처럼 진격하여 서울을 해방시켰습니다. 이것은 악독한 미 제국주의에 맞서 조국의 완전한 자주독립을 쟁취하기 위한 투쟁이며, 미제의 주구 리승만 매국도당을 쳐부수고 진정한 해방을 이루기 위한 투쟁입니다. 반동 부르주아지(자본가 계급)를 몰아내고 노동자 농민이 주인 되는 세상을 만드는 투쟁이며, 봉건잔재를 씻어 내고 새 조국을 건설하는 투쟁입니다. 우리 청년 학생들은 조선 인민의 딸로서 김일성 수상의 뜻을 받들어 조국 해방 전쟁에 앞장서야 할 것입니다."

듬성듬성 이가 빠진 교실은 잠잠했다. 피란을 갔거나 혹은 풍파는 비껴가고 보자는 심산으로 학교에 오지 않는 아이들이 많았다. 학교에 나온 아이들도 주눅 든 표정으로 서로 눈치만 살폈다.

그러다 재바른 누군가가 먼저 박수를 치기 시작하면 잇따라 박수가 터져 나왔다. 봉아는 한 손을 번쩍 치켜들며 소리 높여 외쳤다.

"조선 민주주의 인민 공화국 만세! 김일성 수상 만세! 스탈린 대원수 만세!"

평양에서 물건이 하나 전학 왔다고, 하루가 가지 않아 학교에 파다하게 소문이 퍼졌다. 동급생 정숙은 하굣길에 봉아에게 다가와 질문 공세를 펼치기도 했다.

"애, 그거 어떻게 하는 건지 나 좀 가르쳐 주면 안 되니? 미 제국주의, 리승만 도당, 또 뭐더라? 너처럼 하려면 어떻게 해야 하니?"

만경대 학원 동무들이 까무러칠 일이네. 봉아는 속으로 그렇게 생각하며 웃었다. 막상 만경대 학원에 다닐 때의 봉아는 모범생과 거리가 멀었다. 수업 시간이든 조회 때든, 뒤에서 딴짓이나 하며 빤질거리기 일쑤였다. 앞에 나가 마이크 잡고 모범 답안 같은 소리를 하는 건 질색이었다.

그러나 이제는 달라져야 했다. 만경대 혁명 유자녀 학원이라는 이름 앞에도 기죽을 것 없는 사람이 되겠다고 마음먹었다. 만경대 학원에서 쫓겨난 아이가 아니라 만경대 학원을 박차고 나온 아이라는 소리를 듣고 싶었다.

마침 서울 지역 학생 연합 밴드부가 결성되었다. 민주청년동맹이며 여성동맹이며 직장동맹이며 학생동맹이며, 이런저런 단체들이 전쟁 승리를 기원하며 해방 기념일까지 날마다 시가행진을 할 예정인데 학생 연합 밴드부가 그 선두를 맡게 되었다.

연합 밴드부의 지도 교사는 양진석이었다. 전쟁 전부터 몇 개의 중등학교에서 밴드부 지도 교사로 일했으니 딱 적임자였다. 양진석이 가르치던 밴드부에서 일부 학생들을 뽑아 연합 밴드부를 결성했고 봉아도 합류했다.

봉아는 악기라고는 아무것도 다룰 줄 모르지만 노래를 부르기로 했다. 노래를 썩 잘하는 편은 아니나 애티 나면서도 새된 목소리는 듣는 이를 흥분시키는 데가 있었다. 그 소식을 듣고 정숙이 또 조르르 따라붙었다. 바로 옆 동네에 사는지라 하굣길마다 핑계가 좋았다.

"내가 악기는 못 다루지만 노래는 좀 하거든."

정숙이 그렇게 말하고서 「적기가」 몇 소절을 불렀다. 봉아는 솔직히 깜짝 놀랐다. 정숙은 노래를 썩 잘했다. 그러나 봉아는 정숙을 밴드부로 데려갈 생각이 없었다. 정숙은 궁금한 게 너무 많았다. 만경대 학원을 떠난 이유가 뭐냐는 둥, 같이 사는 사람은 아버지냐는 둥, 원래 고향이 평양이냐는 둥, 어머니는 어디 계시느냐는 둥. 마침내 변절자 양은자라는 이름까지 알아낼 것 같은 애였다.

"그 정도 실력으로는 안 되거든."

봉아가 대놓고 무안을 주었지만 정숙은 삐치는 기색도 없었다.

"알아, 아는데…… 그래도 꼭 들어가고 싶어서 그래. 나도 조국을 위해 뭐라도 해야지. 덕분에 이렇게 버젓이 학교에 다니게 되었으니 말이야."

"덕분에?"

정숙은 원래부터 동덕 여중생이었다. 그런데 덕분이라니? 정숙이 감개무량한 표정으로 고개를 끄덕였다.

"실은, 집에서 반대하는데 억지로 중학교에 들어온 거야. 우리 오라버니는 대학까지 보내면서, 나한테는 국민학교 졸업했으면 됐다지 뭐야? 집안일 돕다가 얼른 시집이나 가라고. 근데 내가 바득바득 우겨서 입학한 거야. 양잿물 먹고 콱 죽어 버리겠다고 난리를 쳐서."

주책스러운 애라고만 생각했는데, 의외였다. 봉아는 진지하게 물었다.

"너 진짜…… 양잿물 먹고 죽으려고 했니?"

"아니! 내가 미쳤니? 시집도 못 가 보고 죽긴 왜 죽어? 그냥 시늉만 한 거지. 아무튼 그렇게 난리를 쳐서 겨우 중학에 입학했어. 이웃집 애보개로 일해서 학비도 보태고. 그런데도 결국 학교를 그만두어야 할 형편이 되고 말았어. 우리 아버지가 중림동에 있는 작은 고무 공장에서 공장장으로 일했는데, 공장이 팔려서……. 아무튼 아버지가 갑자기 직장을 잃으셨어. 그러니 나도 더는 고집부릴 수가 없더라고. 그래서 새 학기가 되어도 학교에 못 가고 만날 방구석에서 눈물 바람만 하고 있는데 전쟁이 터졌지 뭐야?"

전쟁이라고 말하며 정숙은 눈빛을 반짝였다. 인민 공화국은 학비를 받지 않는다는 소문을 듣고서야 어머니가 학교에 가도 된다고 허락했다는 것이다.

"그런데 내가 어떻게 조국에 충성하지 않을 수 있겠니? 내 부모가 못 해 준 일을 조국이 해 준다는데."

정숙의 얼굴은 사뭇 엄숙했다. 봉아는 정숙의 그런 심정을 누구보다 잘 알았다.

"봉아야, 그러니까 나도 밴드부에 들어가게 해 줘. 나, 우리 엄마한테 꼭 보여 주고 싶어. 괜히 교복 치마 팔랑거리고 싶어서 중학교에 간 게 아니라, 중학에 다닐 만큼 잘난 딸내미라는 걸 인정받고 싶다고."

그 마음 또한 이해되지 않는 것은 아니었다. 하지만 봉아는 정숙과 가까워지는 게 아무래도 부담스러웠다.

"네 마음은 알겠는데, 그렇다고 아무나 밴드부에 들어올 수 있는 게 아니야. 생각해 봐. 넌 미제와 리승만에 맞서 싸운 투쟁 경력도 없어. 여태 리승만 매국도당의 충성스러운 국민 노릇을 한 셈이잖아. 공산주의에 대해서도 아무것도 모르고."

정숙은 눈에 띄게 풀 죽었다.

"알아. 그래서 우리 오라버니도 의용군에 지원했어. 통일된 조국에서 출세하려면 일단 군대에 다녀와야 한다더라고."

인민군은 연전연승이었다. 전쟁이 터지고 사흘 만에 서울을 해방했고, 아직 한 달도 되지 않았는데 금강에 이르렀다. 대전이 머지않았다. 미군 폭격기가 쉴 없이 날아들고 있지만, 인민해방군의 진격을 막기에는 역부족이었다.

남쪽 출신으로 인민군에 입대하는 사람들도 많았다. 대학생들은 물론이고, 중학생들도 속속 의용군에 자원했다.

연합 밴드부는 시가행진에 앞서 의용군 자원 궐기 대회에 참가하곤 했다. 그럴 때면 우선 봉아가 맨 먼저 나서서 카랑카랑한 목소리로 선동했다.

"조국의 완전한 해방이 머지않았습니다. 우리 청년 학생들도 성스러운 전투에 용감히 나아가야 합니다. 이러한 사명을 받들지 않고서야 민족의 이름 앞에 어찌 부끄럽지 않겠습니까!"

"옳소!"

민청 소속 학생이 먼저 소리치면 박수와 함성이 뒤따랐다. 식민지의 설움을 겪었고 해방이 되고도 오히려 친일파들이 득세하는 세상에서 울화를 삼켜야 했다. 미 군정 치하에서 더러운 꼴도 많이 보았다. 그들은 전쟁을 두려워하기보다 승전보에 환호했다. 승리자의 선동은 짜릿하고 강렬했다.

"나가자! 싸우자!"

학생들은 경쟁적으로 목청 높여 외쳤다. 발을 동동 구르며 울음을 터뜨리는 학생들도 있었다. 슬며시 그 자리를 뜨거나 뒤늦게 겁을 먹고 도망치는 학생들도 없지 않았다. 하지만 적어도 그 자리에서만큼은 모두 진심이었다. 설사 그렇지 않다 해도 흥분한 군중들 앞에서 대놓고 싫은 내색을 하기는 어려웠다.

두둥 두둥 둥둥둥.

심장을 두드리는 큰북 소리가 울려 퍼졌다. 큰북과 작은북 그리고 트럼펫, 트롬본, 클라리넷, 기타에 바이올린까지. 구할 수 있는 악기를 닥치는 대로 끌어다 모았다. 만경대 학원 밴드부에 비하자면 한심한 수준이었다.

그래도 평양 최고의 학생 밴드부 못지않은 무대를 보여 주고 말 것이다. 봉아는 아랫배에 힘을 주고 마이크 앞에 다가섰다.

민중의 기 붉은 기는 전사의 시체를 싼다
시체가 식어 굳기 전에 혈조는 기발을 물들인다
높이 들어라 붉은 기발을 그 밑에서 굳게 맹세해
비겁한 자야 갈라면 가라 우리들은 붉은 기를 지키리라

1절이 끝나고 간주가 흘렀다. 둥둥 둥둥둥. 다시 큰북 소리가 울려 나오자 봉아가 뒤를 돌아보았다. 은국이 열띤 얼굴로 큰북을 치고 있었다.

벌써 한 달 가까이 같은 여관에서 지냈고, 연합 밴드부에서도 함께 활동하고 있었다. 각자 학교에서 수업을 받는 오전 시간만 제외하면 거의 하루 종일 붙어 지내는 셈이었다.

그런데도 봉아는 은국의 속내를 도무지 짐작할 수 없었다. 늘 싱겁게 웃기나 할 뿐, 좀체 속내를 보이지 않았다. 반동 부르주아지 황씨 집안의 아들. 그런데 무슨 생각을 하며 저 북을 치는 걸까? 봉아는 또 궁금해졌지만 얼른 그런 생각을 털어 내고 연주에 귀 기울였다.

이제 2절을 부를 차례였다. 지금은 자신에게 주어진 일에만 집중해야 할 때였다.

2

안국동 육거리는 한산했다. 중등학교가 모여 있는 곳이지만 등
교하기에는 좀 이른 시간이었다.

안국동 별궁은 뜨내기들의 숙소로 변하여 '궁'이라는 말이 무색
해진 지 오래였다. 그래도 이른 아침이면 호젓한 정취를 풍기곤 했
는데 인민군 숙소로 쓰이면서 담벼락에 나붙은 벽보들로 늘 소란
스러운 분위기였다. 김일성 수상과 인민해방군을 찬양하는, 혹은
미 제국주의와 이승만을 규탄하는 내용들이었다. 어제 청주를 해
방시켰다는 새로운 승전보도 나붙어 있었다.

그중 한 벽보가 은국의 눈길을 끌었다.

경남 진주에서 미제의 씨아씨(CIC, 미군 첩보 부대)가 로골적으로 인민 학살을 감행하였다. 애국자는 물론 보도련맹과 그 가족 그리고 일반 주민 등 수백여 명이 씨아씨 놈들에 의하여 무참히 학살당했다.

인민군이 진격할 때마다 그런 기사가 보도되곤 했다. 후퇴하는 한국 정부가 빨갱이들을 처단한다는 빌미로 학살을 자행한다는 기사였다. 좌익 활동으로 수감된 사람들은 물론, 공산주의를 비판하며 전향한 보도연맹원들까지 닥치는 대로 죽여 없앴다. 희생자들 가운데에는 보도연맹이 뭔지도 모르고 가입했던 이들도 많았다.

학성의 아버지도 이미 목숨을 잃었을 게 분명했다. 대전으로 피란한 이승만 정부가 그다음 날로 대전 형무소에 수감된 사람들을 학살했다는 소식이 있었다. 수백이라는 말도 있고, 수천이라는 말도 있었다. 학성의 아버지도 대전 형무소에 수감되어 있었으니 살아남지 못했을 것이다.

학성의 아버지는 독립운동에 청춘을 바친 사람이었다. 하지만 해방된 조국에서 남로당 간부로 활동하다가 빨갱이라는 죄목으로 다시 감옥에 갇히고 말았다. 이십 년 형을 선고해서 학성의 아버지를 죽을 자리로 내몬 장본인은 다름 아닌 황기택이었다.

은국은 무거운 마음으로 발걸음을 옮겼다. 학성이 밝은 세상으로 나와 복교하게 되어서 더없이 반갑지만, 아침마다 교문에서 마주쳐야 하는 건 곤혹스러웠다. 그래도 오늘은 평소보다 일찍 왔으니 어쩌면 마주치지 않을지도 모른다는 생각이 들었다. 하지만 학성은 오늘도 먼저 와서 교문 앞을 지키고 있었다.

민주 학생 여러분의 복교를 환영합니다!

교문 앞에 걸려 있는 현수막 아래에 학성이 뒷짐을 진 자세로 버티고 서 있었다. 서울 민주청년동맹 경기 중학교 지부장. 그것이 학성의 직책이고, 학성은 직책에 걸맞은 책임감을 보여 주었다.

은국은 교모를 고쳐 쓰며 학성을 지나쳐 가려고 했다. 그러면 대개 학성도 모르는 척 딴 데를 보곤 했다.

그런데 오늘은 학성이 말을 걸어왔다.

"어쩐 일로 이렇게 일찍 왔냐? 날마다 아슬아슬하게 오더니만."

은국은 걸음을 멈추고 학성을 향해 몸을 반쯤 돌렸다.

학성은 늘 그렇듯 티끌 하나 없는 하얀 교복 셔츠에 붉은 완장을 찼다. 칼로 베어 낸 듯 주름을 세워 다린 바지도 그렇고, 입술을 꾹 다물고 있는 표정도 그렇고, 학성의 빈틈없는 분위기는 상대방을 주눅 들게 하는 구석이 있었다. 자신에게는 한 치의 오류도 없다는 듯한 태도가 반감을 자아내기도 했다.

학성이 이승만 정권의 그릇됨을 조목조목 따져 말하면, 상만은 입술을 실룩거리며 이렇게 구시렁대곤 했다.

잘났어. 아주 잘났다고.

그렇게 옥신각신할 때가 좋았는데. 은국은 노인네처럼 회한에 빠져드는 기분이었다. 그래 봤자 고작 이삼 년 전의 일인데. 은국은 씁쓸한 기분을 느끼며 다시 발걸음을 뗐다.

"은국아."

은국이 다시 고개를 돌렸다. 학성은 주위를 살펴보고는 다시 은국에게 눈길을 보냈다. 이렇게 단둘이 마주 서기를 기다린 듯한 얼굴이었다. 학성이 잠시 머뭇거리다 불쑥 이렇게 말했다.

"네 잘못이 아니잖아."

은국은 앞뒤 없는 그 말을 바로 알아들었다. 아버지들의 일을 말하는 것이다. 학성이 처음으로 그 일을 입에 올렸다.

은국은 가끔 이런 순간을 상상해 보곤 했다. 뭐라고 답해야 할까? 미안하다고? 나와는 상관없는 일이라고?

남의 일이라고 생각하면 결론은 아주 간단했다. 친일 판사가 독립운동에 앞장섰던 혁명가를 다시 감옥에 처넣다니, 생각 있는 사람이라면 누구나 울분을 터뜨릴 만한 일이었다.

그러나 아버지의 일이라고 생각하는 순간 머릿속이 텅 비어 버렸다. 아니, 아무 생각도 하지 않으려고 애쓰는 것인지도 몰랐다.

은국은 학성에게 아무런 대답도 하지 못하고 곧장 운동장을 가로질러 강당으로 갔다. 연합 밴드부는 오후에 모인다는 걸 알면서 저도 모르게 발길이 강당으로 향했다. 답답할 때면 늘 강당을 찾게 되었다.

강당 문을 열자 오래된 나무 냄새가 훅 끼쳐 왔다. 먼지가 피어올라 코끝을 간질였다. 은국은 마음이 차분해지는 것 같았다.

음악에 대단한 열정이나 재능이 있지는 않았다. 밴드 한답시고 우쭐거리며 여자를 꾀어 보려는 속셈도 아니었다. 그냥 밴드부가 좋았다. 밴드부에서 연주하는 시간이 가장 편안했다.

"은국아."

은국이 화들짝 놀라 돌아보았다. 길재가 기척도 없이 강당 안에 들어와 있었다. 오래된 강당 문은 여닫을 때마다 듣기 싫은 소리를 내곤 했는데, 전시인데도 누가 문틀에 기름칠을 한 모양이었다.

"이 시간에 웬일이냐?"

길재가 물었다. 은국은 아침마다 등굣길에 봉원사에 들렀다. 같이 살고 있으니 길재는 그 사실을 잘 알고 있었다.

"응, 봉원사에 갔다가 입구에서 그냥 되돌아왔어. 내무서원들이 주지 스님을 연행해 가더라고. 분위기가 아무래도 좋지 않을 것 같아서."

인민 공화국은 개인 지주는 물론 사찰이나 교회의 재산도 몰수했다. 그간의 행적에 따라 체포되는 지주들도 있었다. 성직자도 예외는 아니었다. 그렇게 몰수한 토지를 소작농과 고농에게 분배하는 토지 개혁이 한창 진행 중이었다.

"봉원사 지주까지 체포되다니, 참 서슬 푸른 세상이 됐구나."

길재는 운동장 쪽으로 고개를 돌려 먼 하늘을 바라보았다. 길재의 말투는 비난 같기도 하고 감탄 같기도 했다. 길재의 심정이 복잡해 보였다. 은국은 길재의 반응이 좀 의외였다.

길재는 날품팔이로 근근이 살아가는 고농의 아들로, 코흘리개 시절부터 끼니를 스스로 해결하기 위해 마을 지주 집 막내아들의 심부름꾼으로 일했다. 지주 아들의 책가방을 들고 학교에도 따라다녔는데, 그 덕분에 뜻밖의 기회가 생겼다. 마음씨 좋은 어느 교사가 길재의 영특함을 눈여겨보고서 야학에서 공부하도록 주선해 주었던 것이다. 길재는 경기 중학교에 수석 합격하기에 이르렀고 서울 대학교를 졸업해서 법관이 되겠다는 목표를 향해 열심히 노력하고 있었다.

그런데 인민 공화국 세상이 되었다. 이제 길재의 고향 서산도 인민군의 수중에 들었다. 길재네 식구들도 비로소 제 땅에서 농사지을 수 있게 된 것이다. 길재로서는 가족을 돌봐야 한다는 부담이 좀 덜어진 셈인지도 모른다. 그러니 길재는 당연히 인민 공화국을 반기고 있을 줄 알았다.

그런데 길재의 저 복잡한 표정은 무엇인지 은국으로서는 조금 의아했다. 길재는 몹시 고단한 표정으로 말을 이었다.

"그냥, 난 그저 세상이 평온하기만 했으면 좋겠다. 난 말이다, 은국아. 뼈가 가루가 되도록 일할 수도 있고, 머리가 빠개지도록 공부할 수도 있어. 우리 아버지 소원이 소 한 마리 가지는 거고 여동생들 소원은 배불리 먹는 거야. 어떻게든 내 힘으로 그 소원 다 이

루어 주고 싶어. 그럴 자신도 있고. 한데 세상이 이렇게 살얼음판
이어서야 죽자고 달려 봤자 죽을 자리 찾아가는 꼴밖에 더 되겠
냐."

지금은 혼란스러워하고 있지만 길재는 꿋꿋하게 제 몫을 해낼
것이다. 은국은 길재의 단단한 마음을 믿었다.

길재는 수석 입학이라 수업료를 면제받았지만, 먹고살 돈은 벌
어야 했다. 그래서 중학교 입시를 준비하는 국민학생들의 과외 선
생을 했는데, 실력이 좋다고 소문이 나서 부잣집에 입주 과외 선생
으로 들어가게 되었다. 이제 고향 집에 돈푼이나마 보낼 수 있게
되었다고 얼마나 좋아했는지 몰랐다. 그 바람에 밴드부를 그만두
게 되었지만, 은국도 학성도 상만도 한마음으로 길재를 축하하고
성원했다.

은국은 그런 길재가 좋았다. 키만 멀대같이 크고 하도 깡말라서
허수아비 같지만 누구보다 강단지게 제 길을 걷는 모습이 너무도
자랑스러웠다. 바로 저 아이가 내 동무라고, 누구에게든 자랑하고
싶은 마음이었다.

학성도, 상만도 마찬가지였다. 신념에 따라 불의에 맞서 싸우는
학성도 자랑스러웠고 서울 최고의 주먹이라는 소리를 듣는 상만
의 사내다운 성품도 멋져 보였다.

"자식, 엄살은."

은국이 장난스레 눈을 흘기자 길재도 그만 피식 웃었다. 둘은 나

란히 강당에서 나와 운동장을 가로질러 교사로 향했다.

길재가 교사 현관 앞에서 문득 진지한 표정으로 은국을 바라보았다.

"잘해라."

오늘은 은국에게 중요한 날이었다. 신분증 심사를 위한 마지막 면담이 있을 예정이었다.

요즘 인민 공화국에서는 신분증을 새로 발급하고 있는데 그 전에 심사를 거쳐야 했다. 학생들도 예외는 아니었다. 자신의 이력과 집안 환경을 낱낱이 고백하는 자서전을 제출해야 했다. 그런 과정을 거쳐 학생증이 나와야 공화국 인민임을 증명하는 신분증도 발급받을 수 있었다. 이력이나 사상에 문제가 있다면 자서전을 되풀이해서 쓰고 개별 면담도 해야 했다.

은국은 유난히 까다로운 심사를 거쳤다. 반동 부르주아지의 아들. 자서전도 세 번이나 써서 겨우 통과했다. 그리고 오늘 마지막 면담을 남겨 두고 있었다.

은국이 민청실로 들어가서 앉자 지도 교사가 대뜸 물었다.

"공산주의가 뭐라고 생각하나?"

은국은 문득 제 동무들을 떠올렸다. 길재와 상만 그리고 학성. 언젠가 아버지는 그 동무들을 보고서 이렇게 내깔겼다.

친구랍시고 하필이면 저런 애들을…….

아버지가 '저런 애들'이라고 싸잡아 말하는 그 동무들이 은국은 자랑스럽기만 했다. 자신을 부족하게 여길지언정 동무들을 나지리 본 적은 한 번도 없었다. 자신만 부모덕에 호의호식한다는 게 늘 마음에 걸릴 따름이었다. 그런 동무들과 멀어지고 말았다. 얼굴을 마주하기가 거북했다.

그런데 요즘 다시 길재와 편히 웃으며 이야기할 수 있게 되었다. 은국은 길재와 나란히 누워 두런두런 이야기를 나누다 잠드는 밤이 좋았다. 학성이 그 신념대로 당당하게 활동하는 모습도 보기 좋았다. 먹을 것도 부족하고 잠자리도 불편하지만 다 같이 고생한다고 생각하면 오히려 마음은 편했다. 이런 게 공산주의로구나, 하고 막연하게 생각하기도 했다.

하지만 그걸 말로 설명하자니 막막했다. 무언가를 말로 설명한다는 건 늘 어려웠다. 은국은 그저 어색하게 웃었다.

그래도 그 웃음이 나빠 보이지 않은 모양이었다. 그동안 제출한 자서전에 은국의 진심이 담겨 있기도 했다. 민청 지도 교사는 면담을 끝내며 흡족한 얼굴로 악수를 청했다. 그리고 오전 수업이 끝날 무렵에 드디어 은국에게도 신분증이 나왔다.

조선 민주주의 인민 공화국, 황은국.

은국은 신분증을 받아 들고 교사 뒤편으로 가서 담장 너머를 내다보았다. 북촌의 오래된 지붕들이 검푸른 파도처럼 물결쳤다. 그 물결이 끝나는 곳에 은국의 집이 있었다. 불과 얼마 전까지만 해도 당연히 제집이었던 곳인데 이제 그 집도, 그 시절도 까마득하게 느껴졌다. 할아버지, 아버지, 어머니, 동생들……

텅 빈 도시에 혼자 남겨졌다. 황씨 집안의 아들이 아니라 황은국으로.

막막한 기분이 밀려들었다. 황씨 집안 도련님이라는 사실이 족쇄 같다고 느껴 왔는데 막상 혼자가 되고 보니 두렵고 또 쓸쓸했다.

그분도 이런 기분이셨을까. 은국은 문득 그녀를 떠올렸다.

서화영. 그녀는 한때 은국의 할아버지 황인보의 첩이었다. 그런데 사 년 전에 은국의 삼촌 기수를 도운 일로 황인보와 헤어지고 황씨 집안을 떠나게 되었다. 그 후에는 진고개에 집을 마련하고 신문이나 잡지의 광고 그림을 그리며 지내고 있다고 했다. 그녀도 서울을 떠나지 못했다고 들었다. 아니, 떠나지 않은 것인지도 몰랐다.

그분도 나처럼 두려우실까. 아니지, 본디 씩씩한 분이시니. 은국은 서화영을 떠올리며 남산 쪽을 바라보았다. 오후 늦도록 아슴푸레하게 안개가 끼어 있었다.

3

봉아는 말을 멈추고 장내를 천천히 둘러보았다. 수백 개의 눈동자가 총구처럼 둥글게 열려 있었다. 진경 여중에서 열린 의용군 궐기 대회 자리였다.

오늘은 용산 폭격 이야기로 말문을 열 생각이었다. 만 하루가 지났지만 아직도 용산 쪽에서 검은 연기가 피어오르고 있었다.

무려 두 시간 동안 계속된 어제의 폭격으로 용산은 잿더미가 되었다. 미군 폭격기가 용산 상공을 제집 안마당처럼 드나들며 쉬지 않고 폭탄을 투하했다. 군부대는 물론 화폐를 찍던 조선서적인쇄를 비롯해 민간인 거주 지역까지 무차별로 공격했다.

전쟁이 터진 다음 날부터 맹폭이 끊이지 않아 평양은 이미 초토

화되었다지만, 서울 도심이 폭격당한 적은 없었다. 그런데 어제는 용산이었다. 사대문 밖이라 해도 용산은 도심이나 진배없었다. 폭격은 점점 시내로 다가오고 있었다.

봉아는 어제의 일을 떠올리며 격앙된 목소리로 말을 이었다.

"우리 모두 떨쳐 일어서야 합니다. 청년 학생의 뜨거운 분노로 미 제국주의의 극악한 폭격에 천만 배의 복수를 해야 할 것입니다. 그러지 않고서야 어찌 자랑스러운 조선의 아들딸이라 할 수 있겠습니까!"

외운 대로 하려 했는데 감정이 격해지고 말았다. 토지 개혁의 성과를 이야기해야 할 대목에서 의용군 소리부터 꺼내 버렸다. 그러나 당황하지는 않았다. 가슴 깊은 곳에서 불을 뿜듯 말들이 쏟아져 나왔다.

"우리의 영용무쌍한 인민해방군은 거침없이 진격하고 있습니다. 리승만 매국도당과 미 제국주의를 까부수고 이미 대전을 해방시켰습니다. 그리고 인민 공화국은 해방시킨 지역에서 이미 토지 개혁을 시작했습니다. 반동 부르주아지의 토지를 몰수하여 소작농과 고농에게 분배할 것입니다. 이제 곧 성별, 연령, 국적을 초월한 균일 임금제와 일일 여덟 시간 노동제도 실시할 예정입니다. 공화국 북반부에서 실시된 빛나는 민주개혁이 남반부에서도 활짝 피어날 것입니다. 지금 조선 인민들은 위대한 김일성 수상과 인민 공화국을 위해 목숨 바쳐 싸우겠다는 뜨거운 결의로 나아가고 있습니다. 동무들! 우리 청년 학생들이 앞장서야 하지 않겠습니까!"

"옳소!"

민청원인 5학년 여학생이 핏대 세워 외쳤다. 옳소! 옳소! 민청이나 학생연맹 소속 학생들이 맞장구치듯 외치자 다른 학생들도 박수로 화답했다.

그러나 처음과는 분위기가 달랐다. 인민해방군은 거침없이 진격 중이지만, 사흘 만에 서울을 해방시켰던 그 기세는 한풀 꺾였다. 인민군은 전쟁 초기에 공군이 궤멸당하고 미군에 하늘을 내주었다. 지상에서는 이미 금강을 지나 낙동강으로 남하하고 있지만, 미군 폭격기는 남북을 가리지 않고 제멋대로 날아다니며 곳곳에 폭탄을 쏟아 냈다.

그렇다 보니 의용군에 자원하는 열기도 식어 가고 있었다. 승전보에 열광하면서도, 폭격에 대한 두려움에 몸 사리지 않을 수 없었다.

봉아에 이어 민청 지부장이 앞으로 나와서 마이크를 잡았다.

"조국의 부름을 외면하는 자는 반역자가 아닙니까! 미제와 리승만 도당에 맞서 싸우지 않는 자는 그들과 한패가 아닙니까! 우리 진경 여중에 그런 반역의 무리가 있단 말입니까!"

없습니다! 누군가 소리치자 똑같은 외침이 잇따라 들려왔다. 그런 자가 있다면 결코 용서해서는 안 될 거라고 단호하게 외치는 사람도 있었다. 팽팽한 긴장감이 감도는 가운데 이미 언니를 의용군으로 내보냈다는 학생이 무대에 올라 눈물을 흘리며 열변을 토했다. 분위기는 서서히 달아올랐다. 마침내 그 자리에 모인 학생 전원이 의용군 자원을 결의하고 시가행진에 나섰다.

오늘의 행진은 다른 날보다 규모가 컸다. 김일성 수상의 선언에 따라 8·15 해방 기념일까지 전쟁을 끝내기로 결의하는 행진이었다. 여느 때보다 훨씬 많은 손 팻말과 현수막이 등장했다. 김일성 수상과 스탈린 대원수의 초상화도 빠지지 않았다.

참가한 사람도 많았다. 수업을 마친 학생들과 교사들은 물론, 이미 의용군에 자원하여 훈련 중인 학생들도 어설픈 군복 차림으로 행진에 참가했다.

미군 포로들도 끌려 나왔다. 서슬 퍼런 미 군정이 엊그제 같은데, 무력하게 끌려가는 미군들은 그 어떤 전리품보다 강렬한 승리의 증거였다. 노상 하는 행진이라 더 이상 주목을 끌지도 못했는데, 오늘은 미군들 덕에 행진하는 사람보다 구경꾼이 많았다.

결국 평소보다 행진이 길어졌다. 안국동 육거리에서 남대문까지 갈 예정이었는데, 서울역 앞에서야 끝났다.

밴드부원들은 완전히 탈진해 버렸다. 뙤약볕에 무거운 악기를 들고 메고 연주하는 건 여간 힘든 일이 아니다. 게다가 끝나고 나면 악기를 경기 중학교 강당까지 다시 가져다 놓아야 했다.

그런데 양진석이 반가운 소식을 전했다.

"오늘은 민청에서 트럭으로 악기를 실어다 준단다. 다들 악기

내려놓고 곧장 집으로 돌아가."

양진석의 말에 밴드부원들은 가뭄 끝 단비를 만난 듯 환호성을 터뜨렸다. 그런데도 바이올린 주자 진서는 또 불만에 찬 얼굴로 이죽거렸다.

"거참, 눈물 나게 고맙네요. 공산주의 만세입니다."

분위기가 어색해졌다. 찬물을 끼얹어 놓고도 진서는 무안한 기색도 없이 한술 더 떴다.

"아니, 왜? 고마운 걸 고맙다고 말도 못 하냐? 공산주의 만세라는데 뭐가 문제야?"

진서가 삐딱하게 구는 것은 하루 이틀 일이 아니었다. 진서는 휘문 중학교 출신의 바이올린 주자인데, 그 부모는 미군 통역관이었다는 이유로 인민재판에서 사형을 선고받고 즉결 처분되었다. 인민군은 인민재판을 엄히 금했지만 진서의 부모는 그 조치가 내려지기 전에 목숨을 잃고 말았다.

진서는 인민 공화국 세상에서 남보다 조심스럽게 굴어야 할 처지였다. 그런데도 대놓고 불만을 터뜨리기 일쑤였다. 양진석이 워낙 순한 사람이라 만만하게 구는 것 같았다.

봉아는 더 이상 그런 꼴을 두고 볼 수가 없었다. 말하는 내용도 그렇거니와, 양진석을 얕잡아 보는 듯한 태도에도 화가 치밀었다. 오늘은 그냥 넘어가지 않아야겠다는 생각이 들었다.

"은진서 동무!"

봉아가 빽 소리치자 진서가 돌아보았다. 태연한 표정을 짓고 있지만, 눈썹이 꿈틀하는 걸 보니 적잖이 긴장한 듯했다. 봉아는 진서에게 다가가려고 걸음을 뗐다.

그런데 누군가 봉아 앞을 불쑥 가로막았다.

"고봉아 동무!"

군복 차림의 여학생이었다. 여학생은 헤어진 가족이라도 만난 듯 감격한 얼굴이었다.

"나, 동덕 여중 5학년에 다니는 장일금이야."

그렇다면 학교 선배다. 봉아는 깍듯하게 인사했다.

"안녕하세요, 동무."

장일금이 봉아의 손을 덥석 잡았다.

"반가워. 지난번 우리 학교에서 열린 의용군 궐기 대회 때 동무의 연설을 들었어. 민족의 사명을 외면하고서야 어찌 부끄럽지 않겠냐고 했지? 우리 오라버니가 친일 잔당들의 손에 죽었는데 난 무서워서 아무것도 못 하고 있었어. 그런데 동무의 말을 들으니 너무 부끄럽지 뭐야? 그래서 곧바로 의용군에 자원했어. 이제 훈련이 끝났어. 나, 내일 전선으로 떠나. 반드시 승리하고 돌아올게. 학교에서 다시 만나자."

갑자기 플래시가 터졌다. 마침 근처에 있던 기자들이 봉아와 장일금을 둘러싸고 사진을 찍어 댔다. 그중 한 기자가 봉아에게 말했다.

"동무, 응원의 말이라도 한마디 해야지."

봉아는 정신이 번쩍 들었다. 그래, 이건 기회야. 고봉아가 얼마나 잘 해내고 있는지, 연합 밴드부가 얼마나 장한 일을 하고 있는지 온 세상에 알릴 수 있는.

봉아는 장일금과 똑바로 마주 섰다.

"동무, 위대한 김일성 수상의 영도에 따라 조국 해방 전쟁에서 힘껏 싸워 주세요. 저는 어려서 아직 전장으로 나갈 순 없지만, 후방에서 열심히 싸울게요. 우리, 통일의 날 다시 만나요."

다음 날 아침, 조선인민보에 봉아와 장일금이 손을 마주 잡은 사진이 커다랗게 실렸다.

보라, 피 끓는 젊음으로 해방 전쟁에 나선 조선의 딸들을!

그러한 제목으로 시작된 기사는 장일금의 말을 인용하면서 봉아의 활약을 크게 보도했다. 봉아가 혁명가 고석주와 양은자의 딸이라는 말도 덧붙어 있었다. 양은자가 보도연맹에 가입하여 전향서를 쓴 변절자라는 내용은 한마디도 없었다.

4

은국은 아침 일찍 저절로 눈이 떠졌다. 여관 생활을 하면서 달라진 모습이었다. 저도 모르게 실없는 웃음이 나왔다. 어머니가 보시면 깜짝 놀라시겠네.

본래 은국은 아침잠이 많아서 몇 번이나 깨워야 겨우 눈을 뜨곤했다. 아버지 황기택은 그런 은국을 늘 못마땅하게 여겼다. 하긴그런 게 한두 가지가 아니었다. 어머니 윤 씨는 은국을 선비 같다고 표현했고, 황기택은 샌님 꼴이라고 면박을 주곤 했다.

그런데 서울에 혼자 남겨진 뒤로 저도 모르게 부지런을 떨게 되었다. 눈을 뜨자마자 벌떡 일어나서 뭐든 할 일을 찾아보곤 했다. 긴장한 탓인지도 모르지만 은국은 그런 자신이 싫지 않았다.

그런데 오늘은 모처럼 이부자리에서 늑장을 부렸다. 대개 일요일에도 오전에는 연습을 하고 오후에는 행진에 참가하곤 했는데, 오늘은 아무 일정도 없었다. 길재도 일찌감치 어딘가로 나가고 방 안에는 나른한 고요가 감돌았다.

은국은 다시 가만히 눈을 감았다. 지난밤의 꿈이 생생하게 떠올랐다. 꿈이라는 게 아침이면 잊히기 마련인데 이건 달랐다. 벌써 수십 번 되풀이해서 같은 꿈을 꾸었다.

그 여름, 그 섬, 그 동무들.

황씨 집안은 인천 앞바다에 작은 섬을 소유하고 있었다. 작지만 골짜기가 꽤 깊어 물이 풍부한 섬이었다. 남쪽은 파도가 부드럽게 밀려드는 백사장이고 서쪽은 잔돌들이 굴러다니는 몽돌 해변이었다. 섬의 3분의 2 정도를 차지한 야산에는 산토끼며 고라니 같은 산짐승들도 더러 있었다. 산자락을 따라 일군 밭에서는 제법 수확을 냈고, 앞바다에서는 전복과 해삼에다 온갖 종류의 물고기까지 고루고루 잡혔다.

해방되기 얼마 전에 황기택은 그 섬을 사들였고 뭍에서 자재를 날라 아담한 서양식 주택을 지었다. 그리고 허름한 주택을 하나 더 지어 일꾼을 들였다. 딸만 셋인 어부 일가가 그 섬을 관리하며 지냈다.

섬의 이름은 본디 '사도'였다. 집을 지은 본섬 그리고 아주 작은 바위섬 셋을 합해서 사도라 불렀다. 그런데 은국 어머니 윤 씨가 섬에 특별한 이름을 붙여 주었다.

"몽유도……."

은국은 조용히 읊조리며 다시 눈을 떴다. 그러고 보니 참 잘 어울리는 이름이다 싶었다.

이 년 전의 그 여름, 은국은 상만과 길재 그리고 학성을 데리고 몽유도로 피서를 갔다. 무슨 연고냐고 묻는 동무들에게는 관리인 어부가 먼 일가라고 둘러대었다. 바늘 하나 꽂을 땅뙈기도 없다고 한숨짓는 동무들에게 차마 제 집안 섬이라고 밝힐 수는 없었다.

몽유도에서의 시간은 은국과 동무들이 가장 즐겁게 보낸 한때였다. 또한 마지막 한때이기도 했다.

식구들과 같이 간 적도 있었다. 역시나 딱 한 번이지만 섬을 사들이고 얼마 안 되어 다 같이 닷새인가를 머무르고 왔다. 어머니는 전에 없이 큰 소리로 웃으셨는데. 그 뒤로 매년 여름이면 올해는 꼭 함께 몽유도로 가자는 말이 오갔지만 실제로 가지는 못했다. 이따금 어부 일가가 보내 주는 해산물을 먹을 때나 몽유도를 떠올릴 따름이었다.

그러는 동안 서화영만 몽유도에 대여섯 번쯤 다녀왔다. 황기택은 서화영이 몽유도에 드나드는 걸 못마땅하게 여겼지만, 황인보와 동행한다니 어쩔 수 없이 참는 눈치였다.

그분은 몽유도를 참 좋아하셨는데. 은국이 천천히 일어나 앉았다. 몽유도에 다녀온 서화영의 적당히 그을린 얼굴이 눈에 선했다.

햇빛을 피하느라 그늘에서 한 발자국도 안 나오던 어머니만 보아온 은국은 서화영의 그런 모습이 낯설면서도 보기 좋았다.

그분은 어찌 지내실까. 은국은 마음속으로도 서화영의 호칭을 정하지 못해 그저 그분이라고만 했다. 서화영이 덕이네를 통해 진고개에 다녀가라고 몇 번이나 말을 전했는데 여태 미루고 있었다. 호칭이 그렇듯 그녀를 대하기가 영 어색해서 자꾸 피하게 되었다.

은국은 자리를 털고 일어났다. 아예 모르는 척할 게 아니라면, 더 이상 미루지 말고 다녀오는 게 나았다. 서화영이 어찌 지내는지 궁금하기도 했다.

하지만 막상 서화영의 집 앞에 다다르자 또 망설여졌다. 그냥 돌아갈까. 이왕 왔으니 만나 뵙고 갈까. 은국은 담장 너머를 기웃거리기만 했다.

그때, 뒤편에서 누군가 말을 걸어왔다.

"마님 댁에 계세요?"

은국은 깜짝 놀라며 뒤돌아보았다. 구리무(크림, 화장품) 장수 이오시프였다.

그는 러시아 귀족 출신으로, 볼셰비키 혁명 때 숙청당해 이리저리 떠돌다가 조선까지 흘러들어 구리무 장수를 하고 있는 사람이라 했다. 특이한 외모와 이력에다, 그 자신의 이름을 본뜬 '이오시프 구리무'도 효능이 좋기로 소문이 자자해서 서울에서는 꽤 유명 인사였다. 불란서(프랑스) 화장품을 즐겨 쓰는 은국 어머니도 때때로 이오시프의 구리무를 샀다. 그는 아코디언을 연주하며 온 서울을 누볐고, 안국동 육거리에서 여학생들을 겨냥해 좌판을 벌이기도 했다.

전쟁이 터져도 화장품 장사는 불황이 없는지 이오시프는 여전히 곳곳을 누비고 다녔다. 서대문 여관촌이든 안국동 육거리든 은국도 하루걸러 한 번쯤은 이오시프를 보았다. 오늘은 아침부터 진고개에서 구리무를 팔고 다니는 모양이었다.

"이 댁 도련님이 아니신가 보네?"

이오시프가 김샜다는 표정으로 중얼거렸다. 그의 조선말은 거의 완벽하지만, 푸른 눈과 하얀 얼굴은 아무래도 조선말과 어울리지 않았다. 하지만 이오시프는 천연덕스러운 말투로 담장 안에 대고 더욱 목소리를 높였다.

"아씨! 마님! 계세요? 아씨!"

곧 현관문이 열리고 서화영이 밖으로 나왔다. 그녀는 담장 너머의 은국을 알아보고 반가운 미소를 지었다.

"잘 왔다."

서화영이 대문을 열었다. 은국은 교모를 벗고 공손히 인사한 다음 안으로 들어갔다. 그러자 이오시프가 기회를 만났다는 듯 잽싸게 대문 안으로 발 하나를 들였다.

"아씨, 오늘은 진짜 하나 사셔야 해요. 이제 몇 개 안 남았어요. 전쟁 통에 재료 구하기도 어렵습니다요. 기회 있을 때 사 두셔야 해요. 에구, 우리 아씨, 얼굴 까칠해지신 것 좀 보게!"

"오늘은 귀한 손님이 왔으니 방해 말고 돌아가요. 내일은 꼭 하나 사 줄게요."

서화영은 이오시프를 내보낸 뒤 대문을 잠그고 은국을 집 안으로 데리고 들어갔다.

서화영의 집은 일본식 목조 주택으로 좁은 단층이지만 깔끔하고 세련된 분위기를 풍겼다. 정원도 그리 넓진 않지만 서양식으로 잔디를 깔고 보기 좋게 나무를 심어 두었다. 현관으로 들어가니 왼편으로는 침실인 듯한 작은 방이 있고, 맞은편은 욕조가 딸린 욕실이었다. 침실 옆에는 서재로 쓰이는 큰 방도 하나 있었다.

서화영은 은국을 서재에 안내하고 부엌으로 갔다. 달그락거리는 소리가 나지막이 들려왔다.

은국은 서화영의 모습이 낯설었다. 무명 끈으로 질끈 묶은 머리 모양도 그렇고, 남자 옷 같은 누런 셔츠에 검은 바지를 입은 옷차림도 그러했다. 서울 제일의 멋쟁이 소리를 듣던 분인데.

서화영은 은국의 할아버지 황인보의 첩이었다. 하지만 나이라야 겨우 서른다섯인 데다 동경에서 미술까지 공부한 사람이었다. 잡지나 신문 광고에 쓰이는 그림을 그려 생활하다가 인민 공화국 세상이 된 뒤에는 미술가동맹 소속으로 그림을 그린다고 들었다. 서재 책상 위에 김일성과 스탈린의 초상화가 여러 장 쌓여 있었다. 그리다 만 그림들도 있는 것으로 보아 집까지 일감을 들고 온 모양이었다.

서화영이 찬 녹차와 삶은 고구마를 들고 돌아왔다. 쟁반을 내려 놓는 그녀의 손가락에 검은 물감이 물들어 있었다.

"좀 먹어 두렴. 요즘에야 너나없이 늘 허기진 신세이니, 기회만 닿으면 먹어 둬야지."

고작 삶은 고구마 하나를 앞에 두고 그런 말을 하는 서화영도 영 낯설었다. 하긴 서화영과 이렇게 단둘이 마주 앉아 있는 상황 자체가 생경한 일이었다.

어색한 침묵이 흘렀다. 서화영이 차분한 말투로 먼저 입을 열었다.

"황기택 씨 이야기는 들었다."

은국이 고개를 들었다. 서화영은 진심으로 걱정스러운 표정이었다.

"지금껏 별 소식이 없으니 일단 서울을 떠났다고 봐야겠지. 한강교에서 사람이 많이 상했다고 들었지만……."

"그 전에 떠나셨을 거예요."

은국이 서둘러 말했다. 그랬을 거라고, 굳게 믿고 있었다. 어쩌면 믿고 싶은 것인지도 모르지만, 지금으로서는 다른 생각을 할 수 없었다. 서화영이 가만히 고개를 끄덕이고 다시 말했다.

"그래, 황기택 씨는 그리 허망하게 갈 사람이 아니다."

은국은 서화영의 걱정 어린 말투를 어떻게 받아들여야 할지 난

감했다. 서화영이 그런 눈치를 알아챈 듯 장난스러운 눈웃음을 지었다.

"진심으로 하는 얘기다. 솔직히 나야 황기택 씨에게 감정이 좋지 않다만, 어쨌거나 나리의 아드님이니."

은국은 그만 얼굴이 붉어졌다. 서화영이 황씨 집안을 떠나던 날, 아버지가 그녀에게 퍼부은 폭언을 똑똑히 들었다.

아버님 때문에 여태 참고 있었지만 이제 각오해 두는 게 좋을 거야. 고 말짱한 얼굴 뒤에 새빨간 심보를 숨기고 있다는 걸 내 모를 줄 알아? 언제고 내 손에 걸리기만 해 봐. 수박 덩어리처럼 쪼개 버릴 테니!

이분은 정말 공산주의자일까. 은국은 다시금 그녀의 정체가 궁금해졌다.

사 년 전, 은국의 삼촌 기수는 철원애국청년단의 정체를 밝히기 위해 오복 그리고 강경애와 함께 서울로 잠입했다. 그때 그들이 이북으로 되돌아가도록 도와준 이는 다름 아닌 서화영이었다. 결국 그 일로 황인보와 사이가 틀어져 헤어지고 말았다.

은국은 책상 위에 놓인 김일성 수상의 초상화를 내려다보았다. 서화영이 그 눈길을 알아채고는 초상화들을 손끝으로 밀어내며 투덜거렸다.

"아휴, 아주 신물이 나는구나. 어찌나 그려 대었는지, 김일성 수상이 꿈에 나올 지경이지 뭐니?"

은국은 문득 서재를 둘러보았다. 그러고 보니 정작 서화영의 집에는 김일성과 스탈린의 초상화가 걸려 있지 않았다. 딱히 누가 강요하는 것은 아니지만, 은근히 눈치가 보여서 집집마다 초상화를 걸어 두는 분위기였다.

서화영이 뭘 찾느냐고 묻는 듯한 눈길을 보냈다. 은국은 좀 망설이다가 솔직하게 물었다.

"초상화가 없는 듯해서요."

서화영은 어깨를 들먹이며 한숨을 내쉬고는 손에 들었던 고구마를 다시 채반에 내려놓았다.

"난 사실 김일성이라는 사람이 그다지 마음에 들지 않는구나."

은국은 얼른 주위를 살폈다. 단둘밖에 없다는 걸 알면서도 반사적으로 나온 행동이었다. 김일성이라는 이름을 함부로 입에 올리는 건 위험한 일이었다. 그러나 서화영은 개구쟁이 같은 웃음마저 띠고 있었다.

"밖에서야 그렇다 치고, 내 집에서도 마음대로 말하지 못해서야 사람이 어찌 숨을 쉬고 사누. 초상화도 그렇다. 이거야 일이니 그리는 거고, 집집마다 똑같은 그림을 걸라니 영 내 성미에 맞질 않아. 그다지 빼어난 인물도 아닌데 무얼 초상화까지……. 인물이야 김일성보다 나리 쪽이 훨씬 낫지 않니?"

은국은 점점 난처해졌다. 서화영은 본디 안찬 데가 있었다. 한 집에서 지낼 때도 지나치게 솔직한 그녀의 언동에 당황할 때가 많왔다.

서화영은 은국의 표정을 보고 깔깔 소리 내어 웃었다. 그러더니 곧 웃음기를 거두고 짐짓 진지한 말투로 다시 입을 열었다.

"오해 마라, 나는 인민 공화국에 꽤 큰 기대를 걸고 있는 사람이니. 공산주의라…… 참으로 매력적이지 않니?"

매력이라. 은국은 마음속으로 그 말을 곱씹어 보았다. 공산주의. 그것은 삼촌을 떠올리게 하는 무엇이었다. 학성을 밝은 세상으로 돌려준 무엇이기도 했다. 그러나 식구들과 이별하게 만들고, 아버지와 할아버지를 곤경에 밀어 넣을지도 모르는 것이기도 했다.

하지만 내게는, 내게는 공산주의란 과연 어떤 것일까. 은국은 새삼스러운 의문을 품으며 서화영의 말에 귀 기울였다.

"모두가 평등하다, 더불어 잘산다……. 매력적이긴 한데 그게 말처럼 쉬운 일이겠니? 또한 그게 어디 좋기만 하겠니? 세상사가 다 그렇더라. 더러 내 마음에 안 드는 일도 있게 마련이지. 그런 마음으로 촌스러운 초상화를 하루에도 수십 장씩 그려 대는 거야. 그래도 이 전쟁이 끝나면, 지금보다는 나아지겠지. 적어도 커피는 마음껏 마실 수 있으면 좋겠는데 말이야."

서화영은 음식을 앞에 둔 허기진 사람처럼 소리 내어 군침을 삼켰다.

은국은 그만 웃음이 나왔다. 모처럼 마음 편히 웃어 본 것 같았다. 할아버지의 첩이었던 사람. 한집에서 지낼 때는 거북할 때가 많았는데, 지금은 편안했다. 느닷없이 낯선 세상에 떨어졌다는 동병상련 때문인지, 이제는 과거가 되어 버린 그 시절을 공유하고 있다는 동질감 때문인지. 오늘 진고개에 오기를 잘했다는 생각이 들었다.

"어쨌든 이렇게 와 주어서 고맙구나. 넌 나리의 하나밖에 없는 손자야. 네가 어려운 처지에 놓여 있다면 내가 돕는 게 당연하다. 나리와 나 사이에 그 정도 정리는 남아 있단다. 그러니 내 도움이 필요할 땐 언제든 찾아오렴."

서화영의 눈빛에서 깊이 염려하는 마음이 느껴졌다. 은국도 그녀에게 진심으로 인사했다.

"고맙습니다."

은국은 조만간 다시 오겠다고 말하고 서화영의 집을 나섰다.

서화영을 만나고 나니 할아버지 생각이 더 났다. 부산의 식구들은 어쩌고 있을지 걱정이 되었다. 아버지는 정말 무사히 서울을 떠나셨을까. 어머니는 눈물로 나날을 보내시겠구나. 전쟁이 끝나야 어머니를 다시 뵐 수 있을 텐데……

그러나 전쟁이 끝나면. 그렇게 생각하니 또 막막해졌다. 아무리 고심해도 매번 막다른 골목이었다. 친일 악질 지주로 심판받을까 두려워 남쪽으로 도망친 할아버지, 좌익 때려잡는 일에 앞장섰던 아버지. 두 사람 모두 인민 공화국 세상에서는 살 수 없는 처지였다.

그러니 인민군이 패배하기를 바라야 할 텐데, 은국은 어쩐지 그런 마음이 들지 않았다. 인민군이 패하면 학성은 또 어찌 될까. 서화영 저분은 또 어찌 될까. 세상에 또 한바탕 피바람이 불지 않을까. 그렇다고 집안의 처지를 뻔히 알면서 인민군의 승리를 바랄 수도 없는 노릇이었다.

차라리 지금 이 상태가 계속되는 것이 나은지도 몰라. 아버지와 서로 다른 세계에서 저마다의 방식으로 사는. 은국은 스스로의 생각에 놀라 얼른 고개를 흔들고 걸음을 재촉했다.

큰길로 접어드는 모퉁이의 민주 선전실에서 라디오 소리가 크게 흘러나오고 있었다.

"……하므로 나는 이제라도 리승만 매국도당에게 충성했던 지난날을 깊이 반성하며 인민에게 속죄하는 마음으로 김일성 수상과 조선로동당에 충성하고자 합니다. 악독한 미 제국주의와 리승만은 삼팔선을 호시탐탐 노리다 급기야 극악한 북침을 저질렀으나 영용무쌍한 인민해방군이 이를 물리치고……."

은국은 홀린 듯 민주 선전실로 다가갔다. 탁하지만 정감 있는 목소리. 라디오 방송을 통해 여러 차례 들은 바 있는 바로 그 목소리였다.

"……그러하므로 저 김준한은 조선 민주주의 인민 공화국을 위해 남은 생을 모두 바칠 것입니다."

김준한 의원. 그가 서울에 남아 있었다.

5

　골목에서 확성기에 대고 외치는 소리가 들려왔다. 서울 여관 2층 제일 큰 방에 사는 반장의 목소리였다.

　"인민 여러분께 알려 드립니다. 오늘 밤 9시에 서울시 인민위원회 선거가 있을 예정이니 한 사람도 빠짐없이 참석해 주시기 바랍니다."

　원래 선거는 내일로 예정되어 있었다. 그런데 하루 앞당겨서, 그것도 한밤중에 한다는 것이다. 어느덧 선거를 치르기도 어려울 만큼 폭격이 심해졌다. 군중이 모여 있다 싶으면 어디선가 미군 폭격기가 날아들어 폭탄을 떨어뜨리거나 기총 소사를 해 댔다. 이제 서울 시내도 예외가 아니었다. 선거고 시가행진이고, 아무것도 할 수 없었다.

　날씨까지 해거름이 되도록 사람을 푹푹 삶아 댔다. 여관 건물은 일본식 2층 목조 주택이라 복도가 좁았다. 이웃한 열두 개의 방에서 뿜어내는 사람의 열기가 복도에 고여 온 집 안이 후끈거렸다. 복도의 열기가 사정없이 밀려드는데 바람 통할 구멍이라고는 천장에 바싹 붙은 창문 하나가 전부였다. 그런 판국에 반장의 목소리까지 바로 가까이에서 왕왕 울려 대었다.

　서울 여관은 주인이 피란을 가고 인민위원회가 접수했다. 전부터 살던 이들은 그대로 머물렀고, 인민위원회를 통해 새로 들어온 사람들까지 더해져 빈방이 없었다. 본래는 인민위원회에 방세를 내야 하지만 당장 끼니 때우기도 퍽퍽한 형편이라 다들 모르쇠였다. 인민위원회도 굳이 방세를 독촉하지는 않았다. 그러니 방이 빌 리 없었다. 스무 개의 방마다 사람이 꽉 들어찼다. 그런 여관 처마에다 확성기까지 달고 안내 방송이며 라디오며, 조용할 날이 없었다.

　봉아는 벌떡 일어나 앉았다. 늘어지게 낮잠이라도 자고 싶은데 더는 버틸 재간이 없었다. 삶은 시래기처럼 축 처져서 귀를 틀어막고 있느니 아무 데라도 돌아다니는 편이 나았다. 일단 정숙에게 가 보면 어디라도 갈 데가 생길 것이다. 정숙은 놀잇거리를 찾아내는 데 천부적인 재능이 있었다.

　하지만 얼추 밥때였다. 요즘 같은 상황에 밥때 맞춰 빈손으로 남의 집에 가는 건 염치없는 일이었다.

다행히 어제 오복이 가져다준 오이가 있었다. 봉아는 외출할 준비를 하고서 양진석의 방으로 갔다. 그런데 오이가 안 보였다. 꽤양이 많았는데 하나도 남아 있지 않았다. 봉아는 텅 빈 소쿠리를 내려다보며 헛웃음을 쳤다.

벌써 여러 번이었다. 전에 강승애가 감자를 한 포대 갖다 주었을 때도 그랬고, 은국이 미제 볼펜을 내다 판 돈으로 시루떡을 사 왔을 때도 그랬다. 길재네 아버지가 어렵사리 보내 준 미숫가루도 마찬가지였다. 들여놓기가 무섭게 줄어들다가 금세 바닥나 버렸다.

누구 소행인지 안 봐도 훤했다. 은국은 워낙 츱츱한 성격이 아니고, 길재는 입이 짧은 편이었다. 혹시 몰라서 방문을 꼭꼭 잠그고 다니니 다른 손을 탔을 리도 없었다. 결정적으로 일주일 전인가, 양진석이 삶은 옥수수를 몰래 가지고 나가다가 봉아에게 걸린 일이 있었다.

한두 번 이런 거 아니죠?

봉아가 다그쳐 묻자 양진석은 아무 말도 못 하고 얼굴만 시뻘게졌다.

식량 사정이 좋지 않아 다들 허리띠를 졸라매고 살았다. 한강에 나뭇잎만 떠도 미군 폭격기가 기총 소사를 해 댄다는데, 식량을 구하려고 목숨 걸고 한강을 건너는 사람들도 있다고 했다. 너나없이 어렵게 지내지만, 원체 먹성도 좋고 덩치도 있는 양진석은 유독 힘들어했다. 봉아는 혀를 끌끌 찼다. 은국과 길재 앞에서 망신을 줄까, 둘이 있을 때 단단히 따지고 들까, 먹을 건 이제 내 방에 두겠다고 할까……. 하지만 결국 그냥 덮어 두기로 했다. 그래, 그냥 모른 척하자. 오죽이나 배가 고팠으면 우리 몰래 훔쳐 먹었을까. 양진석의 때꾼해진 얼굴을 떠올리니 마음이 약해졌다. 봉아는 방 안을 원래대로 해 놓고 여관에서 나왔다.

정숙의 집은 아담한 한옥으로 여관촌에서 멀지 않았다. 오래되긴 했지만 정성스레 관리해 온 티가 났다. 기역 자 본채와 덧붙여 지은 작은 채가 있고, 마당에는 맑은 물이 차오르는 우물에 수도까지 따로 있었다.

그런데 오늘은 어째 분위기가 썰렁했다. 여름 해가 뉘엿뉘엿해졌는데도 집 안이 조용했다. 도마 소리도 들리지 않고, 굴뚝도 시커멓게 식어 있었다.

"정숙아."

봉아는 공연히 주눅이 들어 목소리를 낮추었다. 이야옹. 어디선가 고양이가 참견을 했다. 곧 안방 문이 열리며 정숙이 나왔다.

"정숙아."

봉아가 대문 안으로 들어가려는데, 정숙이 쉿 하고 입가에 손가락을 대더니 집 밖으로 나왔다. 그러더니 봉아의 손목을 잡아끌고 아예 제집 뒤편으로 돌아가서 이웃집 돌담에 기대섰다. 정숙의 분위기가 심상치 않아 봉아는 뭐라 입도 떼지 못하고 조용히 곁에 섰다. 정숙이 긴 한숨을 내쉰 뒤 입을 열었다.

"우리 집, 전출 명령 받았다."

"너희 집이? 왜?"

왜냐고 묻긴 했지만, 짐작 가는 바가 없는 건 아니었다.

얼마 전부터 서울시 임시인민위원회에서는 주민들에게 전출 명령을 내리기 시작했다. 서울의 식량난이 날로 심각해지니 인구를 지방으로 분산시킨다는 취지였다. 반드시 서울에 살아야 하는 게 아니라면, 정해 주는 지방으로 이사를 가야 했다. 갑작스레 전출을 강요당한 사람들은 불만이 이만저만 아니었다.

한데 이번에 정숙네도 전출 명령을 받았다는 것이다. 정숙네 오빠는 의용군으로 나갔고, 아버지는 대구에 돈 벌러 갔다가 전쟁에 길이 막혀 아직 돌아오지 못했다. 지금으로서는 식구라야 정숙과 어머니, 달랑 둘이었다. 반드시 서울에 있어야 할 이유가 없었다.

"학교는?"

소용없을 거라고 짐작하면서도 봉아는 아쉬운 마음에 그렇게 물었다. 정숙이 맥없이 고개 저었다.

"전학 가면 된대. 휴, 난 왜 이렇게 한심할까?"

"무슨 소리야? 전출이 어디 네 탓이니?"

"내가 못나 그렇지. 얘, 봉아야. 만약 내가 학교에서 대단한 역할이라도 하고 있다면 말이야. 그러니까 민청 간부라든가 너처럼 밴드부라든가……. 그렇다면 강정숙 없으면 동덕 여중은 망한다고, 절대 전학 가면 안 된다고 그러지 않겠니? 한데 나 같은 거 있으나

마나, 이 학교에 가나 저 학교에 가나. 그러니 내 탓이라는 거지."

봉아는 정숙에게 미안해졌다. 그때, 정숙이 밴드부에 들어오고 싶어 할 때 주저앉히지 말 것을. 뒤늦게 후회가 되었다.

"우리 어머니, 내동 눈물 바람이시다. 이제 곧 인민해방군이 대구로 진격하면 전투가 벌어질 테고, 그러면 악독한 미제가 대구에 폭격을 해 댈 테고……. 그러다 우리 아버지한테 무슨 일이라도 생길까 봐 노심초사야. 한데 우리까지 집을 떠나야 한다니, 이러다 우리 식구 영영 집도 절도 없이 뿔뿔이 흩어지고 마는 거 아니냐고…… 어찌나 사위스러운 말씀만 하시는지……."

"설마 그럴 리가. 걱정 마, 응? 어머니께도 네가 잘 말씀드려. 이제 곧 전쟁이 끝날 거야. 김일성 수상 동지가 그러시지 않았니? 해방 기념일은 부산에서 맞이할 거라고. 그때가 되면 너희 아버지도 무사히 돌아오실 거야."

"그런 말씀 드린다고 걱정을 안 하시겠니."

부질없는 소리라는 걸 봉아도 잘 알았다. 봉아 역시 폭격 때문에 불안해서 잠을 설치는 날이 많았다.

삼팔선 이남도 그렇지만, 특히 이북은 미군의 폭격으로 잿더미가 되었다고 했다. 그중에서도 평양은 본래의 모습을 알아볼 수 없을 정도로 피해가 컸다. 만경대 학원도 폭격을 피하지 못했고, 그 와중에 다치거나 죽은 학생들도 많다는 소식이었다.

봉아는 장일금과 함께 신문에 실렸을 때, 현자에게 편지를 썼다.

으스대고 싶은 마음도 있고, 미우니 고우니 해도 한방을 쓰며 정이 들었는지 현자가 그립기도 했다. 그런데 벌써 한 달이 다 되도록 답장이 없었다. 편지가 제대로 갔는지조차 의심스러웠다. 우편 열차라고 폭격에서 예외일 리 없었다.

철원도 심각한 상황이라 했다. 읍내는 어디 한군데 성한 건물이 없다 했으니, 인민서점도 무사하지 않을 것 같았다. 경애 언니는 괜찮을까. 봉아는 북으로 날아가는 폭격기를 볼 때마다 심장이 조여들었다.

그렇다고 마음이 약해져서는 안 되었다. 봉아는 스스로에게 주문을 걸듯 정숙을 위로했다.

"기운 내, 정숙아. 무사하실 거야. 걱정 마."

정숙은 눈물을 글썽이며 고개를 끄덕였다. 봉아는 가슴이 찌르르 아파 왔다. 어느새 정이 많이 들었나 보다. 어떻게든 정숙의 기분을 풀어 주고 싶었다. 정숙네 집 앞까지 돌아왔지만 그냥 발걸음이 떨어지지 않았다. 정숙도 다 아는 사실이지만 혹시나 힘이 될까 싶은 마음에 다시 입을 열었다.

"광주를 해방시켰다는 소식 들었지? 이제 경상도만 남았어. 그러니까……."

"정숙아……."

정숙의 어머니 목소리가 들려왔다. 장지문 안에서 흘러나오는 목소리에는 기운이 하나도 없었다.

"이만 들어가 봐야겠다."

정숙이 들어가고 나서도 봉아는 담장 바깥에 우두커니 서 있었다. 정숙네 안방 장지문 너머로 불빛이 일렁였다. 남포등을 켠 모양이었다. 요즘 전기 사정이 좋지 않아 집집마다 남포등이며 초를 다시 꺼내어 쓴다고들 했다.

노란 불빛이 무척이나 따스해 보였다. 봉아는 어쩐지 쓸쓸해졌다. 정숙네 사정을 뻔히 알면서도 장지문 바깥으로 새어 나오는 그 불빛이 부러웠다.

어머니가 있는, 노란 불빛을 앞에 두고 마주 앉아 서로의 마음을 어루만져 줄 수 있는 방.

봉아는 고개를 돌렸다. 길 건너로 어둠에 잠긴 산이 보였다. 그곳에 봉원사가 있었다. 늘 보는 풍경인데 오늘따라 불빛 한 점 없는 산자락이 스산해 보였다.

서울 여관에서 첫 밤을 보내고 다음 날 아침 혼자 조용히 봉원사에 갔는데 은국과 마주치고 말았다. 은국이야 어차피 사연을 다 알고 있다지만, 어머니의 이름은 누구에게도 보여 주기 싫은 흉터였다.

그 뒤로는 두 번 다시 봉원사를 찾지 않았다. 집으로 돌아오는 길에 저도 모르게 봉원사 쪽으로 마음이 쓰였지만 애써 눈길 한 번 주지 않았다. 어머니를 용서할 수 없었다. 이해할 수도 없었다. 아니, 이해하고 싶지 않은 것인지도 몰랐다. 어머니를 생각할 여유도 없었다.

봉아는 거렁뱅이와 다름없이 지냈던 어린 시절을 똑똑히 기억하고 있었다. 넓디넓은 서울 하늘 아래 작은 몸 하나 쉴 곳이 없었다. 밥 한 끼 그냥 내주는 이가 없었다.

그러나 지금의 서울은 어떠한가. 봉아는 산을 등지고 마을을 둘러보았다. 네 것도 내 것도 없는 세상. 먹더라도 같이 먹고 굶더라도 같이 굶는 세상. 조국은 봉아에게 그런 세상을 약속했다. 지금은 비록 전쟁 중이라 모두 힘든 시간을 보내고 있지만, 봉아는 그 약속을 굳게 믿고 있었다. 그 밖의 다른 길은 알지 못했다.

감상에 빠져 있을 때가 아니었다. 내일은 모처럼 의용군 자원 궐기 대회가 있을 예정이다. 봉아는 여관으로 돌아가기 위해 걸음을 바삐 옮겼다.

그런데 큰길로 나가니 분위기가 좀 이상했다. 난데없는 인파가 잔뜩 모여 있었는데 이상하리만치 조용했다. 다들 숨죽인 채 한쪽을 열심히 쳐다보고 있었다. 봉아도 군중들 사이를 파고들었다.

양화진에서 시내 쪽으로 군인의 행렬이 밀려들고 있었다. 절도 있게 발 맞추어 행군하는 게 아니었다. 병사들은 서로 어깨를 맞대고 간신히 걸음을 옮겼다. 작대기를 짚고 걷다가 먼지 나는 길에 나뒹군 채 몸을 일으키지 못하는 병사도 있었다. 수레에 실린 병사들은 부상이 더 심했다. 온몸에 붕대를 친친 감고 시신처럼 널브러져 있었다. 팔이나 다리가 잘려 나간 부상병들도 있었다. 대부분

군인이라기에는 너무도 앳되어 보였다. 대개 남자들이고, 간혹 여군도 섞여 있었다.

사람들은 놀란 얼굴로 수군거리기만 했다. 어쩌다 부상병들에게 말을 걸려는 사람들도 있었지만, 곧 제지당했다. 호송하는 병사들이 험악한 얼굴로 총구를 겨누며 민간인들의 접근을 막았다. 그래도 번히 보이는 사실을 감출 순 없었다. 사람들의 수군대는 소리가 파문처럼 퍼져 나갔다.

의용군이야.

개전 후에 참전한 남쪽 출신 의용군들이 부상을 입고 돌아오기 시작한 것이다.

6

어째서 김준한 의원이 서울에 있단 말인가. 그렇다면 아버지도 서울을 떠나지 못했다는 말인가. 김준한 의원이 인민군에게 잡혀 있다면, 아버지도 같은 처지라는 말인가. 하지만 그렇다면 오복 동무가 아무 말도 하지 않았을 리 없는데.

아무리 고심해 봐도 결론을 내릴 수가 없었다. 은국은 아무래도 김준한 의원을 직접 만나 봐야겠다는 생각이 들었다.

우선 김준한 의원의 옛집으로 가 보았다. 당연히 몰수되었을 테지만 혹시나 했는데, 아니나 다를까 그 집은 이제 서울시 전출 사무소로 쓰이고 있었다.

남은 방법은 오직 하나, 방송국 앞에서 기다리는 것이다. 다행히 김준한 의원은 늘 일정한 시간에 방송을 하는 듯했다.

은국은 그 시간에 맞추어 방송국 앞에서 기다렸다. 밴드부 연습 시간과 겹쳤을 때는 꾀병을 부리고 빠져나오기도 했다. 그래도 벌써 세 번이나 허탕을 쳤고 오늘로 네 번째였다.

드디어 김준한 의원이 방송국 앞에 모습을 드러냈다.

하지만 혼자가 아니었다. 군용 지프차를 타고 왔는데, 내무서원으로 보이는 청년 둘이 함께였다. 한 사람은 운전을 하고 또 한 사람은 김준한 의원과 함께 뒷자리에 탔다. 운전을 한 청년이 지프차를 방송국 앞에 세우고 먼저 차에서 내렸다. 뒷자리의 청년이 김준한 의원의 팔을 가볍게 잡고 뒤따라 내렸다. 그렇게 두 청년이 김준한 의원을 양쪽에서 옹위하듯 함께 방송국으로 들어갔다. 말을 걸기는커녕 눈 한 번 맞춰 볼 짬도 없었다.

그렇다고 이대로 포기할 수는 없었다. 은국은 방송국 맞은편의 빈 저택 담장 안에 몸을 숨기고 상황을 살펴보았다. 제아무리 철통 같은 경계망이라도 빈구석이 있게 마련이었다.

방송국으로 쉼 없이 사람들이 드나들었다. 직원처럼 보이는 이들도 있고, 김준한 의원 같은 처지로 보이는 이들도 있었다. 심부름꾼처럼 보이는 소년들이 자전거를 세워 놓고 방송국으로 뛰어들어가기도 했다.

은국은 그런 소년들을 눈여겨보았다. 숨어 있던 곳에서 빠져나와 다시 큰길가로 갔다. 방송국 쪽으로 진입하는 골목 입구의 문

닫은 담배 가게 처마 밑에 가서 섰다. 맞은편의 덕수궁 담벼락에 벽보가 덕지덕지 붙어 있었다. 가장 최근에 붙인 듯한 벽보에는 커다랗게 네 글자만 달랑 적혀 있었다.

안동 해방

아까 라디오에서 듣자니 인민군은 이제 낙동강에 이르렀다고 했다. 곧 부산이겠구나. 그렇다면 아버지는, 할아버지는, 어머니는……. 은국이 복잡한 생각에 빠져들려는 순간, 자전거 한 대가 은국의 눈앞을 지나쳐 갔다. 열두어 살쯤 되어 보이는 소년이 '얼음'이라고 적힌 나무 상자를 실은 자전거를 끌고 방송국 쪽으로 가고 있었다.

은국은 서둘러 달려가 소년의 앞을 가로막았다. 뭐야, 넌? 소년의 눈빛이 도전적으로 물었다. 은국이 자전거 손잡이를 잡고 입을 열었다.

"방송국으로 배달 가는 거냐?"

그렇다면, 뭐? 어린 소년이지만 눈빛이 만만찮았다.

은국은 소년에게 생각할 틈을 주지 않고 곧장 손목시계를 내밀었다. 스위스제 손목시계는 한눈에 보아도 고가품이었다.

"뭡……니까?"

비로소 소년이 입을 뗐다. 잔뜩 구미가 당기는 얼굴이었다. 은국은 손목시계를 소년에게 더 가까이 들이밀었다. 소년이 군침을 삼켰다.

"얼음 배달은 내가 대신해 줄 테니까 여기서 기다려."

은국은 골목 안쪽을 가리켰다. 소년의 눈길이 덕수궁 돌담을 따라가다가 방송국 송신탑에 이르렀다. 눈치가 빠른 아이였다. 은국은 주머니 속에 들어 있던 만년필도 꺼냈다. 시계와 만년필이라면 현찰이나 진배없었다. 소년이 한 달 꼬박 일해도 손에 쥘까 말까 한 액수였다.

소년이 대뜸 시계로 손을 뻗었다. 은국이 재빨리 손을 뒤로 물리고 소년의 손에 만년필을 쥐어 주었다.

"여기서 기다려. 그럼 돌아와서 시계를 줄 테니."

"댁을 어찌 믿고 자전거를 내줘요?"

소년의 얼굴이 대번에 험악해졌다.

"나는 널 어찌 믿고 저리로 들어가겠어?"

소년은 다시 방송국 쪽을 바라보았다. 그리고 잠시 생각하다가 말했다.

"그럼 시계를 지금 줘요. 만년필은 이따 주고."

거래가 이루어졌다. 은국은 소년의 밀짚모자까지 빌려 쓰고 방송국으로 다가갔다.

"김옥순 동무가 얼음 배달을 시켰습니다."

소년에게 들은 대로 말하자 보초병이 고개를 끄덕였다. 은국은 자전거를 입구에 세워 놓고 짐칸에 실린 나무 상자의 뚜껑을 열었다. 커다란 수박만 한 얼음이 새끼로 잘 묶여 있었다.

마침내 방송국 안으로 들어갔다. 현관에 붙은 건물 안내를 보니, 라디오 스튜디오는 2층이었다. 은국은 곧장 2층으로 뛰어 올라갔다. 혹시라도 얼음을 주문한 사람과 마주쳐서는 곤란했다.

그런데 2층 계단 끝에 다다라 모퉁이에 몸을 숨기고 살펴보니 스튜디오 앞에도 지키는 사람이 있었다. 아까 운전을 했던 청년이었다. 낭패였다. 그렇다고 그냥 물러날 수는 없었다. 황급히 주위를 둘러보니, 반대편에 화장실이 보였다.

은국은 스튜디오 쪽을 돌아보지 않고 그대로 화장실로 들어갔다. 소변기 하나와 세면대 그리고 문이 달린 칸이 있었다. 은국은 그 안에 들어가 몸을 숨겼다.

라디오 방송을 하자면 긴장되기 마련일 것이다. 김준한 의원이야 전쟁 전부터 라디오 방송을 수십 번도 더 해 보았을 테지만 그때와는 상황이 달랐다. 지난날을 반성한다는 것도, 남쪽에서 먼저 쳐들어갔다는 것도, 강압에 의한 거짓말이 분명했다. 억압적인 분위기에서 긴장된 상태로 방송을 한다면 화장실에 가고 싶어지지 않을까. 은국은 막연한 기대를 품었다. 행운이 따라 준다면, 김준한 의원은 화장실에 들를 것이다. 지금으로서는 행운을 기다리는 수밖에 없었다. 은국은 일 초 일 초를 간절하게 헤아리며 발소리가 다가오기를 기다렸다.

누군가 화장실로 들어왔다. 문틈으로 엿보니 김준한이 아니었다. 다음, 그다음도 다른 사람이었다. 그리고 네 번째로 화장실 문이 열렸다. 김준한 의원이었다.

은국이 문을 열고 나갔다. 김준한 의원은 거울로 은국을 보았지만 표정에 별다른 동요가 없었다. 은국은 출입문을 막아서고 말을 걸었다.

"의원님."

김준한은 까무러치듯 놀라 하마터면 중심을 잃고 넘어질 뻔했다. 의원이라는 호칭이 그토록 위험하게 느껴지는 모양이었다.

"너, 너, 너 뭐야?"

"황은국이라고 합니다. 황기택 판사의 아들입니다."

황기택이라는 말에 김준한의 표정이 급변했다. 긴장된, 하지만 아까처럼 겁에 질린 표정은 아니었다.

"여기서 뭘 하고 있는 게냐? 피란 가지 못한 거야? 그럼 네 아버지도 서울에 있는 게냐?"

김준한은 황기택의 행방을 몰랐다. 은국은 한강 다리 폭파 소식을 들었던 순간처럼 눈앞이 아득해졌다. 아버지, 대체 어디에······. 은국이 다급하게 입을 열었다.

"아버지가 어디 계신지 저도 모릅니다. 남쪽으로 가셨는지 아니면 서울에 남아 계신지, 그도 아니면······. 의원님은 아버지의 행방을 아실 거라고 생각했습니다. 그래서 이렇게······."

"무슨 소리냐? 네 아버지는 너를 데리러 간다고 그날 내 집에서 먼저 나섰거늘!"

"네? 그게 몇 시쯤이었나요?"

"자정이 좀 안 되었을 무렵이다. 집에 가서 너를 태우고 오겠다고 했지. 그런 다음 12시 반경에 용산역 앞에서 나와 다시 만나기로 했고."

그렇다면 집으로 돌아올 시간은 충분했다. 그대로 떠났다고 해도 다리 폭파 전에 한강을 건넜을 것이다.

"그런데 의원님은 왜 이렇게……."

"일이 꼬이고 말았다……."

김준한은 갑자기 탈진한 듯 휘청거리며 세면대에 기대섰다. 그날을 생각하니 버티고 서 있을 기운마저 빠져나가는 모양이었다.

"난 집을 나서자마자 좌익들에게 잡히고 말았다. 인민군의 진입이 확실해지니 유력 인사들을 미리 습격했다고 하더군. 그래서 지금 이런 처지가 된 거다. 그래도 황기택 판사는 너를 데리고 무사히 떠난 줄로만 알았는데 어찌……."

그때, 화장실 문이 벌컥 열리다가 은국의 등에 부닥쳤다.

"뭐야?"

문을 열려던 청년이 짜증스럽게 소리쳤다. 김준한과 함께 지프차를 타고 온 청년이었다. 은국이 얼른 옆으로 비켜서며 고개 숙였다. 청년은 은국을 힐긋 보고는 김준한에게 눈길을 돌렸다.

"동무, 어디 불편한 데라도 있으십니까?"

"아닐세. 속이 좋지 않아서 오래 걸렸네. 나가세."

김준한이 청년의 가슴팍에 손을 얹고 살짝 밀듯이 밖으로 나갔다.

7

장일금.

봉아는 함께 신문에 실렸던 그 5학년 선배가 자꾸만 생각났다.

조국을 위해 한목숨 바칠 각오로 나서지 않고서야 민족의 이름 앞에 어찌 부끄럽지 않겠습니까!

궐기 대회에서 소리 높여 외치던 제 목소리가 귓가에 쟁쟁 울리는 듯했다. 부상을 입고 퇴각하던 의용군들의 모습에 장일금이 겹쳐 떠올랐다.

생각해 보면 당연한 일이었다. 전쟁터로 가면 누군가는 다치고 누군가는 죽게 마련이었다. 몰랐던 건 아닌데, 자꾸 끔찍한 장면이 떠오르며 마음이 어지러워졌다.

"봉아야, 봉아야."

봉아는 퍼뜩 정신을 차리고 돌아누웠다. 하도 더워서 방문을 열어 놓고 짚단으로 엮은 발을 드리워 놨는데, 양진석이 발을 들고 방을 들여다보고 있었다.

"무슨 생각을 그리하기에 몇 번씩 불러도 못 들어?"

양진석이 방으로 들어왔다. 봉아는 혼자 있고 싶은 마음이라 양진석이 거추장스러웠다. 하지만 양진석은 그냥 물러갈 눈치가 아니었다. 봉아는 마지못해 일어나 앉았다.

양진석은 심란한 얼굴로 바닥에 털썩 앉으며 대뜸 물었다.

"너도 그 소리 들었냐?"

"무슨 소리요?"

"민청 회의에서 들었는데 말이야, 미 군함이 인천에 대고 함포를 쏘고 있다지 뭐냐."

봉아는 어처구니가 없어 대놓고 코웃음을 쳤다.

"낙동강에서 전투 중인데 인천이라니, 말이 되는 소리예요?"

"한데 인천서 온 사람들이 그런다는 거야. 그놈의 함포 소리 때문에 인천이 들썩들썩했다고. 전란 통에 불안하니까 별의별 소문이 다 도는 건지……. 어휴, 요 며칠 아예 행진도 못 하고 있으니 나도 점점 불안해진다. 이러다 조선 사람 다 죽게 생겼어. 미군 쌕쌕이(제트기)들이 저렇게 폭탄을 퍼부어 대니……. 오키나와 미군 기지에서 평양까지 고작 세 시간 거리다. 아침 먹고 날아와서 폭격하고 돌아가면 점심 먹는 시간 아니냐? 왜놈들이 우리 꼴을 보면서 잘코사니다 하겠구나. 것 보라고, 조센진들은 독립해 봤자 지들끼리 싸움질이나 하고 있다고."

"싸움질이라니, 무슨 말을 그리해요? 해방 전쟁이라고요."

"똥이나 된장이나, 이름이 중요하냐? 장맛이면 장인 거고, 똥 맛이면 똥인 거지."

"무슨 말도 안 되는 소리예요, 그게?"

양진석이 이렇게 횡설수설하는 건 하루 이틀 일이 아니었다. 소심한 것 같으면서도 겁 없는 소리를 하고, 겁 없는 소리를 하는가 싶으면 괜한 걱정에 잠을 설쳤다. 그럴 때마다 앞뒤 따져 가며 상황을 알려 주고, 할 말 못할 말 분별하도록 일러 주는 건 오히려 조카인 봉아의 몫이었다.

그런데 오늘은 어쩐지 입이 떨어지지 않았다. 봉아가 통명스레 한마디 해 놓고 말이 없자 양진석은 작정한 듯 푸념을 늘어놓았다.

"따지고 보면 상대는 이승만이 아니라 미국이다. 일본 놈들, 독일 놈들 다 미국한테 고꾸라졌잖아. 내가 전쟁에 나가 봐서 아는데 말이야, 폭격기가 제일이다. 임진왜란 같은 때가 아니란 말이야. 병사들이 제아무리 결의가 높으면 뭐해? 하늘에서 불벼락이 떨어지는데."

"그래서? 설마 인민해방군이 질 거다, 그런 뜻이에요?"

봉아는 팩 쏘아붙여 놓고 제풀에 뜨끔해서 얼른 복도를 살폈다.

목소리를 너무 높이고 말았다. 하지만 양진석은 주위 사정 따위 아 랑곳 않고 골똘한 얼굴로 계속 말했다.

"요새 갈수록 인심이 요상하게 흘러간다. 처음엔 대부분 인민 군에게 기대를 걸지 않았니? 있는 사람들이야 가진 거 내놓게 되 었으니 불만이라 해도, 우리네 같은 사람들은 솔직히 공산주의가 싫을 게 뭐 있냐? 나눠 먹자는데. 그런데 말이다. 토지 개혁이라는 거, 시골 사람들은 환영할지 몰라도 서울은 다르잖아. 농사짓는 사 람도 별로 없고, 농사를 지어 봤자 텃밭 수준이고. 그런데 전출 명 령이다 토론이다 학습이다 거기에다 부역까지, 시키는 일은 많은 데 해 주는 건 없잖아. 쌀값은 다락같이 오르는데 아무런 대책도 없어. 처음에 뭐라 했냐? 삼 년 치 식량이 쌓여 있다면서 곧 서울 사람 모두 배불리 먹여 줄 거라 하지 않았냐? 그런데 여태 콩 한 쪽 나눠 준 게 없다. 그런 빈말은 안 하느니만 못 한 법이다. 괜한 허세 부렸다가 인민군은 순 거짓말쟁이라고 욕만 먹고 있잖아. 오 죽하면 사람들이 이런 소리를 한다. 차라리 왜놈 밑에서 살 때가 좋았다고. 그때는 적어도 우리끼리는 안 싸웠다면서."

'우리'라는 말에 봉아는 피가 거꾸로 솟았다. 우리. 서울살이하 는 동안 단 한 번도 자신이 '우리'에 속한다는 생각을 해 보지 못 했다. 굶주림보다 추위보다, 그게 더 아팠다.

"우리라니? 대체 누가 우린데요? 조선 사람이라고 다 같아요? 굶어 죽고 얼어 죽고 맞아 죽고, 그렇게 간신히 목숨만 부지하던 인민들이랑 저희들끼리 배 터지게 먹고 놀던 부르주아지들이 같은 조선 사람이에요? 우리예요?"

"왜 화를 내고 그래……. 누가 모르냐? 그래, 계급 모순. 나도 이제 다 배웠어. 배우지 않아도 그만한 깜냥은 있고. 잘 먹고 잘살 때는 나 몰라라 하던 놈들이, 힘든 일 터지면 우리는 다 같은 조선 사람이라고 하지. 있는 놈들은 원래 그런 법이야. 그렇다고 왜놈 어쩌고 하는 소리가 진심이겠냐? 세상없어도 게다짝 끄는 소리는 두 번 다시 듣고 싶지 않아. 조선 사람이라면 다들 그런 맘이겠지. 친일파 놈들은 다르겠지만서도. 아무튼 이놈의 전쟁이 하도 징글맞으니까 그런 말까지 나도는 거겠지. 요새 분위기가 그 정도라는 거야. 인심 돌아가는 게 하 수상하다. 그 전출 문제만 해도 그래."

"아, 맞다. 전출."

봉아가 양진석의 말을 잘랐다. 요 며칠 심란해서 잊고 있었다.

"정숙이 말이에요, 내 동무."

양진석이 고개를 끄덕였다.

"정숙이가 노래를 정말 잘하거든요. 그래서 말인데, 밴드부에 들어오게 해 주면 안 될까요?"

선선히 고개를 끄덕일 줄 알았다. 그런데 뜻밖에도 양진석은 대번에 고개 저었다.

"안 돼. 지금은 새로 누굴 들일 상황이 아니야."

"아니, 노래를 잘하기도 하지만…… 실은 정숙이네가 전출 명령을 받았어요. 근데 서울에서 꼭 해야 할 일이 있으면 가지 않아도 된대요. 그러니까 정숙이를 연합 밴드부로 받아 주면 좋겠어요. 그럼 전출을 안 가도 될 테니.”

“아무튼 안 돼. 내 마음대로 결정할 수 있는 일이 아니야. 밴드부 자체가 오늘내일하는 상황인데.”

“그건 또 무슨 소리예요?”

양진석은 바닥이 무너져라 한숨을 쉬었다.

“요즘 의용군 자원이 처음만 못하잖아. 오늘 궐기 대회 때도 분위기가 영 썰렁하지 않던? 자원하는 사람은 자꾸 줄어드는데 전선에서는 병력이 달리고……. 밴드부고 뭐고, 의용군 나가는 게 우선이라 이거지. 우리 밴드부원들 나이가 얼추 그만하잖아.”

“황은국 동무랑 오길재 동무는 입대 연령에서 한 살 모자라는데요?”

“그런 걸 따질 분위기가 아니라니깐. 어차피 행진도 거의 못 하니 밴드부가 할 일도 없어지고 있어. 지금 있는 애들 챙기는 것만도 내가 머리가 터진다. 어떻게든 할 일을 찾아서 전쟁터로는 보내지 않아야 하는데…….”

그건 안 된다고 말해야 했다. 조국이 부른다면, 전쟁터든 어디든 달려가는 게 인민의 의무라고 말해야 했다. 하지만 그런 말이 입 밖으로 나오지 않았다. 봉아는 아무 말도 할 수 없었다. 양진석이 잘못도 없이 미안한 표정을 지었다.

"그러니까 정숙이 문제는 내가 도울 수가 없어. 혹시…… 오복 동무한테 부탁해 보면 안 되려나?"

양진석이 그렇게 말하는 순간, 누군가 방문에 걸린 발을 걷어 올렸다.

"뭘 부탁해요?"

다름 아닌 오복이었다.

"오라버니!"

봉아가 반갑게 일어섰다. 오복이 싱긋 웃으며 옆으로 비켜섰다. 또 다른 사람이 방문 앞으로 모습을 드러내었다.

강경애였다.

8

"군복이 이렇게 잘 어울릴 줄은 몰랐는데."

강경애를 바라보는 서화영의 눈가가 촉촉하게 젖어 들었다. 강경애도 눈물이 그렁그렁한 채 절도 있게 거수경례를 했다.

"경애 너를 다시 만나다니, 삼팔선이 열리긴 열린 게로구나."

서화영이 강경애의 어깨를 부드럽게 감싸 안았다. 강경애가 손끝으로 얼른 눈물을 닦아 내고 말했다.

"아씨, 무사하셔서 다행이에요. 정말이지 꼭 다시 뵙고 싶었어요."

은국은 서화영과 강경애를 번갈아 바라보았다. 두 사람의 사이는 한때의 주종 관계 이상인 듯했다.

서화영이 황인보의 첩으로 철원에서 지내던 시절, 강경애는 서화영의 몸종으로 일했다. 해방이 되자 서화영은 황인보를 따라 서울로 왔고, 강경애는 철원에 남았다가 인민서점 점원으로 일하게 되었다.

그런 두 사람이 다시 만났다. 재회는 반갑지만, 전쟁으로 인한 만남이 즐겁기만 할 수는 없었다.

서재로 들어가 자리에 앉자마자 서화영이 강경애에게 물었다.

"그래, 철원은 어떠니? 폭격 피해가 심하다고 들었다."

"네, 읍내는…… 이제 아무것도 안 남았어요. 인민서점이고 뭐고 도립 병원까지 완전히 불타 버려서 요즘은 로동당사 건물을 야전 병원으로 쓰고 있어요. 그렇다고 울고불고하고 있느니 차라리 나도 나가서 싸우자 싶더라고요. 그래서 자원했어요."

"하긴 코 빠뜨리고 앉아 기다리는 건 강경애 성미에 맞질 않지."

서화영이 눈웃음 지으며 말했다. 어두운 심경을 드러내지 않으려 애쓰는 듯했다. 강경애도 짐짓 어리광을 피우듯 말을 받았다.

"그럼요. 그리고 제가 이래 봬도 특등 사수랍니다."

"간호병이 특등 사수는 무슨."

봉아는 아까부터 괜한 심통이었다. 강경애가 봉아를 장난스레 흘겨보았다.

"어머, 복이가 하는 말 못 들었니? 사격 훈련에서 1등을 해서 전선으로 가기 전에 이렇게 하루 특별 휴가까지 얻은 거라니까."

"그럼 곧장 떠나야 하니? 내 집에서 하루라도 자고 가면 좋으련
만."

서화영은 무척이나 아쉬운 모양이었다. 강경애도 같은 마음인
듯하지만 밝은 웃음을 지어 보였다.

"곧 그렇게 될 거예요, 아씨. 전쟁이 끝나는 대로 다시 뵈어요.
그때는 서울 구경도 시켜 주시고 맛있는 것도 사 주세요, 네?"

"그래, 꼭 그래야 한다. 맞다, 특별한 날 마시려고 남겨 둔 커피
가 있다. 경애야, 한잔 마시고 가려무나."

서화영이 부엌으로 가려고 일어서자 강경애가 붙잡았다.

"아씨, 제가 할게요."

"얘도, 참. 아까부터 계속 아씨 타령이로구나. 누굴 반동분자로
만들려고."

서화영은 장난스럽게 어깨를 움츠려 보이고 부엌으로 나갔다.

"그러게. 아씨가 뭐야, 아씨가."

봉아가 타박을 주어도 강경애는 태연했다.

"아씨를 아씨라 부르지 뭐라 하니? 내가 저분에게 붙여 준 별호
인 셈 치려무나. 그나저나 은국아."

강경애가 은국에게 눈길을 돌렸다. 은국은 기억하지 못하지만
강경애는 철원에서 지내던 어린 은국을 먼발치서 보았다고 했다.

강경애의 부모는 황씨네 소작인이었다. 또한 강경애는 은국의
삼촌 기수와 가까운 동무 사이이기도 했다.

기수가 철원애국청년단의 정체를 밝히려고 오복과 함께 서울에 잠입했을 때, 강경애도 그들과 같이 왔다. 그때 서화영에게 도움을 청하러 왔다가 강경애는 그만 황인보에게 잡혀 황씨 저택에 갇혔는데, 은국과 서화영의 도움으로 기수들과 함께 무사히 철원으로 돌아갈 수 있었다.

은국은 강경애가 자신을 동무의 동생처럼 편하게 대해 주는 게 좋았다. 삼촌의 그림자라도 본 듯 반가운 마음마저 들었다.

"네, 말씀하세요."

은국도 누이를 대하듯 부드러운 말투로 대답했다.

"어찌 지내니? 불편한 데는 없고? 아까 보니 여관이 영 옹색하더라. 먹는 것도 부실할 테고."

강경애의 살뜰한 마음에 은국은 어쩐지 뭉클해졌다. 하지만 봉아는 이 상황이 그저 못마땅한 모양이었다.

"오지랖은 암튼……. 불편하고 말고 할 게 뭐 있어? 인민위원회 덕에 방세 한 푼 안 내지, 밴드부에서 북 좀 두드리면 점심 한 끼 해결되지, 외삼촌이 배급받은 거 공으로 나눠 먹지, 하는 일 없이 먹고 자고 다 해결하는데, 뭐가 고생이야?"

강경애가 봉아의 머리통을 콕 쥐어박았다.

"하여간 말본새 하고는."

공연히 저 때문에 시비가 붙을까 봐 은국은 서둘러 말했다.

"봉아 말이 맞아요. 이래저래 신세만 지고 있는 건 사실이죠, 뭐.

불편한 데 없어요. 여동생들밖에 없어서 아쉬웠는데, 길재랑 같이 지내니까 형제가 생긴 것처럼 좋아요. 양 선생님도 큰형님처럼 인자하시고요."

서화영이 서재로 돌아왔다. 서화영과 강경애는 말없이 커피를 마셨다. 커피 향이 나른하게 퍼져 나갔다. 남산 훈련소에서 사격 훈련하는 소리가 들려오지 않는다면 전쟁 따위 먼 나라의 일처럼 느껴질 것 같았다.

그러나 여유로운 한때는 그리 길지 않았다. 강경애가 떠나야 할 시간이 되었다. 서화영과 강경애는 내일 다시 만날 사람들처럼 무덤덤한 얼굴로 헤어졌다.

은국은 봉아와 강경애를 따라 종각까지 걸어갔다. 약속대로 오복이 차를 가지고 시간 맞춰 나와 있었다.

강경애가 차에 오르기 전에 봉아에게 마지막 당부를 했다.

"사고 치지 말고 잘 지내. 외삼촌 말 잘 듣고. 넌 어른 말을 너무 우습게 아는 태도가 문제야. 알았니?"

"나 안 그래, 이제."

오복이 봉아를 거들었다.

"맞아, 고봉아 동무 활약이 대단하다. 다들 연합 밴드부에 대단한 선동가가 났다고 한다니까. 경애 너도 신문 봤지? 우리 봉아 얼굴이 대문짝만하게 실렸잖아. 보라, 조선의 딸들을!"

못 보았을 리 없었다. 그 사진은 열 번도 넘게 신문에 실렸다. 벽보로 나붙은 건 셀 수도 없을 정도였다. 이따금 길을 가다가 봉아를 알아보는 사람도 있을 정도였다.

강경애는 그 사실이 그리 달갑지 않은 모양이었다.

"고봉아, 언니가 그랬지? 그냥 쉽게 살아도 된다고. 못나게 굴어도 된다고. 숨 가쁘다 싶을 땐 쉬었다 가는 거야. 버겁다 싶은 일은 네 몫이 아닌 거고."

"쳇, 그게 전쟁터로 자원한 사람이 할 소린가?"

강경애는 장난스레 눈을 흘겼다.

"어른이 말하는데 버르장머리 하고는."

"암튼 알았으니까, 언니나 조심해. 죽지도 말고 다치지도 말고 잡히지도 말고, 알았지?"

"걱정 마. 난 조금만 위험해도 얼른 도망칠 거야. 약속할게. 안 다치고 안 잡히고 안 죽어, 됐지?"

강경애는 빙그레 웃으며 거수경례를 하고 차에 탔다. 오복이 지프차를 남대문 쪽으로 몰았다. 서울역 앞에 집결해서 낙동강 전선으로 떠날 예정이라 했다.

봉아는 차가 사라진 방향에서 눈을 떼지 못했다. 봉아의 뒷모습이 전에 없이 작아 보였다. 은국은 봉아를 안쓰러운 마음으로 지켜보았다.

"괜찮으실 거야."

봉아를 위로하려고 한 소리였다. 또한 어쩐지 진심으로 그런 기분이 들기도 했다. 어제 처음 보았지만 강경애라는 사람은 믿음직한 데가 있었다. 총탄이 사람을 가려 가며 날아드는 건 아니라 해도 강경애라면 잘 헤쳐 나가리라는 믿음이 들었다. 근거 없는 낙관이겠지만 지금 봉아에게는 그런 믿음이 필요해 보였다.

"걱정 마. 강경애 동무는 꼭 무사히 돌아올 거야."

그런데 봉아가 고개를 가로저었다.

"아니, 모를 일이야. 사람은…… 사람은 죽고 배신하고 떠나고, 그러는 거거든. 난 사람은 안 믿어."

"무슨 그런 소리를 해?"

"오라버니는 모르지?"

종로로 눈길을 돌렸다. 돌연한 바람이 불어와 화신 백화점에 걸린 인공기가 큰 소리를 내며 펄럭였다. 화신 백화점은 이제 국영백화점으로 이름이 바뀌었다. 할인 판매 광고가 나붙었던 자리를 의용군 입대를 독려하는 포스터가 차지하고 있었다.

봉아가 혼잣말을 하듯 낮은 목소리로 입을 열었다.

"청계천에서 거적 치고 살던 시절에, 여기가 내 놀이터였어. 밥벌이터였다고 해야 하려나? 눈만 뜨면 주린 배를 움켜쥐고 종로로 나와서 아무나 붙잡고 구걸했지. 화신 백화점에서 나오는 부유한 사람들, 난 그들은 우리와 종자부터 다른 줄 알았어. 그래서 그들이 자가용을 타고 다니는 동안 나 같은 사람은 개처럼 바닥을 기는 게 당연한 줄 알았지. 그런데 철원에서 다른 세상을 봤어. 지주들을 내쫓고 가난한 이들이 땅을 나눠 갖는 세상, 혼자 잘 먹고 잘 사는 게 자랑거리가 아니라 죄가 되는 세상…….”

“사람의 선한 뜻이 그런 세상을 만든 거잖아.”

“그래, 기수 오라버니 같은 사람도 있지. 알아.”

봉아가 은국을 돌아보았다.

“하지만 그건 어쩌다 있는, 그래, 성탄절에 교회에서 나눠 주던 미제 초콜릿 같은 거야. 사람은 말이야, 굶어 나자빠지는 사람이 옆에 있어도 기름진 음식으로 제 배만 채우면 그만이야. 제 배 채우기에 바쁜 게 사람이라고. 어린애가 굶주리든 노인네가 추위에 떨든, 사람이 그걸 해결해 줄 수는 없어. 가난한 이들에게 호의를 베푸는 사람도 있지 않느냐고? 맞아, 있지. 나도 덕분에 뜨신 밥 얻어먹은 적 많아. 하지만 그건 원래 내 것이 아니잖아. 그들의 것을 내게 나눠 주는 거잖아. 난 그런 동정심은 싫어. 가진 자들의 마음먹기에 따라 있다가도 없고, 없다가도 있는 호의 따위, 조금도 믿을 수 없어. 난 내 몫을 원해. 내 자리를 원한다고. 내가 믿는 건 오직 그뿐이야.”

봉아가 다시 화신 백화점을 돌아보았다. 은국도 봉아의 시선을 따라 다시 인공기를 바라보았다. 바람이 잦아들어 이제 깃발은 힘없이 아래로 축 늘어져 있었다.

“은국 오라버니.”

은국이 얼른 봉아에게 고개를 돌렸다. 동무, 동무 하고 야무진

소리만 하더니 어쩐 일로 오라버니였다. 봉아는 그렇게 불러 놓고 말없이 깃발만 바라보았다. 그러다 불쑥 또 난데없는 소리를 했다.

"나, 좀 무서워."

은국은 뭐라고 대꾸해야 할지 몰라 묵묵히 봉아를 바라보기만 했다.

"나랑 같이 신문에 실렸던 장일금이라는 의용군, 기억나지?"

은국이 고개를 끄덕였다. 봉아는 은국을 돌아보고 뭐라고 말을 하려다가 그만 입을 다물고는 그대로 먼저 자리를 떴다.

은국은 종각 앞에 우두커니 서서 봉아의 뒷모습을 바라보았다. 한 떼의 군인들이 행군해 와 은국의 시야를 가렸다. 군인들이 지나간 뒤에 보니 봉아는 이미 사라지고 없었다.

은국은 다시 종로로 눈을 돌렸다. 익숙한 거리였다. 종각도, 레코드점도, 종로 서적도, 화신 백화점도, 굳게 다져진 황토 위를 달려가는 전찻길도.

은국은 화신 백화점을 물리도록 드나들었다. 어머니 윤 씨는 은국과 백화점에 가는 것을 좋아했다. 어머, 아드님이 훤칠하세요. 그런 칭찬을 들으면 윤 씨의 얼굴 가득 웃음이 번졌다. 은국의 여동생들은 화신 백화점 6층의 서양 음식점을 좋아했다. 황기택은 어쩌다 짬이 나면 온 가족을 그곳으로 데려가 외식을 했다.

그 이야기를 듣고서 상만이 심술궂은 표정으로 면박을 준 적도 있었다. 이런 부르주아지 같으니! 학성은 그 말이 듣고서 껄껄 웃으며 놀리듯 말했다. 어이, 고상만. 드디어 네가 세상 이치에 눈을 뜬 거냐?

골목골목 추억이 어리지 않은 곳이 없었다. 상만이와 둘이 레코드점 앞에 쭈그리고 앉아 몇 시간이고 음악을 들었는데, 학성이를 찾으려면 종로 서적으로 가곤 했는데, 길재는 서점 책장 앞에 선 채로 문제집 한 권을 통째로 풀기도 했는데, 책을 훔쳤다는 오해를 받고 길길이 날뛰던 학성이를 달래느라 얼마나 애를 먹었는지…… 상만이는 한사코 전차비를 내지 않아서 길재와 실랑이를 벌이기도 했는데…….

그 거리는 이제 다른 세상이 되어 있었다. 화신 백화점에는 인공기가 나붙었고 종각에는 김일성과 스탈린의 초상화가 내걸렸다. 레코드점 유리창에는 의용군 자원을 독려하는 벽보가 붙어 있고, 배경 음악처럼 스피커에서 인민가요가 흘러나왔다. 종로를 활보하던 화려한 남녀들은 사라지고 군인들이 잇따라 행군해 왔다. 조선 민주주의 인민 공화국 만세! 종로 서적 건물에 걸린 붉은 현수막이 바람에 펄럭였다.

은국은 무작정 걷기 시작했다. 바람에 떠밀리듯 저절로 발이 움직였다. 그렇게 걷다 보니 어느덧 학교까지 오게 되었다. 일요일의 학교 앞은 한산했다. 어디선가 갓난애가 빽빽 우는 소리가 시끄럽게 들려왔다.

어느새 온몸이 땀에 흠뻑 젖었다. 은국은 세수라도 하려고 학교로 들어갔다. 운동장은 텅 비어 있었다. 수위실마저 오래전부터 버려져 있던 것처럼 황량했다. 플라타너스 나무에서 매미들이 그악스럽게 울어 댔다. 여름의 끝을 알리는 비명 같았다. 쓸쓸한 기분이 들어서 운동장의 흙을 픽픽 걷어차는데 문득 우스워졌다. 국민학교 때 동무와 싸우고 집으로 돌아가면서 하던 짓인데. 은국은 혼자서 피식 웃다가 무심코 고개를 들었다.

그 순간이었다.

확실치는 않았다. 꽤 거리가 있는 데다 워낙 순식간에 벌어진 일이었다. 하지만 분명 눈이 마주쳤다. 예사롭지 않은 느낌에 오스스 소름이 돋았다.

은국은 그대로 후닥닥 뛰어서 학교 담장에 몸을 붙였다. 그렇게 서서 한참을 지켜보았지만 아무런 기척도 없었다. 하지만 분명했다. 결코 잘못 본 게 아니었다.

운동장 쪽으로 난 강당 유리창은 꽤 위치가 높았다. 어지간히 키가 큰 사람도 발돋움하지 않으면 바깥을 내다볼 수 없었다. 그런데 누군가, 아무래도 양진석인 듯한 누군가가 애써 발돋움하여 운동장을 내다보고 있었다. 아니, 감시하고 있었다는 게 맞을 것 같았다.

은국은 담벼락에 붙어선 채 천천히 강당으로 다가갔다. 강당 현관에는 자물쇠가 채워져 있었다. 은국은 발소리를 죽이며 강당 뒤편으로 돌아갔다. 역시, 뭔가 있었다. 뒤편 창문 하나의 잠금장치가 망가져 있고 바로 그 창문 아래에 커다란 벽돌 두 개가 놓여 있었다. 벽돌을 딛고 올라서니 창턱을 짚고 안으로 들어갈 만해 보였다. 은국은 창문을 열려고 손을 위로 뻗었다.

바로 그때, 창문 안쪽에서 길재가 나타났다.

길재는 아무 말 없이 창문을 열고 손을 내밀었다. 은국은 그 손을 잡고 창문을 타 넘었다. 바닥에 내려서니 운동장 쪽 창가에서 불안하게 서성이는 양진석이 보였다.

은국은 길재와 양진석을 번갈아 보았다. 불길한 예감이 엄습했다. 길재가 은국의 눈길을 피하며 돌아섰다.

강당은 평소와는 다른 모습을 하고 있었다. 무대를 오르는 계단이 옆으로 밀려나 있었다. 계단이 있던 자리가 무대 아래로 통할 수 있도록 개구멍처럼 뚫려 있었다. 은국은 손바닥으로 이마의 식은땀을 훔치며 무대 쪽으로 다가갔다. 그 순간, 무대 가장자리에 늘어져 있는 커튼 뒤에서 인기척이 났다. 곧 누군가 커튼 밖으로 모습을 드러내었다.

상만이었다.

9

고오오오오옹.

하늘 저 높은 곳에서 비행기가 빨간 눈을 번득이며 북쪽으로 날아갔다. 하나 둘 셋 넷. 폭격기 편대였다. 이번엔 또 어디를 두드리러 가는 걸까. 그렇게 쓸쓸한 생각이 들 뿐, 폭격기를 보아도 놀라지 않았다. 하루에도 몇 번이나 공습 사이렌이 울려 댔다. 처음에는 그럴 때마다 방공호든 처마 밑이든 급히 몸을 숨겼지만, 이제는 그것도 건성이었다.

봉아는 컴컴한 새벽하늘을 힐긋 노려보았다. 폭격기는 이미 자취도 없이 사라졌다. 다시 막막한 고요가 찾아들었다. 여관을 나선 뒤 누구 하나 입을 떼지 않았다. 은국이야 원체 말수가 적고, 길재도 수다스러운 편은 아니었다. 그렇지만 양진석은 조용하면 불안해지기라도 하는지 늘 뭐라고든 떠들어 대는데, 어쩐 일로 오늘은 내내 입을 꾹 다물고 있었다.

해방 기념일이었다.

그런데도 번듯한 기념식은커녕, 꼭두새벽에 단체별로 뿔뿔이 초라한 행사를 치르게 되었다. 연합 밴드부도 첫새벽이 오기도 전에 경기 중학교 강당에 모이게 되었다.

봉아들이 맨 먼저, 그리고 다른 밴드부원들이 퀭한 얼굴로 하나둘 도착했다. 약속이나 한 듯이 고개만 꾸벅하고는 제가끔 담당한 악기를 끌어안고 무대에 걸터앉았다. 밴드부원들은 엄마한테 야단맞고 쫓겨난 애들처럼 시르죽은 꼴을 하고 앉아 있었다.

봉아는 그 꼴이 너무도 거슬렸다. 초상이라도 났나, 무슨 청승들이야? 악을 쓰고 싸워도 모자랄 판에 코를 쑥 빠트리고 앉아서! 그렇다고 지금 상황에서 입찬 소리를 할 수는 없었다. 봉아도 기운이 빠지기는 매한가지였다. 하지만 기운을 차려야 했다. 해방 기념일이 아닌가.

봉아는 애써 양진석에게 다가갔다.

"선생님, 우리끼리 연습이라도 해 보아야 하는 거 아닙니까?"

무대에 걸터앉아 고개를 축 늘어뜨리고 있던 양진석이 마지못한 얼굴로 고개를 들었다.

"뭘 새삼 연습은……. 이미 골백번은 연주해 본 곡인데."

평소의 양진석은 허술하기 짝이 없는 성격이지만 연주에 관해서는 꽤 깐깐하게 굴었다. 신물이 나도록 연습해서 성공적으로 행진을 마쳐도, 돌아와서 다시 한 번 연습을 시키려 들곤 했다. 그런 사람이 의욕이라고는 하나도 없이 흐리멍덩한 눈으로 게으름을 부리고 있었다.

"삼촌!"

봉아가 밴드부원들 눈치를 살피며 나직이 쏘아붙였다. 양진석은 성가시다는 얼굴로 강당을 둘러보고서 인상을 찌푸리며 말했다.

"진서도 아직 안 왔잖아. 진서가 와야 연습이든 연주든 하지."

그 말에는 봉아도 반박할 수 없었다.

진서는 오스트리아로 유학 갈 준비를 하던 차에 전쟁으로 주저앉았다. 진서의 바이올린 실력은 그만큼 탁월했다. 진서와 사이가 나쁜 봉아도 그 연주에는 감탄하지 않을 수 없었다. 연합 밴드부의 어설픈 연주도 진서의 바이올린 선율과 어우러지면 수준 높은 공연처럼 들렸다.

그런데 진서가 오지 않았다. 먼 하늘이 어스레하게 밝아지도록 아무런 소식이 없었다.

플루트 주자가 길재에게 귓속말을 하듯 소곤거렸다.

"진서 그저께도 안 왔지?"

그거야 어차피 모두 알고 있는 사실인데 큰 비밀이나 되는 양 굴었다. 다른 밴드부원들도 긴장감 어린 눈길을 은밀히 주고받았다. 진서는 그저께 말없이 빠졌고, 어제는 밴드부 연습이 없었다. 그리고 오늘같이 중요한 행사에 멋대로 나오지 않은 것이다. 다들 심상찮은 예감을 느끼고 있었다.

"어떡하죠?"

길재가 기타 울림통을 초조하게 두드리며 양진석에게 물었다. 창문가를 서성이며 운동장을 내다보던 양진석이 어두운 얼굴로 밴드부원들을 돌아보았다.

"아무튼 출발하자. 이러다 늦겠어. 우리라도 서둘러야지."

밴드부원들은 학교에서 나와 행사장으로 갔다. 행사장이랄 것도 없었다. 산기슭의 좁은 공터였다.

소나무 숲 사이에 좁은 공터가 있고, 한구석에 그나마 넓고 평평한 바위가 하나 있었다. 그게 오늘의 무대였다. 밴드부가 다 올라설 수도 없어 큰북과 작은북은 소나무 사이에 간신히 자리 잡았다. 마이크도 없었다.

서울 민주청년동맹 주최의 해방 기념식인데 참가자라야 고작 오십여 명 정도였다. 그 정도만으로도 빈자리가 없을 만큼 공터는 옹색했다. 유난히 뒤틀려 자란 소나무들이 귀살쩍은 분위기로 공터를 에워싸고 있었다. 공터를 둘러싼 소나무 숲은 비탈을 따라 산 아래까지 이어졌다. 그곳에 서대문 형무소가 있었다.

선배 열사들의 뜻을 받들어 기필코 8월을 해방의 달로!

봉아는 오른쪽의 소나무 사이에 걸려 있는 현수막을 보았다. 최고인민회의 김두봉 의장은 일주일 안에 전쟁을 끝내겠다고 눈물로 약속했다고 들었다. 그러다 김일성 수상이 해방 기념일까지로 기한을 늘려 잡았고, 이제는 8월 말까지 밀려 버렸다. 전선은 낙동강에서 고착된 채 움직일 생각을 하지 않았다.

둥둥 둥둥둥.

은국이 큰북을 울리자 밴드부가 연주를 시작했다. 봉아는 무거운 마음을 추스르고 노래를 시작했다.

아침은 빛나라 이 강산 은금에 자원도 가득한
삼천리 아름다운 내 조국 반만년 오랜 력사에
찬란한 문화로 자라난 슬기론 인민의 이 영광
몸과 맘 다 바쳐 이 조선 길이 받드세

노래가 끝나고 서울 민청 위원장이 앞으로 나왔다. 고작 오십여 명이 모였을 뿐이지만, 그는 수천의 군중 앞에 선 듯 우렁우렁한 목소리로 연설을 시작했다.

"동무들! 우리 서울 민주청년동맹은 뜻깊은 해방 기념일을 맞이하여 다시금 악독한 미 제국주의와 리승만 매국도당에 대한 적개심을 불태우며 가일층 뜨겁게 싸우리라 다짐해야 할 것입니다.

삼팔선을 도발하여 6·25 사변의 불집을 일으킨 저들의 간악한 죄상을 어찌 말로 다할 수 있겠습니까! 동족상잔의 비극을 초래한 책임을 인민의 뜨거운 분노로 갚아야 합니다. 우리 모두 총탄이 되어 미제와 리승만 도당의 심장을 꿰뚫겠다고 뜨겁게 맹세합시다!"

리승만 매국도당이 삼팔선을 도발하여 북침하였다니, 왜 그런 구차한 거짓말을 한단 말인가. 봉아는 민청 위원장의 말에 속으로 자꾸만 어깃장을 놓았다. 6·25 사변이라니, 이것은 엄연한 해방전쟁이라 하지 않았는가.

"동무들! 큰 소리로 함께 외쳐 봅시다. 각오할 수 있겠습니까!"

민청 위원장의 말에 환호성이 터져 나왔다. 봉아도 복잡한 생각을 털어 내며 힘껏 박수를 쳤다. 고요한 새벽 숲에 요란한 박수 소리가 메아리쳤다. 새들이 푸드덕 하늘로 날아올랐다. 박수가 잦아들자 민청 위원장이 말을 이었다.

"기필코 우리는 승리할 것입니다. 한 줌의 가진 자들이 인민을 착취하는 세상을 끝장내야 합니다. 제국주의가 이 강산을 유린하고 동포를 짓밟는 역사는 끝내야 합니다. 동무들! 해방의 발소리가 들리지 않습니까? 착취와 차별 없는 세상, 가난도 고통도 없는 세상이 성큼성큼 다가오는 소리가 들리지 않습니까!"

들립니다! 누군가 외쳤다. 그 말이 신호가 되어 손에 손에 작은 인공기를 흔들며 모두 소리 높여 함성을 질렀다. 봉아도 주먹 쥔 손을 높이 들고 힘껏 소리쳤다.

그래, 이겨 내야지. 나약한 생각을 해서는 안 돼. 그럼, 안 되고말고. 바로 저기, 서대문 형무소에 잠든 혁명가들을 생각해야지. 그리고 저 너머…….

봉아는 산꼭대기 쪽으로 눈길을 돌렸다. 그 너머에 봉원사가 있었다. 봉아는 다시금 이를 악물었다. 어머니처럼 나약해질 수는 없다. 봉아는 두 번째 노래를 부르기 시작했다. 기분 탓인지는 모르지만, 밴드부의 연주도 아까보다 기운차게 들렸다. 진서의 바이올린이 없어 허전하지만 이만하면 잘 해냈다.

행사가 끝나고 민청 위원장이 밴드부원들을 치하했다.

"수고했소, 동무들! 동무들의 힘찬 연주에 민청원들의 결의도 더욱 높아졌을 것이오. 서대문 형무소에서 숨져 간 선배 열사들도 자랑스러워하셨을 게 틀림없소. 그리고 아는지 모르겠지만……. 연합 밴드부를 이제 그만 해산하자는 의견이 있었소."

밴드부원들이 소리 없이 술렁거렸다. 다들 입대할 만한 나이였다. 의용군 자원에 대한 부담을 느낄 수밖에 없었다. 그런데 내심 걱정하던 말이 나온 것이다. 민청 위원장은 밴드부원들의 긴장된 표정을 둘러보며 껄껄 웃고서 말을 이었다.

"하지만 여러 동무들의 의견을 모아 본 결과, 당분간 연합 밴드부는 존속하는 편이 낫다고 결론 내렸소. 적들의 무도한 폭격이 계속될수록 우리의 의기를 드높여야 하지 않겠소? 명심하시오. 동무들은 비록 총을 들고 전장에 나가지는 않았지만, 후방에서 전투를 치르는 중이오. 그러니 더 힘찬 연주로 인민의 사기를 북돋아 주기 바라오."

밴드부원들은 안도의 한숨을 내쉬며 기쁜 기색을 숨기느라 입술을 꾹 다물었다. 그러다 민청 위원장이 자리를 뜨고서야 손을 높이 들어 마주치며 기쁨을 드러내었다. 그런데도 양진석의 얼굴은 잔뜩 그늘져 있었다.

"이만 해산."

양진석은 힘없이 한마디를 하고서 혼자 오복에게 다가갔다. 진서의 잠적을 보고하려는 모양이었다.

10

안국동 별궁 앞에는 막 훈련을 마친 듯한 신병들이 줄지어 앉아서 주먹밥을 먹고 있었다. 은국과 길재보다 어려 보이는 병사들도 많았다. 밴드부가 아니라면, 은국과 길재도 저 자리에 함께 앉아 있을지 모를 일이었다.

전쟁은 쉬이 끝날 기미가 보이지 않았다. 하지만 별궁 담벼락에 붙은 벽보는 이승만이 부산까지 도망쳤다는 소식을 전했다. 부산이라……. 은국은 식구들을 생각했다. 인민군이 부산까지 내려간다면 할아버지는, 아버지는 어찌 되실까. 아버지는 무사히 부산으로 가신 걸까.

김준한 의원의 말에 따르면, 아버지는 자정 전에 길을 나섰다.

그렇다면 한강 다리 폭파 전에 서울을 떠날 시간은 충분했을 것이다. 그렇지만 집에 들를 여유가 없었을지도 모른다. 시간의 여유든 마음의 여유든, 잠깐의 여유도 없었을 것이다.

상만의 경우가 그러했다. 아주 잠시 능장을 부렸을 뿐인데, 조금 허세를 부렸을 뿐인데, 서울에 발이 묶이고 말았다.

일찌감치 피란길에 올랐는데 서울역 앞을 지나다가 자유수호학생단의 선배와 우연히 마주쳤다고 했다. 상만을 정치 깡패의 길로 이끈 선배였는데, 상만은 그 선배에게 그만 심하게 야단을 맞았다.

야, 너 지금 빨갱이들 무서워서 도망가는 거냐? 국부께옵서는 서울을 사수하고 계신데, 네가 먼저 꽁무니를 빼겠다는 거야? 네가 그러고도 자유 투사라 할 수 있어?

막걸리를 마시다가 늦어졌다는 건 길재가 둘러댄 말이고, 상만은 사실 선배 앞에서 호기를 부리다가 때를 놓쳤던 것이다. 길재야 어차피 피란이 급한 처지도 아니니 상만을 혼자 두고 떠날 수가 없었다. 그러다 새벽 무렵에야 상황이 심각하다는 사실을 깨달았지만, 이미 한강 다리가 끊긴 다음이었다.

"선생님은 상만이 때문에 늘 혼자 남으셨던 거지?"

길재가 말없이 고갯짓으로 수긍했다. 양진석은 밴드부 모임이 끝나면 뒷정리를 자청하며 항상 혼자 남았다. 힘든 부원들을 배려하느라 그러는 줄 알았는데, 이제 보니 상만 때문이었다.

은국은 다시 학교 쪽으로 걸음을 뗐다.

"가 보자."

"저기, 은국아……."

길재가 얼른 은국을 막아서고는 좀 머뭇거리다 입을 열었다.

"서운하게 생각하지 마. 널 속이려던 게 아니라 상황이 그랬어. 너는 당연히 피란을 간 줄 알았지. 그래서 양 선생님한테 도움을 청한 거야. 그리고 네가 내무서에서 풀려난 뒤에는……."

이미 두 번이나 들은 얘기였다. 길재는 지은 죄도 없는데 또 변명을 하고 있었다.

"가뜩이나 넌 인민 공화국에서 난처한 처지인데, 만약 이 일에 연루되었다가 문제라도 생기면 안 되잖아. 그래서 너한테는 아무 말도 하지 않은 거야. 그간 양 선생님이랑 나랑 먹을 것도 챙겨 주고 나름대로 위로도 해 주고 그랬는데, 그래 봤자 상만이 자식, 얼마나 힘들겠냐? 우리도 힘들었어. 먹을 거 구하기도 쉽지 않고, 늘 조마조마하고……. 이래저래 너한테 의논할 마음의 여유가 없었어. 그러니까 서운해하지 마, 응?"

굳이 설명하지 않아도 괜찮았다. 은국은 길재를 온전히 믿었다. 숨겼다면 그럴 만해서고, 숨기지 않았다 해도 그럴 만해서라고 믿을 수 있었다.

"조금도 서운하지 않으니 걱정 마. 지금은 상만이 문제만 생각하자. 저 녀석, 언제까지 저렇게 둘 순 없잖아."

은국은 길재와 함께 주위를 살펴 가며 다시 학교로 돌아갔다. 개

전 이후 수위가 없어져서 학교를 들락이기는 편했다. 그래도 혹시 몰라 담벼락에 기대어 한동안 상황을 지켜보다가 재빨리 강당으로 들어갔다.

상만은 은국을 보고서 인상을 와락 구겼다. 은국도 상만을 대하기가 편치 않았다. 그래서 강당의 비밀을 알게 되고도 상만을 만나러 올 수 없었다. 상만을 어떻게 대해야 할지 마음이 복잡했다.

우리가 어쩌다 이렇게 되고 말았을까. 넷 중에서도 우리 둘은 더 각별히 가까웠는데……. 그렇지 않냐, 고상만? 은국의 시선을 느끼고 있을 텐데, 상만은 은국을 외면하고만 있었다.

길재와 학성은 밴드부에 들어온 다음 친해진 동무들이지만, 상만과 은국은 1학년 때부터 단짝이었다. 달라도 너무 다른 둘이 어느 날 갑자기 자석처럼 서로에게 이끌렸던 것이다.

같은 반에서 지낸 지 며칠 지나지 않은 어느 날이었다.

야, 나 돈 좀 빌려 주라.

상만이 은국에게 불쑥 손을 내밀었다. 은국이 의아한 눈길을 보내자 상만은 씩 웃으며 손을 더 가까이 들이밀었다.

내가 며칠 전에 옆 학교 여학생을 하나 꼬였거든. 오늘 방과 후에 데이트하기로 했는데 돈이 한 푼도 없다. 사나이 체면에 여자한테 돈 내랄 수도 없고. 진고개에 있는 음악다방에 데려가 준다고 꼬였으니 한 번은 데려가야지.

은국은 음악다방에 들어가 보기는커녕 그 근처를 어슬렁거린

적도 없었다. 다른 동급생들도 마찬가지였다. 까까머리 중학교 신입생에게는 어렵도 없는 일이었다.

하지만 상만은 달랐다. 교복을 벗고 잘 차려입으면 진고개 아니라 어디를 가도 꿀리지 않을 것 같았다. 얼굴은 곱상한데, 눈빛이 성숙해 보였다. 소년이 아닌 사내의 눈빛이었다.

은국은 상만에게 알 수 없는 호감을 느꼈다. 훗날 상만은 그날에 대해 이렇게 말한 적이 있었다.

왜 하필 너였냐고? 우리 반에 돈푼이나 있다는 애들 중에서 네가 제일 나아 보이더라. 다른 놈들은 기름기 번드르르한 게 한눈에 봐도 어찌나 밥맛이 떨어지는지 말이야.

상만의 판단은 크게 틀리지 않았다. 은국은 군말 않고 가방에서 돈을 꺼냈다. 그리고 상만이 돈을 받으려는 순간, 손을 뒤로 물리며 이렇게 말했다.

조건이 있어.

어쭈? 상만의 눈빛이 그렇게 말했다. 은국이 이렇게 덧붙였다.

다음 주 토요일에는 나를 데려가 줘.

음악……다방에? 너를?

은국이 고개를 끄덕이자 상만이 인상을 찌푸리며 말했다.

남자 둘이 음악다방이라니, 너 변태냐?

은국은 그저 빙긋 웃었다. 정해진 길 밖으로는 한 번도 나가 본 적 없는데, 어쩐지 상만을 따라나서면 그래도 될 것 같았다. 그걸 말로 설명하기는 어려워 싱겁게 웃기만 했다. 상만은 어이가 없다는 얼굴로 은국을 바라보다가 결국 고개를 끄덕였다.

그다음 주 토요일에 은국은 상만과 진고개로 갔다. 상만이 하도 어색해서 음악다방에는 안 갔지만, 중국 대사관 근처의 중국집에서 짜장면에 군만두를 시켜 먹고 종일 종로를 쏘다녔다. 그날 상만이 종각 옆 레코드점에서 은국에게 냇 킹 콜의 노래를 들려주었다. 그날 이후 팝송 음반을 사 모으는 게 은국의 취미가 되었다.

무대 아래로 통하는 개구멍 앞에 라디오가 놓여 있었다. 양진석의 라디오였다. 미군에게 중고로 구입한 거라는데, 양진석은 라디오에 자신의 이름 머리글자까지 새겼고 밤마다 정성스레 닦아서 옷장 깊숙이 넣어 두곤 했다. 그렇게 애지중지하던 라디오를 상만에게 빌려 준 모양이었다.

은국이 라디오를 물끄러미 바라보자 상만이 성큼성큼 다가와 라디오를 켰다. 잠시 잡음이 나오다가 곧 아나운서의 음성이 들리기 시작했다.

"자유의 소리, 대한민국 방송입니다."

은국이 흠칫 놀라자 상만은 볼륨을 높였다.

"오늘도 연합군은 공산 괴뢰의 불법 남침을 격퇴하며 전진 중입니다. 미 해병 제5연대가 고성을 탈환했고, 미 제35연대는 진주 고개를 점령했습니다. 제1사단을 필두로 한 국군 역시 혁혁한 전과를 올렸습니다. 공산 치하에서 고통받고 계신 동포 여러분, 자유의 날이 머지않았으니……."

"소리 낮춰!"

길재가 하얗게 질려 소리쳤다.

"고상만, 너 우릴 다 죽일 셈이냐?"

양진석도 불안하게 창밖을 살피며 발을 동동 굴렀다. 그래도 상만은 고집스럽게 은국을 노려보기만 했다.

"그만 꺼."

은국이 조용히 말했다. 상만은 그제야 라디오를 끄고 입을 열었다.

"라디오 들었지? 오늘도 빨갱이 놈들이 밀렸어. 어제는 해군이 덕적도에 상륙했어. 알아? 포항도 탈환했고! 빨갱이 놈들 다 잡아 죽일 날이 머지않았다고!"

은국은 상만을 바라보며 길재에게 말했다.

"길재야, 너도 알지? 이승만은 이제 부산까지 도망쳤어. 나는 남쪽 방송 따위는 믿지 않아. 서울이 무너지던 날, 대통령이 직접 방송에 나와서 서울을 사수하는 중이라고 말했어. 이미 대전까지 도망쳐 놓고, 한강 다리를 폭파할 준비를 하면서 그런 거짓말을 했어. 그런데 저런 방송을 어떻게 믿을 수 있어?"

은국과 상만 사이로 길재의 혼란스러운 목소리가 들려왔다.

"난 모르겠어……. 김일성 수상은 해방 기념일까지 전쟁을 끝낼 거라더니 이제 8월 말이라고 미뤘잖아. 물론 이승만, 저 혼자 도망치고 한강 다리를 폭파한 인간도 믿을 수 없지. 이건 정답이 있는 문제가 아니야. 풀어도 풀어도 수렁으로 빠져드는, 그러니까 문제 자체가 애초에 잘못된 거라고. 난 그냥 힘들고 무서워. 제발 세상이 조용해지기를 바랄 뿐이야. 이쪽이든 저쪽이든……."

"이쪽이든 저쪽이든? 그럼 넌 빨갱이 세상이 되어도 상관없다는 거야?"

상만이 악을 쓰듯 소리쳤다. 분노하고 있는 것처럼 보이지만, 그건 두려움이었다.

상만은 교회에서 주는 후원금 덕에 서울로 유학을 올 수 있었다. 그렇다고 길재처럼 대단한 수재는 아니었다. 장학금을 받지도 못하고, 수입 좋은 과외 자리를 구할 수도 없었다. 어차피 그런 건 상만의 성미에 맞지도 않았다. 상만은 서울역에서 지게꾼도 하고 공사장에서 막일을 하기도 했다.

그러더니 이 년 전부터 정치 깡패들의 수하 노릇을 시작했다. 자유수호학생단이라는 정체불명의 단체가 학교 안에 만들어졌는데 상만이 그 중심에 있었다. 그러고 다니면 돈도 생기는지, 지게꾼 일을 관두고도 행색이 번듯해졌다. 그렇게 번드레하게 차려입고는 빨갱이를 때려잡는다며 동기는 물론 선후배를 가리지 않고 행패를 부렸다. 꼬투리만 잡으면 교사들에게도 반협박이었다. 그러면서 밴드부를 그만두게 되었고, 동무들과도 멀어졌다.

나중에는 학교 밖까지 활동 영역을 넓혔다. 다른 학교의 비슷한 단체 학생들과 어울려 다니며 좌익 학생들에게 폭력을 휘두른다는 소문이었다. 급기야는 황기택의 유세장에까지 불려 와 학성과 그 동지들을 폭행하는 일까지 저지르고 말았다. 자유수호학생단이 자발적으로 벌인 일이라고 주장하지만, 사실 그들은 황기택에게 고용된 깡패였다. 은국은 누구보다 그 상황을 잘 알았다.

은국이 상만을 멀리하기 시작한 건 그때부터였다. 학교에서 마주쳐도 모르는 사람처럼 외면해 버렸다.

그러다 전쟁이 터지기 한 달 전인가, 상만이 살인 사건에 연루되었다는 소문이 돌았다. 정체불명의 괴한들이 휘문 중학교의 좌익 학생 하나를 때려죽였는데, 상만이 그 일을 주동했다는 것이다.

과연 그 소문이 사실일까. 은국은 상만을 바라보았다. 지금까지는 그 소문을 잊으려고 애쓸 따름이었다. 상만이 사람을 죽였다니, 그것도 죄 없는 사람을 죽였다니……. 그런 생각을 떠올리기조차 싫었다. 그래서 덮어 두기만 했는데, 지금은 그럴 수가 없었다.

만약 그 소문이 사실이라면, 상만은 인민 공화국 세상에서 살아남기 어려웠다. 하지만 헛소문이라면, 상만이 비록 좌익 학생들을 탄압하는 일에 앞장섰지만 살인을 저지른 건 아니라면……. 인민 공화국은 자수하는 반동들은 선처해 주겠다고 거듭 공고했다. 상만은 아직 학생이니 너그러운 처분을 받을 수도 있지 않을까. 그렇다고 처벌을 면할 수는 없겠지만, 언제까지 이렇게 숨어 지낼 수도 없는 노릇이었다. 이러다가 들키면 더 큰 처벌을 받을 게 분명했다.

이대로 숨겨 주는 게 능사는 아니었다. 은국은 어렵사리 입을 열었다.

"달리 무슨…… 대책이라도 있는 거야?"

길재와 양진석은 대책 없는 이 상황이 자신들의 잘못인 양 한숨만 내쉬었다. 그러자 상만이 모두를 번갈아 노려보며 지레 핏대를 세웠다.

"대책? 무슨 대책? 빨갱이들한테 무릎이라도 꿇으라는 거야? 난 그렇게 못 해. 안 해! 죽었으면 죽었지, 빨갱이들에게 목숨을 구걸하진 않……."

"상만아."

은국이 무거운 음성으로 상만의 말허리를 잘랐다.

만약 그 소문이 사실이라면, 상만이는 어떻게든 서울을 빠져나가서 남쪽으로 가야 해. 사실이 아니라면, 지금이라도 자수를 하는 게 나아.

차마 입이 떨어지지 않지만 묻지 않을 수 없었다. 은국은 상만의 눈을 똑바로 바라보며 물었다.

"정말, 네가 죽인 거야?"

상만은 눈에 띄게 움찔하더니 바닥으로 눈길을 떨궜다. 질문의 의미를 바로 알아들었다. 은국은 심장이 돌처럼 딱딱하게 굳어 버린 듯했다.

길재가 은국의 팔을 잡아당겼다.

"야, 지금 그런 얘기를 왜 해?"

은국은 상만에게서 눈길을 거두지 않고 길재의 손을 부드럽게 뿌리쳤다. 바닥을 쏘아보던 상만이 고개를 들어 은국을 바라보았다.

"그래, 내가 죽였다. 우리가 죽였어."

은국은 참았던 숨을 소리 내어 터뜨렸다. 길재가 두 손으로 머리를 감싸며 무대에 털썩 주저앉았다.

"미친놈……."

양진석이 울상을 하고 창밖으로 눈을 돌려 버렸다. 다들 차마 상만을 똑바로 바라보지 못했다. 텅 빈 듯 고요해진 강당에 상만의 목소리만 들려왔다.

"죽이려고 한 건 아니다. 죽기 직전까지 두들겨 패려고 한 건데, 그 빨갱이 놈이 죽어 버렸단 말이야. 제멋대로. 병신 같은 게……."

"고상만, 너……."

은국은 치미는 말을 삼키며 입술을 깨물었다. 상만은 기다렸다는 듯 말꼬리를 잡아챘다.

"너? 너, 뭐? 무슨 말을 하고 싶은 건데? 고상만, 네가 그러고도 사람이냐, 뭐 그렇게 말하고 싶은 거냐?"

길재가 울음을 터뜨릴 것 같은 얼굴로 상만을 말렸다.

"상만아, 왜 이래? 제발 진정해. 은국이는 지금 문제를 해결해 보려고……."

"놔!"

상만이 길재를 거칠게 밀어내고 은국에게 성큼 다가갔다.

"황은국, 말해 봐. 내 말이 틀려?"

아니.

은국은 상만의 시선을 외면했다. 상만이 한 발 더 다가섰다.

"그래, 우리 도련님께서는 마음에 없는 소리는 죽어도 못 하시지. 고맙구나. 진심을 알려 줘서."

양진석이 안타까운 얼굴로 소리쳤다.

"고상만, 너 대체 왜 이래? 왜 엉뚱하게 은국이한테 시비야? 동무들이 너 걱정되어서……."

"동무라니요!"

상만은 양진석에게 소리치고 다시 은국을 노려보며 이기죽댔다.

"제가 감히 어떻게 황은국의 동무가 됩니까? 황은국 이 자식도 나를 동무로 여긴 적 없어요. 안 그러냐, 황은국?"

은국은 상만의 말을 반박할 수 없었다. 누구보다 가까운 동무라고 생각했던 시절이 있었다. 그러나 어느 면에서는 상만이 옳았다. 상만이 정치 깡패들과 어울려 다니기 시작한 뒤, 은국은 상만을 예전처럼 여길 수 없었다. 돈에 팔려 주먹질이나 일삼는 놈. 그것이 솔직한 심정이었다. 다른 사람은 몰라도 상만은 그런 은국의 마음을 정확히 읽은 모양이었다.

"말해 봐, 황은국. 내 말이 맞지? 너, 최학성이는 대단한 영웅 보듯 하면서 나는 버러지처럼 봤잖아. 최학성이는 고고한 이데올로기를 위해 싸운다 이거지. 그런데 나는, 고상만이는, 자존심도 없이 힘센 놈들한테 굽실거리는 버러지 같은 놈, 돈에 팔려 친구한테 몽둥이를 휘두르는 버러지 같은 놈, 구정물이든 똥물이든 가리지 않고 덤비는 버러지 같은 놈……."

"그만 좀 해."

길재가 다시 상만을 잡아당겼다. 상만도 기운이 빠졌는지 그대로 끌려가면서 말을 이었다.

"그래, 난 버러지같이 살더라도 기어이 살아남으려고 했다. 왜냐고? 황은국, 넌 모르겠지. 안방마님 치마폭에 싸여서 자란 귀하신 도련님은 모르겠지만 말이다……."

상만이 다리에 힘이 풀린 듯 말끝을 흐리며 강당 한가운데에 주저앉았다. 길재가 우두커니 서서 힘없이 중얼거렸다.

"경기 중학교 합격 통지를 받았을 때 이제는 좋은 날만 있을 줄 알았다. 그런데 이게 무슨 꼴이냐……. 난 상만이 너처럼 죽어라고 빨갱이가 미울 것도 없고, 학성이처럼 목숨 걸고 공산주의 할 생각도 없어. 그런데 그것도, 그저 우리 식구들이나 잘 거두는 것도 이리 어려운 일인 거냐?"

공산주의 소리에 상만이 다시 핏대를 세웠다.

"자식이, 너도 빨간 물 들었냐? 빨갱이가 미울 것도 없다니. 정신 차려, 인마! 지금 우리가 누구 때문에 이 꼴이 됐는데! 빨갱이 놈들이 쳐들어와서 이 꼴이 된 거야. 그런데 뭐?"

길재는 일일이 대거리하기도 지친 듯 고개만 절레절레 저었다. 양진석이 창가에서 떠나 몇 걸음인가 다가왔다.

"고상만, 내 하나만 묻자. 평소에도 궁금했다만, 대체 왜 그러는 거냐? 빨갱이가 너랑 무슨 원수를 졌다고 이렇게 독기를 품어?"

"선생님도 빨간 물 드셨습니까? 말씀드렸잖아요. 이 전쟁, 빨갱이들이 일으킨 겁니다. 잊으셨어요?"

"안다. 그걸 어찌 모르겠냐? 나, 전쟁이라면 아주 지긋지긋하다. 왜놈들하고 미국 놈들 싸우는 틈바구니에서 죽다 살아 돌아왔더니 이번에는 남북이 총질이다. 어떻게 이가 안 갈리겠냐? 하지만 말이다, 상만아. 솔직히 말해서 공산주의가 틀린 소리는 아니잖아. 똑같이 먹고 똑같이 입자는데, 그거야 옳은 말 아니냐?"

"옳거나 그르거나, 그런 건 내 알 바 아닙니다!"

상만은 입술을 실룩거리며 거친 숨을 내쉬다가 다시 말을 이었다.

"나는 그냥 내 살 궁리 하는 것뿐입니다. 공산주의? 그래요. 내가 혹시 공산주의라는 동아줄을 잡았다면 지금쯤 반동 잡겠다고 빨간 완장 차고 돌아다닐지도 모르지요. 하지만 난 그 반대편 동아줄을 잡았다 이겁니다. 나한테는요, 그게 법이고 신입니다. 왜냐고요? 그래야 내가 사니까요. 썩은 동아줄에 매달렸다가 대가리 터져서 죽기는 싫으니까요. 그러니까 내가 잡은 동아줄이 법이고 정의입니다. 그걸 끊어 버리겠다고 덤비는 빨갱이는 내 원수고요. 그게 뭐 잘못된 생각입니까? 그리고 공산주의, 그거 내 성정에 맞지도 않습니다. 똑같이 먹는다고요? 아니, 왜요? 왜 그래야 하는데요? 은국이야 여태 잘 먹고 잘살았으니 지금부터는 다 같이 나눠 먹어도 좋달지 모르지만, 난 달라요. 지금껏 남보다 밥 한 숟갈이라도 더 먹고 산 적 없습니다. 그런데 간신히, 나도 남보다 잘살 수 있는 동아줄을 잡았는데 이제 와서 없던 일로 하고 공평하게? 그렇게는 못 합니다. 그러니 빨갱이를 때려잡는 수밖에요."

"너는 어째서 그런 험한 소리를 쉽사리 입에 담는 거냐? 때려잡다니, 대체 누굴?"

양진석이 꾸짖어도 상만은 증오에 찬 눈빛으로 허공을 쏘아보며 말을 이었다.

"빨갱이들이 무슨 짓을 저질렀는지 모르십니까? 서울대 병원에 남겨져 있던 국군 부상병들을 다 죽였습니다. 인민재판이랍시고 학살을 했어요. 빨갱이들은 사람도 아닙니다. 그것들은 악귀예요, 악귀!"

악귀. 은국은 그 말에 동의했다. 전쟁이 악귀였다. 악귀처럼 사람을 잡아먹고 있었다.

"전쟁이야. 전쟁이 저지르는 짓이야. 가진 자들은 뺏기지 않으려고, 못 가진 자들은 제 몫을 찾으려고, 그러다 전쟁이 일어난 거잖아. 해방되고 여태껏 그렇게 죽고 죽인 거잖아. 네가 그 휘문 중학교 학생을 죽였고, 인민해방군이 서울대 병원의 부상병들을 죽였고, 국군이 보도연맹 사람들을 죽였고……."

상만이 은국의 말을 자르며 비아냥거렸다.

"너희 아버지는 동생을 죽였고?"

은국은 목이 졸린 듯 가슴이 답답해졌다. 아무 말도 할 수 없었다. 아버지가 삼촌을 죽이려 했던 건 아니라고, 그렇게 말하고 싶은데 말이 나오지 않았다. 그럼 누가 누굴 죽이려 했던 걸까. 아버지가 기수 삼촌을 죽이려 했던 게 아니라면, 대체 누가 삼촌을 죽였을까. 상만이가 휘문중 학생을 죽이려 했던 게 아니라면, 대체 누가 그를 죽음으로 내몰았을까. 누가 상만이를 살인자로 만든 걸까.

은국아, 우리 언젠가 뉴올리언스에 같이 가자. 마릴린 먼로를 닮은 금발 미녀도 꼬이고, 냇 킹 콜 공연도 보고……. 또 뭐 하지? 암튼 두고 봐라. 내가 지금은 비록 레코드점 앞에서 도둑 감상이나 하는 신세지만, 미국 본토에 가서 금발 미녀 옆에 끼고 제대로 된 재즈 감상하는 날이 오고 말 테니.

바람 찬 어느 가을날, 상만은 종각 옆 레코드점 앞에서 그렇게 말했다. 그날로부터 그리 많은 시간이 흐른 것도 아닌데, 상만은 너무 멀리 와 버렸다. 은국도, 길재도 마찬가지였다. 돌아갈 길은 없었다.

"먼저 갈게."

은국은 강당 밖으로 나가려고 유리창을 열었다. 길재가 걱정스러운 얼굴을 하고 다가왔다. 은국이 길재에게 말했다.

"각별히 조심하자. 나한테 들켰으니, 다른 사람한테도 들킬지 모르잖아."

길재가 고개를 끄덕였다.

"그리고……."

은국이 길재의 어깨 너머를 보았다. 상만이 무대 아래로 기어 들어가는 모습이 보였다. 은국은 목소리를 낮추어 길재에게 말했다.

"그 살인 사건에 연루된 게 사실이라면 뭔가 다른 대책을 세워야 해. 자수해서 될 일도 아니고, 여기 계속 숨어 있는 건 더 위험하고……."

길재도 상만의 눈치를 살피고 낮게 속삭였다.

"선생님이랑 나도 계속 궁리해 봤지. 하지만 도무지 어떻게 하면 좋을지……."

"서울은 위험해. 일단 서울에서 빠져나가 남쪽으로, 가능하면 부산으로 갈 방도를 찾아야지."

"부산은…… 괜찮을까?"

길재의 말은 전황을 염두에 둔 질문이었다. 인민해방군이 부산까지 점령하면 상만은 이 땅에서 더 이상 피할 곳이 없었다. 황씨 일가도 마찬가지였다. 그 문제에 대해서는 은국도 그저 막막할 따름이었다.

"일단 지금 당장의 일부터 해결해야지."

은국은 그렇게 말하고 창밖으로 뛰어내렸다.

11

　이제 한낮인데도 그리 덥지 않았다. 방문을 꼭 닫고 드러누워 있어도 조그만 창문으로 꽤 선선한 바람이 불어 들었다.

　어느덧 8월 말이었다. 더위는 가셨는데 자꾸 식은땀이 흘렀다. 푹 자고 나면 좀 개운해질 듯한데 잠도 오지 않았다. 봉아는 잠이 드는 둥 마는 둥 까부라져 있었다.

　그러고 있는데 정숙의 목소리가 눅눅한 한낮을 들깨웠다.

　"봉아야! 고봉아!"

　정숙은 여관 복도를 쿵쾅거리며 달려와 방문을 벌컥 열었다. 두 뺨이 발그레한 것이 몹시 들뜬 표정이었다. 봉아는 헛웃음이 났다. 아무튼 종잡을 수 없는 애였다.

아버지가 한국군으로 참전했다는 소식을 듣고 울며불며 난리가 났던 게 불과 며칠 전이다.

그런데 일이 또 희한하게 돌아갔다. 마침 방송국에서 한국군을 대상으로 귀순을 권고하는 방송을 할 사람을 찾고 있었다. 한국군의 가족이 애절하게 귀순을 호소하면 효과가 있을 거라는 심산이었다.

정숙은 그에 딱 알맞은 인물이었다. 아버지는 한국군으로, 오라비는 인민군으로 참전 중이라 그 애절함도 곱절이었다. 정숙은 귀순 방송을 하게 되었고 덕분에 전출도 취소되었다. 아버지 걱정, 오라비 걱정에 애가 끓던 차에 그나마 반가운 일이 아닐 수 없었다. 봉아도 다행이다 싶어 함께 기뻐했는데, 어느새 또 이렇게 부산을 떠니 성가실 지경이었다.

"또 왜애, 뭐어?"

"너희 외삼촌한테 라디오 있지?"

"라디오? 그거 팔아먹었다고 하던데."

"아이참, 그럼 어쩌지? 지금 당장 라디오 들어야 하는데!"

"왜 또 그러느냐니깐."

봉아가 짜증을 냈지만 정숙은 그저 좋아서 새물거렸다.

"응, 이제 곧 내 목소리가 라디오 전파를 탄다는 거 아니니?"

"뭐? 그게 라디오도 탄다고? 낙동강 전선에서 남쪽으로 틀 거라 하지 않았니?"

"응, 그렇게도 하고, 라디오 방송으로도 튼대. 암튼 급해! 이제 시간 다 되었는데!"

바로 그때, 서울 여관 2층에 사는 반장의 목소리가 스피커에서 왕왕 울려 나왔다. 스피커가 봉아 방 처마에 달려 있어서 소리가 바로 귓가에서 울려 대는 듯했다. 정숙과 봉아는 동시에 손가락으로 귀를 틀어막았다.

"에…… 인민 여러분께 알려 드립니다. 금번에 우리 서대문 인민위원회 소속인 강정숙 동무가 자랑스러운 임무를 맡아 라디오에 출연하게 되었습니다."

봉아와 정숙은 귀를 막고 있던 손을 스르르 내렸다.

"이에 지금부터 강정숙 동무가 출연한 방송을 틀어 드리겠습니다. 강정숙 동무의 뜨거운 애국심을 다 함께 본받도록 합시다."

곧 정숙의 목소리가 이어졌다. 봉아와 정숙은 환호성을 터뜨리려다 손으로 입을 틀어막고는 둘이 꼭 붙어 앉아 라디오에 귀를 기울였다.

"아버지, 저 정숙이에요. 아버지 외동딸, 강정숙이에요. 아버지의 자애로운 모습을 뵙지 못한 지도 어언 두 달, 그리움에 두 눈이 짓물렀어요. 어머니도 밤마다 아버지를 그리며 눈물짓고 계세요. 아버지도 저희 걱정에 밤잠을 못 이루시겠지요? 하지만 걱정 마세요. 저희는 위대한 지도자 김일성 수상의 보살핌으로 편안히 잘 지내고 있어요. 날마다 쌀밥에 고깃국을 먹고, 학비 걱정 없이 즐거운 학교생활을 하고 있답니다. 오라버니는 자랑스러운 의용군이 되어 조국 해방을 위해 싸우고 있어요. 착취와 차별 없는 조선 민주주의 인민 공화국에서 우리 식구 이제야 행복한 나날을 보내고 있어요. 그런데 아버지!"

정숙은 눈물을 글썽이며 방송에서 흘러나오는 제 목소리에 맞추어 입술을 달싹였다. 대본을 어찌나 달달 외웠는지 방송에서 나오는 목소리와 한 치의 어긋남이 없었다.

"아버지, 눈물이 앞을 가리고 슬픔에 목이 메어 말을 이을 수가 없어요. 아버지가 리승만 매국도당에 끌려가 국방군이 되었다는 소식을 들었어요. 아버지! 조국과 인민 앞에 이 얼마나 부끄러운 일이란 말인가요? 오라버니와 아버지가 서로 총질을 하게 될까 봐 어머니와 저는 한시도 눈물을 그칠 수가 없답니다. 아버지! 부디 속히 인민 공화국의 품으로 오세요! 국방군의 옷을 벗어 던지고 자랑스러운 인민의 아버지로 돌아오세요, 아버지!"

정숙은 흥분을 주체하지 못해 주먹으로 제 가슴을 콩콩 두드리다 봉아에게 물었다.

"어떠니?"

"잘하네."

봉아는 그렇게 대답하지 않을 수 없었다. 배우를 해도 되겠다 싶었다.

"그렇지? 나한테 이런 재능이 있는 줄 미처 몰랐지 뭐니?"

봉아가 피식 웃으며 놀리듯 말했다.

"그래, 날마다 쌀밥과 고깃국을 먹는다는 소리를 어찌나 감쪽같이 잘하던지, 내가 아주 군침이 다 돌더라. 너 혹시, 진짜 집에다 쌀밥이며 고깃국 감춰 두고 사는 거 아니니?"

봉아의 농담에 정숙은 깔깔 웃다가 금세 또 시무룩해졌다.

"에휴, 쌀밥도 필요 없고 고깃국도 필요 없고……. 그저 우리 아버지랑 오라버니가 무사히 돌아오기만 했으면 좋겠다. 둘이 적군이 되어서 싸우는 일만은 없어야 할 텐데……. 부디 우리 아버지가 내 목소리를 듣고 이쪽으로 넘어오셨으면 좋겠어."

봉아는 정숙의 마음을 누구보다 잘 알았다. 아버지가 한국군이라니, 얼마나 남부끄럽겠는가. 그런데도 용감하게 방송에 나간 정숙이 대단해 보였다. 난 여태 정숙이한테도 내 어머니 이야기를 털어놓지 못했는데.

"장하다. 정숙아, 앞으로도 기죽지 말고 이렇게 씩씩하게 지내."

봉아가 손위라도 되는 양 칭찬을 하자 정숙은 눈을 동그랗게 떴다.

"기죽을 일이 뭐가 있다고?"

정숙의 반응에 봉아야말로 어리둥절했다.

"아버지가 국방군이니…… 네 입장이 좀 그렇지 않니?"

"그게 뭐 어때서. 우리 아버지가 왜 국방군에 나갔겠니? 얼른 서울로 진격해서 나랑 우리 어머니 만나려고 그런 거겠지. 우리 오라버니도 의용군 나가면서 그랬다. 얼른 대구까지 해방시켜서 아버지 모시고 오겠다고. 그러다 보니 일이 꼬인 건데, 부끄러울 건 또 뭐야? 그저 운수가 사나운 거지. 우리 아버지도, 우리 오라버니도 무사히 돌아오기만 하면 그뿐이야, 안 그러니?"

봉아는 머뭇머뭇 고개를 끄덕였다. 무사히 돌아오기만 하면 그뿐이야. 한 대 얻어맞은 것처럼 얼떨떨했다. 따지고 보면 일리 있는 소리였다.

"뭘 그리 빤히 봐? 아, 방송 듣고 나니 새삼 내가 예뻐 보이는구나?"

정숙은 싱거운 소리를 하며 또 깔깔 웃었다. 그러더니 발딱 일어나서 봉아를 잡아끌었다.

"우리 도토리나 주우러 가자."

"벌써 도토리는 무슨…… 아직 설익었을 텐데."

"나도 알아. 그렇지만 올된 도토리 몇 알이라도 주워 오려고. 우리 어머니는 아주 녹신녹신해질 때까지 일하고 나면 기분도 풀리시거든. 도토리 주워서 묵이나 쑤어 달래야지. 아, 벌써부터 군침 돈다. 도토리묵이나 배불리 먹으면 소원이 없겠다."

묵 소리를 들으니 봉아도 회가 동했다. 지난번에 오복이 갖다 준 호박을 정숙한테 맡겼더니 정숙 어머니가 호박 풀떼죽을 맛있게 끓여 주었다. 음식 솜씨가 여간이 아니었다. 하긴 맛이 없다 해도 달게 먹을 판이었다. 전쟁이 길어지면서 가장 괴로운 건 공습보다 배고픔이었다.

봉아와 정숙은 소쿠리를 들고 산으로 올라갔다. 이 동네서 나고 자란 정숙은 눈 감고도 도토리를 찾아낼 듯했다. 제대로 익은 도토리가 거의 없어서 봉아는 그걸 골라내기도 바빴다. 하지만 정숙은 부지런히 손을 놀리면서도 잘도 수다를 떨었다.

"경자라고, 호네쓰기집(접골원) 딸내미 아니?"

봉아가 멀거니 있자 정숙이 설명을 덧붙였다.

"경교장 근처에 호네쓰기 골목 알지? 거기에 제일 접골원이라고 있거든. 그 집 딸내미가 경자라고, 우리 학교 1학년이야. 계집애가 예쁘장하게 생겨 가지고 남학생들만 지나가면 어찌나 눈웃음을 치는지, 기생이 따로 없다니까! 그러다 일없이 푹 자빠지면서 아야아야 하고 콧소리를 내면……. 사내들이란 참! 아, 아무튼 그집 아주 큰일 났다."

정숙은 그 집 큰일이 꽤나 고소한 모양이었다. 군침을 꿀깍 삼키며 잠시 말을 멎었다가 다시 입을 열었다.

"그 집 식구들이 야반도주를 했다가 잡혀 왔다지 뭐니?"

봉아는 진서 생각이 났다. 도망친들 어디로 간단 말인가. 그런데 진서는 해방 기념일 이후 완전히 종적을 감추었다. 양진석은 그 불뚱이 밴드부로 튈까 전전긍긍하느라 며칠이나 밤잠을 설쳤다.

"어디로 도망을 가?"

봉아가 잔뜩 궁금한 얼굴로 묻자 정숙은 신이 난 듯 눈빛을 반짝였다.

"응, 수색 쪽에 친척이 있는데 그 집 외양간 바닥을 파고 숨어 있었다나……. 암튼 지금 내무서에 갇혀 있단다."

"뭐하러 그런 짓을 했대?"

"걔네 아버지가 의무병으로 나가게 생겨서 도망갔다나 봐. 얘, 봉아야. 요즘 간악한 미제 놈들이랑 리승만 매국도당이 비행기로 삐라를 뿌려 대는 거 알지?"

봉아도 그런 삐라를 본 적 있었다. 인민군 제13사단 포병 연대장 정봉욱 중좌가 투항했다는 유언비어와 함께 인민군이 밀린다는 억지소리가 적혀 있는 삐라였다.

"그까짓 거."

봉아가 톡 쏘듯 말했다. 정숙도 고개를 끄덕였다.

"한데 그 삐라를 보고 혹하는 사람들도 있나 봐. 오늘이 벌써 8월 말일이잖니. 김일성 수상 동지께서 8월 말까지 전쟁을 끝낸다고 장담하셨는데, 또 미뤄지게 생겼잖아. 요번엔 추석 때까지라고 하시려나? 솔직히 전쟁이 수업 시간표도 아니고 어떻게 딱딱 날짜 맞춰 끝내겠니? 그런데도 사람들은 그렇게 생각하지 않나 봐. 만약 인민군이 후퇴하게 되면, 반동으로 찍힌 사람들은 죄 죽는다나? 그러니 미리미리 피하자는……."

"무슨 말도 안 되는 소리야? 인민해방군이 사람을 함부로 죽이는 걸 봤다니?"

정숙이 어이없다는 표정을 지었다.

"죽이긴 했지, 뭘. 인민재판 때 길거리에서 사람들을 막 죽이기도 했잖아. 나도 국립극장 앞에서 봤는걸."

"그건 인민해방군이 제대로 서울을 장악하기 전에 있었던 일이잖아. 공화국은 인민재판을 엄격하게 금지했어."

"알아, 인민재판이야 바닥 빨갱이들이 그간 쌓인 분풀이를 하느라 그런 거지. 그리고 리승만 매국도당이 했다는 짓에 비하면 아무것도 아니고. 형무소에 갇힌 혁명가들을 학살하고, 그리고 또 뭐라더라? 그래, 보도연맹에 가입한 사람들도 수만을 죽였다나 수십만을 죽였다나……. 그런데 참 웃긴 게, 보도연맹이면 공산주의 싫다고 변절한 사람들이잖아. 그런 변절자들을 뭐하러 애써 죽였을까?"

"쓸데없는 소리 그만하고 내려가자. 피곤해."

보도연맹 소리에 봉아는 기분을 잡쳤다. 도토리를 더 주워야겠다는 정숙이를 놔두고 혼자 산에서 내려와 버렸다. 변절자라니, 지가 뭘 안다고. 제 아버지는 국방군인 주제에……. 속으로 아무리 뇌까려도 분이 풀리지 않았다.

정숙이 선무 방송을 하는 걸 보며 언젠가 자신도 어머니의 일을 당당히 말할 수 있으면 좋겠다고 생각하기도 했다. 하지만 봉아는 도저히 그 사실을 아무렇지 않게 생각할 수가 없었다.

태어나기도 전에 세상을 떠난 아버지. 그 이름을 함부로 꺼낼 수도 없게 되어 버린 어머니.

봉아는 외로움을 느꼈다. 하늘 아래 혼자라는 생각이 새삼스럽게 가슴 깊이 사무쳤다.

여관도 텅 비어 있었다. 양진석도, 그리고 은국과 길재도 없었다. 다른 방들도 비어 있는 듯했다. 조용한 복도가 유난히 쓸쓸해 보였다.

봉아는 현관 밖으로 나가 수돗가 옆에 놓인 바위에 걸터앉았다. 왜 이리들 늦는 거야. 같이 지낸 지 얼마나 되었다고 그새 정이 든 모양이었다. 세 사람의 빈자리가 무척이나 허전했다. 일껏 외삼촌을 만났는데 여관살이가 어인 말이냐고 속으로 투덜거리기도 했지만, 이제는 사람 냄새로 찌든 이 여관이 아늑하게 느껴졌다.

하지만 여기서도 곧 떠나게 되겠지. 외삼촌도 집을 배정받을 테니. 그렇게 되면 은국 오라버니와 길재 오라버니는 어찌 되나. 길재 오라버니는 고향으로 가나? 아니지, 학교에 다녀야 하니. 그럼 은국 오라버니는 혼자 살게 되나? 혼자서 어찌⋯⋯. 그냥 넷이서 다 같이 살면 안 되나.

봉아는 문득 생각에서 깨어나 얼굴을 붉혔다. 무슨 마음 약한 생각을⋯⋯. 외삼촌이든 은국 오라버니든, 그저 어쩌다 어울려 지내고 있을 뿐이다.

"아!"

봉아는 발성 연습이라도 하듯 허공에다 큰 소리를 터뜨렸다. 모

처럼 청소라도 해야겠다는 생각을 하며 방으로 들어가려고 일어
섰다.

바로 그때, 골목에서 발소리가 들려왔다. 서너 사람이 같이 걸어
오는 소리 같았다. 외삼촌인가? 오라버니들도 같이 오나? 봉아는
저도 모르게 반색을 하고 대문을 벌컥 열었다.

오복이 골목 안으로 걸어 들어오고 있었다.

"오라버니."

봉아가 반갑게 알은체를 해도 오복은 딱딱하게 굳은 표정이었
다. 오복은 혼자가 아니었다. 내무서원 두 사람이 뒤따라오고 있었
다. 그들의 표정도 심상치 않았다. 봉아의 얼굴에서 웃음기가 가셨
다. 오복이 봉아 앞에 섰다.

"봉아야, 안 좋은 소식이 있다."

봉아가 주춤 뒤로 물러섰다.

"양진석 동무가 체포되었다."

오복이 말했다.

12

　은행나무는 짙푸른 잎을 나푼나푼 흔들며 여유로운 모습으로 가을을 맞이하고 있었다. 햇빛이 유난히 잘 드는 곳에 자리 잡고 있어서 해마다 동네에서 가장 먼저 단풍이 지곤 했다. 내일이면 9월이니 그 손끝이 노랗게 물들 날이 머지않았다.

　은국은 은행나무가 선 저택을 물끄러미 바라보았다.

　돔처럼 생긴 옥빛 지붕과 그보다 조금 짙은 옥빛의 서양식 맞배지붕을 얹은 대저택이었다. 서양식으로 잘 꾸며진 정원에는 잔디가 푸르고 작은 연못과 서양식 정자도 있었다. 집을 둘러싼 짙은 회색 울타리는 우아한 덩굴 모양으로 만들어져 있었다.

　서울시 중구 인민위원회.

은국의 집이었던 그 저택의 대문 기둥에 걸린 간판이었다.

1층의 열린 창문으로 분주하게 일하는 사람들이 보였다. 황기택이 서재로 쓰던 곳이었다. 젊은 여자들이 깔깔대는 소리도 들려왔다. 은국이 쓰던 2층 방 창문에서 흘러나오는 소리였다.

한때는 제집이었던, 그러나 이제는 인민위원회가 된, 울타리가 유독 아름다워 '울타리 저택'이라고들 불렀던 집.

서울시 중구 인민위원회. 은국은 간판의 글자를 하나씩 읽었다. 이곳은 더 이상 제집이 아니었다. 가만히 두 손을 펼쳐 보았다. 손에 꽉 차도록 움켜쥐고 있던 무언가를 잃어버린 기분이었다.

소유하고 있던 집을 빼앗겼다는 기분은 아니었다. 울타리 저택은 제집이라기보다 아버지의 집이라는 느낌이었다. 어느 집안 자식이라는 지위를 잃었다는 기분은 더더욱 아니었다.

그건 어떤 시절에 대한 상실감이었다. 삼촌 기수의 죽음이라든가 아버지의 바깥일이라든가, 자신에게도 남모르는 고민이 있다고 생각해 왔다. 하지만 돌이켜 보니 평온한 시절이었다. 귀하게 자란 도련님이 뭘 알겠어. 상만도 봉아도 은국을 그런 태도로 대했다. 그럴 만하다는 생각이 들었다. 할아버지와 아버지를 이해할 수 없었지만 그들의 울타리에서 마냥 어린애일 수 있었다. 못 본 척, 못 들은 척, 모르는 척. 그럴 수 있었던 것이 얼마나 큰 자유였는지 이제서야 알게 되었다.

열일곱이면 일가를 이루기도 하는 나이였다. 은국은 스스로를 꽤 사려 깊다고 여겨 왔는데 실은 수염 난 어린애일 뿐이었다.

이제 나는, 우리는 어떻게 되는 걸까. 무엇 하나 확신할 수 없지만 더 이상 모르는 척 손 놓고 있어서는 안 된다는 사실만은 분명했다. 이편도 저편도 아니라고 사람 좋은 시늉만 하고 있을 수는 없었다. 걱정한다고 상만의 문제가 해결되는 것도 아니고, 괴로워한다고 아버지의 행적이 달라지는 것도 아니었다.

은국은 배오개 시장 쪽으로 걸음을 옮겼다. 아무리 생각해도 상만은 일단 서울을 떠나야 했다. 감시의 눈을 피해 한강을 건너 남하하는 사람들도 간혹 있는 모양이었다. 인민군이 도강을 까다롭게 통제하고 미군 폭격기가 한강을 노리고 있다지만, 빈틈은 있게 마련일 터였다.

전쟁 통이라 물자가 부족하다지만 배오개 시장으로 가면 무엇이든 구할 수 있을 거라고들 했다. 그 말은 과장이 아니었다. 은국은 저녁 내내 돌아다니면서 필요한 물품을 다 구했다. 지도도 있었고 출처 모를 미군 전투 식량도 은밀히 거래되고 있었다. 마지막으로 보자기만 한 방수 비닐도 한 장 샀다. 그러느라 돌잔치 때 할머니에게 받았다는 금반지를 팔아야 했다.

부적인 셈 치고 늘 지니고 다니려무나.

어머니 윤 씨가 챙겨 준 반지를 요긴하게 쓴 셈이었다. 준비는 끝났다. 이제 내일, 아니 오늘 밤에라도 당장 떠날 수 있었다.

은국은 서울 여관으로 향했다. 그러고 보니 봉아가 문제였다. 늦은 밤에 세 사람이 함께 외출하면 봉아가 무슨 일이냐고 물을 게 분명했다. 뭐라고 변명을 하면 좋으려나. 몰래 빠져나가야 하려나……

그런데 여관 골목 입구로 들어서자마자 봉아가 불쑥 나타났다.

"은국 오라버니!"

봉아는 다짜고짜 은국을 옆 골목 안으로 잡아끌었다.

"왜 그래? 무슨 일이야?"

은국은 저도 모르게 소리 죽여 물었다. 분위기가 심상치 않았다. 봉아는 가쁜 숨을 몰아쉬며 모퉁이에 몸을 붙이고 고개만 내밀어서 서울 여관 쪽을 살폈다. 그러고서야 가슴을 쓸어내리며 바닥에 스르르 주저앉았다.

"무슨 일이야? 왜 그래? 어디 아파?"

"오라버니, 외삼촌이…… 외삼촌이 체포됐어."

"뭐? 양 선생님이?"

은국은 저도 모르게 높아진 목소리에 놀라 손으로 입을 가렸다. 두 손이 바들바들 떨렸다. 혹시 상만의 일이…….

"오라버니?"

은국은 봉아의 목소리에 퍼뜩 정신을 차렸다. 봉아가 미심쩍은 눈길을 보내고 있었다. 은국은 그제야 자신이 눈에 띄게 동요하고 있다는 걸 알았다. 떨리는 손을 다급히 뒤로 감추었다.

봉아가 은국의 옷자락을 와락 움켜쥐었다.

"오라버니는 뭔가 알고 있지? 그렇지?"

봉아가 다그쳐 물었다. 불안한 얼굴로 간절하게 묻는 봉아를 보니 은국은 너무도 미안해졌다. 그렇지만 미안하다는 말도 할 수 없었다. 아직은 상황을 제대로 파악하지도 못했다.

"아니야. 몰라. 무슨 일이야? 왜 양 선생님이 체포되었다는 거야?"

봉아는 더 캐묻지 않고 힘없이 고개를 떨구며 다시 입을 열었다.

"외삼촌이 반동을 숨겨 줬다고……. 경기 중학교 강당에다 반동을 숨겨 줬다고……. 오라버니! 그럴 리가 없잖아. 외삼촌이 뭐하러 그런 짓을 하겠어? 이건 오해야. 뭐가 잘못되었어! 그래, 진서 그 자식이 외삼촌에게 누명을 씌운 거야. 저 혼자 죽긴 싫으니까 외삼촌을 끌어들여……."

그 순간 누군가 다가오는 발소리가 들렸다. 은국은 황급히 입을 다물고 봉아를 확 잡아끌어 담 그늘에 몸을 숨겼다. 발소리가 다가오고 있었다. 발소리는 은국과 봉아의 바로 근처까지 왔다가 다시 멀어졌다.

은국이 자세를 바로 하고 차분한 목소리를 내려 애쓰며 물었다.

"진정하고 말해 봐. 무슨 일이 어떻게 되었다는 거야? 누구한테 들은 거야? 양 선생님이 체포되었다는 게 틀림없는 사실이야? 진서는 또 무슨 소리야?"

"오복 오라버니가 왔어. 지금도 여관에 있을 거야. 오라버니를 기다리고 있어. 묻고 싶은 게 있다면서…….”

“길재는?”

“아직 안 돌아왔어. 난 뭘 어떻게 해야 할지……. 외삼촌을 체포
했다는 소리를 들으니 오복 오라버니도 믿을 수 없고……. 그래서
일단 여관에서 나온 거야. 오라버니들은 혹시 뭘 알고 있나 해서.
은국 오라버니, 뭐 아는 거 없어? 우리 외삼촌, 아니지? 아닌 거지?
어떻게 외삼촌이…… 그럴 리가 없어. 그럴 리가…….”

봉아는 말을 잇지 못하고 은국의 어깨에 이마를 기대어 흐느끼
기 시작했다. 은국은 아무 말도 할 수 없었다. 무슨 일이 어찌 되었
다는 건지 짐작도 가지 않았다. 진서라니, 대체 강당의 상만과 진
서가 무슨 상관이란 말인가.

이윽고 봉아의 울음이 잦아들었다. 은국은 골목 바깥을 살핀 뒤
봉아에게 다시 물었다.

“오복 동무가 뭐라고 했는지 자세히 좀 말해 봐.”

봉아는 울먹이며 다시 입을 열었다. 오복이 봉아에게 들려준 이
야기에 따르면, 상만의 존재를 신고한 사람은 다름 아닌 진서였다.

진서는 몰래 한강을 건너 남쪽으로 가려다 인민군에게 붙잡혔
다고 했다. 큰 처벌을 면치 못할 상황이었다. 그러자 겁에 질린 진
서가 선처를 호소하며 경기 중학교 강당에 누군가 숨어 있다고 신
고했다는 것이다. 무대 아래에 누군가 은신해 있다는 사실을 오래
전에 눈치챈 모양이었다.

신고를 받고 내무서원들이 강당을 덮쳤다. 정체를 알 수 없는 두 소년이 강당 창밖으로 몸을 날렸고, 그중 한 소년이 총에 맞아 숨졌다. 그리고 또 한 소년은 높다란 학교 담장을 뛰어넘어 어딘가로 도망쳤다.

은국은 눈앞이 부옇게 흐려졌다. 상만아…… 길재야……. 둘 중 누군가는 목숨을 잃었고, 누군가는 쫓기는 처지가 되었다. 이를 악물고 눈물을 참았지만 온몸이 와들와들 떨렸다.

그 모습에 봉아의 눈빛이 날카롭게 번득였다. 봉아는 손바닥으로 눈물을 급히 닦아 내고 은국을 다그쳤다.

"오라버니, 뭔가 알고 있지? 아니, 아니. 우리 외삼촌이 그런 짓을 저질렀을 리가 없어. 외삼촌이 나한테 이런 짓을 할 리가 없어. 그래, 혹시 오라버니가 그런 거 아니야? 하지만 외삼촌은 자백을……."

"자백을 하셨대?"

봉아가 다시 눈물을 투두둑 떨구었다. 어느 집에서 개가 컹컹 짖었다. 식량난으로 동네에 개가 남아나지 않은 줄 알았는데 용케도 목숨 부지한 개가 있는 모양이었다. 은국은 개 짖는 소리에 어쩐지 정신이 들었다.

"봉아야, 우리가 정신을 차려야 선생님을 도울 수 있잖아. 오복 동무가 또 무슨 얘기를 했어? 그래, 맞다. 왜 양 선생님을 체포한 거래? 밴드부가 쓰는 강당이니까 일단 지도 교사를 잡아간 거야?"

봉아가 힘없이 고개 저었다.

"라디오."

"라디오?"

"외삼촌 라디오 있잖아. YJS라고 머리글자가 새겨진⋯⋯. 그 라디오가 강당 무대 아래서 나왔대."

"하지만 그걸 선생님이 줬다는 보장은 없잖아. 누군가 훔쳐 간 걸 수도 있고⋯⋯."

은국은 말끝을 흐렸다. 자백을 하셨다고 했지. 그 마음을 짐작할 수 있었다. 혼자 뒤집어쓰시려는 거야. 길재와 나를 보호하려고. 그 마음이 눈물겹게 고마웠다. 양진석을 도와야 했다. 도망친 사람의 행방도 찾아야 했다. 지금은 울고 있을 여유가 없었다.

은국은 마음을 추스르며 봉아를 일으켜 세웠다. 봉아 혼자 여관으로 돌려보낼 수는 없었다. 충격을 받은 상태도 그렇고, 상황을 정확히 파악하고 대책을 세울 때까지는 일단 오복을 피하는 게 나을 것 같았다.

그렇다면 갈 곳은 한 군데밖에 없었다. 내 도움이 필요하면 언제든 찾아오렴. 그 말이 아니더라도 어쩐지 그분에게는 믿음이 갔다.

은국은 봉아와 함께 여관 골목에서 빠져나왔다. 봉아는 어디로 가는지 묻지도 않고 멍하니 따라왔다. 똑 부러지다 못해 뾰족하다 싶은 애가 그러고 있으니 더욱 안쓰러웠다. 위로의 말이라도 해 주고 싶지만 도저히 입이 떨어지지 않았다. 은국은 봉아와 말 한마디 주고받지 않고 남의눈을 피해 가며 진고개까지 갔다.

서화영은 은국과 봉아를 보고 놀란 얼굴이 되어서 급히 둘을 집 안으로 들였다. 담장 밖까지 살펴보고서야 뒤따라 들어와서 말없이 은국을 바라보았다. 어디서부터 어떻게 설명을 해야 할까. 은국이 막막해하고 있는데, 서화영이 괜찮다는 듯 고개를 끄덕여 주었다. 은국은 비로소 입이 떨어졌다.

"자세한 건 이따 말씀드릴게요. 일단 저 아이를 살펴봐 주세요. 전 다시 나갔다 올게요."

"그래, 알겠다. 괜찮아. 다만 잔소리 한마디만 하마. 조심해야 한다. 반발자국만 잘못 디뎌도 낭떠러지로 굴러떨어지는 세상이다, 알지?"

은국은 스스로에게 다짐하듯 몇 번이나 고개를 주억거리고서 서화영의 집을 나섰다.

그제야 다시 눈물이 쏟아졌다. 상만아…… 길재야……. 두 동무를 모두 잃은 기분이었다. 누가 죽었든 슬픔의 무게는 다르지 않았다. 상만이 정치 깡패 똘마니 짓을 하고 다닐 때는 한심하기도 했다. 선거 유세장에서 학성에게 폭력을 휘둘렀을 때는 밉기도 했다. 살인 사건에 연루되었다는 소문을 듣고는 진저리 나게 싫기도 했다. 그러나 지금 은국에게 상만은 그저 동무일 뿐이었다. 길재도 마찬가지였다.

비틀거리며 내려가다 계단에서 굴러떨어질 뻔했다. 간신히 벽을 짚고 바로 서는데, 또 걷잡을 수 없이 눈물이 터져 나왔다. 은국은 두 손으로 벽을 짚고 서서 어깨를 들먹이며 오열했다.

바로 그때, 누군가 말을 걸어왔다.

"괜찮아요?"

은국이 흠칫 놀라며 고개를 돌렸다. 캄캄한 골목 저편에서 누군가 은국 쪽으로 걸어오고 있었다. 구리무 장수 이오시프였다. 은국은 얼른 눈물을 훔치고 이오시프를 지나쳐 갔다.

그런데 이오시프의 다음 말이 은국의 뒷덜미를 잡아챘다.

"어디로 가시는 거예요? 내무서?"

은국이 펄쩍 뛰듯 돌아섰다. 무성한 흰 수염 속에 숨겨져 있는 이오시프의 입술이 기묘하게 일그러지며 웃음과 비슷한 소리를 냈다. 이오시프가 돌연 웃음을 그치고 다시 말했다.

"아버님께서 기다리고 계십니다. 봉원사 뒤에 있는 그 동굴, 기억나지요? 진혼굿을 했던 동굴이라 하면 알 거라 하던데."

아버지……. 은국은 주춤 뒤로 물러섰다. 아버님이 기다리고 계십니다. 은국이 더듬거리며 이오시프에게 물었다.

"당신…… 당신 뭐예요? 누구예요?"

끼익. 골목 저편에서 철 대문 열리는 소리와 함께 어린애의 목소리가 들려왔다. 은국은 반사적으로 담 그늘에 몸을 붙이고 소리 나는 쪽을 돌아보았다. 아버지! 어린 여자애가 애교스럽게 부르자, 아버지로 보이는 남자가 뒤따라 나와 아이의 손을 가만히 잡았다.

부녀의 다정한 뒷모습이 어둠 속으로 멀어져 갔다.

아버지. 여느 집이라면 자애로운 감정을 불러일으킬 말이지만 지금의 은국에게는 공습경보처럼 위험한 신호였다.

부녀의 발소리가 사라지고 골목이 조용해졌다. 은국은 이오시프가 서 있던 곳으로 고개를 돌렸다. 그는 이미 자취를 감추고 없었다.

13

명부전 뒤편으로 좁은 산길이 있었다. 경사가 꽤 심하지만 돌을 계단처럼 괴어 두어서 쉽게 올라갈 수 있었다. 비탈길의 중간쯤에 이르면 오른쪽에 집채만 한 바위가 나타났다. 그리고 그 바위를 끼고 돌아가는 좁은 샛길이 하나 더 있었다.

여름풀이 무성하게 자란 샛길은 바위를 끌어안듯 왼편으로 둥글게 휘어졌다. 얼핏 바위 뒤편은 낭떠러지처럼 보였다. 사람들은 대개 샛길로 들어서지 않고 곧장 위쪽으로 올라가게 마련이었다.

하지만 은국은 바위 뒤편에 무엇이 있는지 알고 있었다. 삼촌과 할머니를 위한 진혼굿을 올릴 때, 어머니를 따라 그곳에 가 본 적이 있었다. 은국은 바위에 등을 대고 잠시 서 있다가 소리 내어 심호흡하고 샛길로 들어섰다. 조심스러운 걸음으로 샛길을 따라가다가 모퉁이를 돌았다.

철컥.

관자놀이에 차가운 쇠의 감촉이 느껴졌다.

"도련님."

방 기사가 총을 아래로 내렸다. 은국은 방 기사를 지나쳐 앞으로 몇 걸음 더 나아갔다. 동굴 안쪽에서 저벅거리는 발소리가 들려왔다. 은국이 동굴을 향해 돌아섰다.

아버지였다.

머리를 밀고 승복을 입었지만 틀림없는 아버지였다. 낯빛이 창백하고 뺨은 홀쭉해진 데다 수염까지 무성하지만, 어둠 속에서도 한눈에 알아볼 수 있었다.

은국은 눈물을 흘렸다. 어려서부터 사내자식이 눈물이 많다고 얼마나 야단을 맞았는지 모른다. 그러나 지금 아버지는 눈물을 탓하지 않았다. 아버지도 눈시울을 붉히고 있었다.

"아버지."

황기택이 은국을 힘주어 끌어안았다. 아버지……. 은국은 아버지의 심장 박동을 느끼며 가만히 눈을 감았다. 황기택도 말없이 은국의 등을 두드려 주었다.

한참 만에야 은국은 눈물을 그치고 아버지 앞에 똑바로 섰다. 황기택도 한결 차분해진 모습이었다.

"어찌 아버지께서 여기에⋯⋯. 어찌 된 일입니까?"

황기택이 괴로운 듯 신음을 내뱉고서 그날의 일을 들려주었다.

말하자면, 강도를 당한 것이라 했다. 김준한 의원 집에서 나와 은국을 데리러 오다가 정체불명의 청년들에게 자동차를 강탈당하고 말았던 것이다. 도움을 청하려고 김준한의 집으로 돌아가니 이미 그곳에는 좌익 청년들이 들이닥쳐 있었다. 그렇게 우왕좌왕하는 사이에 시가전이 벌어졌고 빈집의 방공호에 숨어 있다가 인민공화국의 아침을 맞이하게 되었다.

방 기사가 꽉 쥔 주먹으로 허공을 쥐어박듯 하며 말했다.

"사지를 찢어 죽일 놈들이지요. 반드시 그놈들을 잡아서 제 손으로 찢어 죽이고 말 겁니다."

은국은 진혼굿 때 무당이 했던 말을 떠올렸다. 어쩌면 그 말이 맞는지도 모른다는 생각마저 들었다. 객사한 조상신을 제대로 모시지 않아 집안에 살이 들었어. 그렇지 않고서야 어떻게 하필이면, 하필이면 그 순간에 강도를 당한단 말인가.

황기택이 격려하듯 은국의 어깨를 다시 두드려 주었다.

"고생이 많았다."

황기택이 말했다. 두 눈의 핏발이 가시고 평소의 표정으로 돌아와 있었다. 은국은 자꾸만 눈물이 치밀어 올랐다. 아버지를 미워한 날이 더 많았다. 그러나 이 순간, 아버지가 무사하다는 사실이 눈물 나도록 고마웠고 아버지의 까칠한 행색에 가슴이 저며 왔다.

황기택도 전에 없이 인자한 눈길을 보내왔다.

"하나밖에 없는 내 아들이 영 샌님인 줄 알고 걱정했는데, 그렇지 않더구나. 빨갱이 세상에서 잘 버텼다. 사세부득한데도 마냥 덤비는 게 능사는 아니지. 바람이 거세면 굽히고, 폭우가 쏟아지면 처마 밑에서 비를 그을 수밖에. 잘했다. 장해. 이제 곧 끝날 테니 조금만 더 버티자. 낙동강에서 빨갱이들이 밀리기 시작했다. 맥아더 장군도 전쟁을 끝내겠다는 의지가 대단하단다. 이 전쟁을 이 주 안에 끝내겠다고 발표했어. 견뎌야 한다. 기어코 살아남아서 이 모든 일을 되돌려 주어야 한다."

제 아버지가 다름 아닌 황기택 판사라는 사실을 새삼스레 실감했다. 아버지, 대체 무슨 생각을 하시는 겁니까. 방 기사의 목소리가 들려왔다.

"그동안은 차라리 그렇게 지내시는 게 나을 것 같아 아무 말씀 안 드렸습니다. 이제 도련님도 이만 이쪽으로 몸을 피하십시오. 의용군으로 마구 잡아가는 모양이니까요. 갑자기 사라지면 빨갱이들이 뒤를 쫓을지도 모르니, 일단 놈들한테는 진고개 마님께……."

"마님은 무슨!"

황기택이 버럭 소리쳤다.

"죄, 죄송합니다."

"그 천한 계집을 진작 요절냈어야 했다. 아버님 때문에 그냥 놓아둔 게 한스럽기 그지없구나. 한때나마 황씨 집안에 빌붙어 살던 것이 빨갱이 짓거리를 하다니! 무어라, 미술가?"

황기택은 제 분에 못 이겨 말을 멎었다. 동굴 밖에서 풀벌레 소리가 은은히 들려왔다. 황기택이 말을 이었다.

"죽여도 죽여도 징그럽게 되살아나는 게 바로 빨갱이 놈들이다. 왜정 때부터 그리 잡아 죽여도 여태 살아남아 결국 우리를 이 꼴로 만들었다. 씨를 말려야 한다. 빨간 물이 든 것들은 하나도 남기지 말고 죽여 없애야 해! 서울을 수복하는 날로 서화영 그년도 잡아 죽여야 할 것이다!"

"아버지!"

은국이 소리쳤다. 황기택은 은국의 반응이 뜻밖인 듯 당황한 표정을 지었다. 방 기사가 은국의 옷을 잡아끌었다.

"도련님, 가만 계세요."

은국이 방 기사를 세게 뿌리쳤다. 은국에게서는 좀체 보기 힘든 행동이었다. 황기택의 얼굴이 분노로 일그러졌다. 그러나 은국은 물러서지 않았다. 제 아버지에게 처음으로 따져 묻기 시작했다.

"아버지, 어째서 그런 험한 말씀을 하십니까? 어째서 죽음을 그리 쉽게 입에 올리십니까? 얼마나 더 피를 보아야 성에 차시겠습니까!"

"무어라!"

황기택의 이마에 핏줄이 곤두섰다. 방 기사가 다시 은국의 팔을 붙잡아 끌었다.

"도련님, 얼른 사죄드리세요. 어서요! 그간 판사님께서 도련님 걱정을 얼마나 하셨는지 아십니까? 생각해 보세요. 도련님이 빨갱이들과 한집에 기거하시는 데다 밴드부다 뭐다 남의 이목을 끄는 일에도 나서시고……. 그게 다 나중에 판사님께 누가 될 일입니다. 암요, 판사님의 아드님이 빨갱이 부역자라고 해 보십시오. 판사님 입장이 어찌 되겠습니까? 기수 도련님 일만 해도 얼마나 부담인데요. 그래서 소인은 도련님도 이리로 뫼시자고 여쭈었는데, 판사님께서 놔두라고 하셨습니다. 차라리 빨갱이들하고 지내는 게 덜 고생스러울 거라고. 도련님, 아버님께 이리 거역하시면 안 됩니다. 어서 사죄드리세요, 어서요."

그러나 은국은 굽히지 않았다. 자신을 걱정했다는 아버지의 마음은 잘 알았다. 그러나 황기택 판사라고 불리는 사람은 도저히 이해할 수 없었다.

"도련님!"

방 기사가 거듭 재촉했다. 황기택은 붉으락푸르락한 얼굴로 은국을 노려보고만 있었다. 방 기사가 조마조마한 얼굴로 황기택의 눈치를 살피며 다시 은국을 설득하기 시작했다.

"이러다 혹시라도 의용군에 끌려가시면 큰일입니다. 빨갱이들 총알받이가 되실 순 없지요. 판사님께도 곤란한 일이고요. 이제 서울을 수복하면 판사님께서 앞장서서 빨갱이들을 잡아들이실 겁니다. 암요, 빨갱이들에게 무릎 꿇고 빌어먹던 놈들한테 대가를 치르게 해야지요. 꿋꿋하게 반공의 뜻을 지키신 우리 판사님께서는 그런 자들을 처벌할 자격이 있으십니다. 도련님께서는 상상도 못 하실 겁니다. 판사님께서 차마 겪지 못할 고초를…….”

방 기사가 울음을 삼키며 주먹으로 눈가를 훔치고 말을 이었다.

“그 여관의 빨갱이들에게는 진고개로 가서 지내겠다고 하세요. 그리고 진고개에는 남쪽으로 내려갈 거라고 하시고요. 설마 마님…… 아니, 진고개의 그분이 도련님을 고발하지는 않겠지요. 다만 며칠이라도 시간을 벌어야 합니다. 그러고 나면 빨갱이 놈들이 도련님의 뒤를 쫓으려도 쫓을 수가 없겠지요. 그렇게 정리해 놓고 오십시오.”

“어째서 대답이 없어?”

황기택이 버럭 소리쳤다. 은국은 말없이 제 아버지를 쏘아보았다. 어차피 아버지에게 제 대답은 필요치 않은 거 아닙니까?

전쟁이 터지고 피란을 가려 했을 때도, 아버지는 은국에게 대답을 묻지 않았다. 인민군이 서울에 입성하고 혼자 남게 되었을 때도 마찬가지였다. 은국에게 선택권은 주어지지 않았다. 아버지는 은국의 뜻을 묻지 않았다. 세상도 그러했다. 은국 자신마저도 스스로에게 무엇을 원하느냐고 물은 적이 없었다. 그렇게 이편으로 혹은 저편으로, 아버지가 밀어내는 대로, 세상이 이끄는 대로 지금 이 자리에 이르렀다.

"도련님."

방 기사가 황기택의 눈치를 살피며 거듭 은국을 채근했다. 은국이 방 기사에게 물었다.

"전쟁은 정말로 어찌 되어 가고 있습니까?"

"말하지 않았느냐! 맥아더 장군이 보름 안에 승리를 장담했다고!"

황기택이 호통을 치자 은국도 큰 소리로 맞섰다.

"김일성 수상도 9월 말까지 승전을 장담했습니다!"

방 기사가 서둘러 끼어들었다.

"도련님, 공연한 말씀을 드리는 게 아닙니다. 빨갱이들이 밀리고 있어요. 어차피 예정된 결과입니다. 미국을 상대로 이길 줄 알았다면, 김일성이 그놈이 돈 게지요. 조국을 통일한 영웅이 되고 싶어 환장을 한 겁니다. 김일성이는 저 혼자 미국과 맞짱을 뜨고 있는 셈입니다. 소련도 무기만 대 주었을 뿐 직접 참전하지는 않았습니다. 중국도 이제 막 내전이 끝난 터인데 남의 나라 일에 끼어들 여유가 없지 않겠습니까? 이제 곧 연합군의 총반격이 있을 겁니다. 맥아더 장군이 뭔가 비상한 작전을 세웠다고도 하고요. 이 전쟁, 결말은 정해져 있습니다. 시간문제일 뿐이에요."

은국은 혼란스러웠다. 대체 어느 편의 말이 진실일까. 어쩌면 그건 중요하지 않은지도 몰랐다. 은국을 혼란스럽게 하는 건 전황이 아니라 스스로였다. 나의 진심은 무엇일까. 나는 무엇을 원하는 걸까. 무엇이 옳다고 믿는 걸까.

처음으로 자신에게 묻고 있었다. 지금 당장은 아무런 대답도 할수 없었다. 하지만 이번에는 반드시 스스로 대답을 찾고 싶었다. 아버지나 세상이 가리키는 방향이 아니라, 자신이 어디로 가고자 하는 것인지.

"이만 가 보겠습니다."

은국은 그렇게 말하고 돌아섰다. 황기택이 쐐기를 박듯 엄한 목소리로 말했다.

"잊지 마라. 내일 새벽이다."

은국은 발걸음을 멈칫했다. 아버지, 이번에는 그러지 않겠습니다. 무작정 아버지의 답을 따를 수 없습니다. 학성이처럼 굳건한 신념도 없고, 상만이처럼 치열하게 원하는 것도 없었다. 하지만…… 은국은 입술을 세게 깨물었다. 동무들을 생각하니 가슴에서 뜨거운 불덩이가 치밀어 오르는 것 같았다. 누가 죽고 누가 도망친 걸까……. 도망친 쪽은 무사한 걸까…….

그러다 문득, 한 가지 생각이 떠올랐다. 정작 이곳으로 몸을 숨겨야 하는 사람은 자신이 아니었다. 쫓기는 사람이야말로 피신처가 필요한 법이다. 그러고 보니 김준한 의원도 있었다. 억지 충성을 하고 있는 그에게도 이곳이 필요할 것 같았다.

은국은 아버지를 돌아보았다.

"김준한 의원을 만났어요."

은국의 말에 황기택도 방 기사도 무척 놀랐다. 은국은 지난번에 방송국에 잠입했던 일을 말하고 이렇게 덧붙였다.

"그러니까 제가 다시 김준한 의원님을 찾아뵙고 여쭈어 볼게요. 괴로운 처지이신 듯하니 이쪽으로 피하고 싶어 하실 거예요. 언제 방송하시는지 알고 있고, 방송국으로 들어갈 방법도 아니까 다시 한 번 시도해 볼게요. 그리고 제 동무……."

"이런 집안 망칠 놈을 보았나!"

황기택이 또다시 분통을 터뜨렸다. 은국은 영문을 몰라 방 기사를 쳐다보았다. 방 기사가 답답하다는 얼굴로 한숨을 내쉬고 어린애 달래듯 말했다.

"도련님, 조심하셔야 합니다. 살얼음판을 걷듯 조심조심……."

"네가 대체 생각이 있는 놈이냐, 없는 놈이냐! 김준한 그자는 이제 끝장이다. 빨갱이 밑에서 부역질을 하고도 무사할 성싶으냐!"

"하지만 그분 뜻이 아닐 거예요. 원치 않는 방송이라는 거, 아버지도 아시잖아요."

"그게 어쨌단 말이냐? 빨갱이들한테 목숨을 비럭질하고도 그자가 앞으로 정치인으로서 행세할 수 있겠느냐? 한데 그런 자를 끌어들이겠다니, 도무지 생각이라는 게 없는 애로구나!"

은국은 수치심으로 얼굴이 붉어졌다. 부끄러웠다. 아버지라는 사람이, 아버지의 목소리가 견딜 수 없이 부끄러웠다. 황기택의 목소리가 동굴에 메아리를 울리며 이어졌다.

"김준한 그자는 제 목숨도 건사하기 어려울 것이다. 빨갱이 밑에서 빌어먹던 놈들은 모두 빨갱이와 한구덩이에 처넣어야 마땅할 터!"

은국은 그대로 동굴에서 뛰쳐나와 도망치듯 산길을 내리달았다.

빨갱이와 한구덩이에 처넣어야 마땅할 터!

아버지의 목소리가 귓가에 계속 울렸다. 아버지는 정말로 그러고도 남을 사람이다. 아버지의 말대로 인민군이 밀리고 있다면, 그래서 한국군이 서울을 탈환하고 아버지가 힘을 되찾게 된다면……. 양진석 선생님은 어찌 되실까. 서화영 그분도 무사하지 못하겠지. 길재는, 봉아는, 오복 동무는, 그리고 학성이는……. 은국은 산길을 벗어나자마자 털썩 주저앉았다.

거리는 짙은 어둠에 휩싸여 있었다. 초승달은 이미 지고 가을을 부르는 별들마저 구름 저편으로 숨어 버렸다. 붉은 빛이 검은 하늘을 가로질러 빠르게 다가오고 있었다. 곧 공습경보가 울기 시작했다.

14

콩!

봉아는 자지러지게 놀라며 잠에서 깨어났다. 옆에서 자고 있던 서화영도 튕겨 오르듯 자리에서 일어났다. 서화영이 봉아의 어깨를 감싸 안고 방구석으로 물러앉았다.

콩! 콩!

폭음이 잇따랐다. 가까운 곳이었다. 집이 당장이라도 무너져 내릴 듯이 흔들렸다. 천장에서 정체를 알 수 없는 가루가 눈처럼 흩날렸다. 총소리가 지붕에 듣는 빗소리처럼 가까웠다. 폭격기가 지상에 대고 기총 소사를 하는 모양이었다. 댕댕댕댕댕! 명동 성당에서 불규칙적인 종소리가 들려왔다. 인민 공화국 세상이 된 뒤 미사가 없어져 종소리도 그쳤는데, 기관총이 사정없이 종을 울려 대고 있었다.

"괜찮으세요?"

은국이 방으로 뛰어들어 봉아 옆으로 바싹 다가앉으며 말했다.

"포병 부대인 것 같아요."

남산에 있는 포병 부대가 공격당하고 있는 듯했다. 폭격기가 밤하늘을 찢는 소리에 이어 대공포가 하늘을 향해 퉁퉁 울어 댔다. 폭음과 함께 천지가 요동쳤다.

그러다 갑작스레 정적이 찾아왔다. 정적은 폭음만큼이나 공포스러운 분위기를 자아냈다. 골목 저편에서 어린애가 경기하듯 울음을 터뜨렸다. 그 소리가 신호음인 양 세상이 다시 움직이는 기척이 느껴졌다.

봉아들도 비로소 밖으로 나가 보았다. 저만치 올려다보이는 남산에서 불길이 치솟고 있었다. 왜정 때 지어진 신사를 허물고 그 자리에 공원을 조성했는데, 인민군은 그곳을 훈련소로 쓰고 있었다. 그 훈련소도 바로 옆의 포병 부대도 폭격당한 것 같았다. 인근의 민가들도 불길에 휩싸여 있었다.

동네 사람들이 지대가 높은 곳으로 몰려갔다. 봉아들도 부리나케 따라가 보았다. 시가지 곳곳이 불타오르고 있었다. 날마다 공습이 계속되었지만 이렇게 여러 군데를, 그것도 시내 한가운데를 동시에 두드린 건 처음이었다. 이 정도면 작정하고 서울을 폭격한 것이라 보아야 했다.

서서히 날이 밝아 오면서 참혹한 현장이 적나라하게 드러나기 시작했다. 사람들은 공포에 휩싸여 그 광경을 바라보았다. 지난밤의 흔적이지만, 어쩌면 오늘 밤 다시 되풀이될지도 모를 광경이었다.

사람들은 서로를 감싸 안고 도망치듯 집으로 돌아갔다. 봉아들도 말없이 서화영의 집으로 돌아왔다.

그런데 대문으로 들어서니 파란 눈의 노인이 마당을 서성이고 있었다.

"죄송합니다, 마님. 물 한 잔 얻어 마실 수 있을까 하고요."

봉아도 몇 번인가 본 적 있는 노인이었다. 이오시프라고 했던가. 정숙은 이오시프가 파는 구리무를 사고 싶어 안달이 나 있었다. 하지만 봉아는 러시아 귀족 출신이라는 이오시프의 인상이 그다지 맘에 들지 않았다. 서화영도 반기는 기색이 아니지만 이오시프는 비위짱 좋게 웃어 댔다.

"저기 수도가 있어요."

서화영은 그렇게 말하고 집 안으로 들어갔다. 이오시프는 헤헤거리고 웃더니 수도에 입을 대고 물을 마셨다. 그러고는 은국에게 고개를 조아리며 객쩍은 농담까지 했다.

"도련님 인물이 참 좋으시네. 부친을 닮으신 겐가?"

은국은 딱딱한 표정을 한 채 아무런 대꾸도 하지 않았다. 이오시프는 무안한 기색도 없이 실실 웃으며 밖으로 나갔다.

은국은 골목 저편으로 멀어져 가는 이오시프의 뒷모습을 멍하니 지켜보고 있었다. 은국 오라버니도 꽤 놀란 모양이네. 봉아는 그렇게 생각하며 조심스럽게 말을 걸었다.

"오라버니."

은국이 펄쩍 뛰듯 놀라며 봉아를 돌아보았다. 그러고는 제 모습이 겸연쩍은지 어색한 웃음을 지었다.

"어, 그래."

어젯밤 은국은 늦게야 돌아와 그대로 서재에 들어가 버렸다. 서재로 따라가 묻고 싶었지만 차마 그러지 못했다. 곁에서 선잠을 자는 서화영의 눈치도 보이고, 은국 혼자 자는 방으로 가기도 좀 어색했다. 그리고 첫새벽부터 폭격으로 여태 혼이 빠져 있었다. 그러다 이제야 은국과 둘이 마주하게 되었다.

봉아는 참았던 궁금증을 쏟아 냈다.

"어찌 되었어? 좀 알아봤어? 외삼촌은 내무서에 있는 거야?"

은국은 난처한 얼굴로 말이 없었다.

알아보지 못했구나. 봉아도 그럴 거라고 짐작하고 있었다. 은국을 혼자 내보내고서야 뒤늦게 그런 생각이 들었다. 어쩌면 은국도 의심을 사고 있는 처지인지 몰랐다. 반동을 숨겨 준 일에 연루되어 있을지도 몰랐다. 차라리 자신이 직접 나설 걸 그랬다는 후회가 들었다.

"내가 가 볼게."

"그럼 같이 가자."

봉아는 사양하지 않았다. 은국이 같이 간다고 큰 도움이 될 것 같지는 않지만, 어쩌면 차라리 혼자가 나을지도 모르지만, 그래도 같이 가 준다니 마음이 놓였다. 봉아와 은국은 종로 내무서로 향했다.

시내는 밤새 전투라도 벌어진 듯한 광경이었다. 전찻길이 엿가락처럼 휘어진 곳도 있고 전소되어 연기만 피어오르는 빈터도 있었다. 처참한 광경에 불길한 예감이 더 강해졌다.

괜찮을 거야. 봉아는 스스로에게 주문을 걸었다. 외삼촌이 반동을 숨겨 줬다니, 그럴 리가 없잖아. 그럴 이유가 없어. 뭔가 오해가 있는 거야. 그렇다면 밝혀지겠지. 내무서에서 명명백백하게 밝혀 줄 거야. 오복 오라버니도 그렇고, 그래, 강승애 언니도 있지. 도와줄 거야. 외삼촌이 누명을 벗도록 도와줄 거야…….

그러나 종로 내무서가 가까워질수록 희망은 사그라졌다. 외삼촌은 자백을 했어. 그렇다면 정말 그런 짓을 한 걸까? 마침내 종로 내무서 가까이 이르렀을 때에는 모든 용기가 사라진 것 같았다. 거리낌 없이 당당하게 드나들던 곳인데, 처음으로 내무서가 무섭게 느껴졌다. 죄지은 사람처럼 주눅이 들었다. 이대로 돌아서 도망쳐 버리고만 싶었다.

그러나 달리 갈 곳이 없었다. 도망칠 곳도 물러설 곳도 없었다. 조국이 나를 대신해 너를 돌볼 것이다. 여기가 아니라면 몸 둘 곳이 없었다. 외삼촌이 아니라면 마음 의지할 사람도 없었다.

봉아는 마음을 다잡고 걸음을 멈추었다. 두어 걸음 뒤처져서 오던 은국이 가까이 다가와 묻는 듯 바라보았다.

"오라버니는 밖에서 기다리는 게 좋겠어."

은국도 선선히 고개를 끄덕이고는 잠시 머뭇거리다 조심스레 입을 열었다.

"죽었다는 반동이 누군지도 좀 알아봐 줄래?"

은국은 불안함을 감추지 못하는 표정이었다. 역시 은국도 이 일과 어떻게든 상관이 있는 모양이었다. 봉아의 살피는 눈길에 은국은 당황한 표정을 지으며 급히 둘러대었다.

"혹시 내가 아는 사람인가 하고…… 우리 학교 학생일지도 모르니까……."

궁색한 변명이지만, 봉아는 그냥 알았다는 대답을 하고서 내무서로 들어갔다.

내무서는 폭격을 면했지만, 다들 정신없이 뛰어다니느라 아수라장이었다. 새벽의 공습으로 온 도시가 우왕좌왕하고 있었다. 오복도 자리에 없었고 양진석을 면회하고 싶다는 부탁도 거절당했다. 그나마 안면 있는 내무서원을 만나서 양진석의 행방만 겨우 확인했다. 양진석은 종로 내무서에 갇혀 있었다. 그리고 봉아는 내무서원에서 슬며시 또 물었다.

"강당에서 죽었다는 그 반동은 대체 누구예요?"

"건 왜?"

내무서원이 수상쩍다는 듯 봉아를 훑어보았다. 봉아는 도리어 큰 소리를 내어 선수를 쳤다.

"그것도 못 물어봐요? 혹시나 밴드부원을 반동으로 오해한 건 아닌가 싶어서 그래요."

내무서원은 어린애 투정을 대하듯 피식 웃고서 말했다.

"밴드부원이 아닌 건 확실해. 밴드부원들이야 우리가 다 알고 있으니까. 혹시 경기중 학생이 아닌가 싶어서 거기 민청원들을 대상으로 탐문 중이야. 곧 밝혀지겠지."

봉아는 내무서 밖으로 나와 광화문 쪽으로 걸어갔다. 골목에 숨어 있던 은국이 내무서 쪽을 살피며 곁으로 다가와 나란히 걸었다. 봉아가 낮게 속삭였다.

"아직 신원이 밝혀지지 않은 모양이야. 민청원들을 대상으로 탐문 중이라면서 곧 다 밝혀질 거래. 그런데 오라버니…… 나한테 뭐 숨기는 거 있지?"

바로 그때 공습 사이렌이 울리기 시작했다. 경보음이 울려 퍼지자 전차가 다급하게 종을 울리며 멈춰 섰다. 전차에 탔던 사람들이 서로 밀치며 앞다투어 뛰어내렸다. 길을 가던 사람들도 가까운 건물의 방공호를 찾아 허둥지둥 달렸다. 봉아도 은국의 손을 잡고 달리기 시작했다.

마침 가까이에 화신 백화점 방공호가 있었다. 어두컴컴한 방공호에 사람이 가득 들어찼다. 누군가 훌쩍거리며 우는 소리와 함께

무지근한 진동이 전해져 왔다. 가까운 곳에 폭탄이 떨어진 모양이었다. 그런데도 나직한 울음소리가 흘러나올 뿐, 사람들은 시신처럼 반응이 없었다.

한참 만에 방공호 문이 열리고 누군가 안에다 소리쳤다.

"됐습니다. 나오세요!"

사람들은 고된 하루를 마친 일꾼처럼 지친 얼굴을 하고 차례차례 바깥으로 다시 나갔다.

봉아는 햇살이 부셔 실눈을 뜨고 주위를 둘러보았다. 은국의 명한 얼굴이 눈에 들어왔다. 분명 은국은 뭔가를 숨기고 있었다. 거짓말에 서투른 성격이니 다그치면 실토할지도 몰랐다. 하지만 지금은 그럴 수가 없었다. 애써 태연하게 굴고 있지만, 은국의 해쓱한 얼굴은 당장에라도 쓰러질 사람처럼 보였다. 또한 봉아는 은국을 믿었다. 은국이 무얼 숨기고 있는지는 모르지만, 적어도 외삼촌과 자신에게 피해를 주려는 의도는 아닐 것이라는 믿음이 있었다.

일단 승애 언니에게 가 보자. 봉아는 은국과 함께 혜화동 쪽으로 걷기 시작했다. 전차를 타고 갈까 했지만 공습 탓에 가다 서다 하는 만원 전차를 타느니 걷는 게 속 편할 것 같았다. 요즘은 폭격에 전찻길이 끊긴 곳도 더러 있다 하니 타 보았자 얼마 가지 못할지도 몰랐다.

햇살이 따가웠다. 바람은 꽤 선선한데도 진땀이 흘러 도중에 자꾸만 멈춰야 했다. 그렇게 정치보위부에 도착하니 이미 점심때가 지나 있었다. 아침도 점심도 걸렀지만 배고픈 줄도 몰랐다. 봉아는 곧장 보초병에게 다가가 면회를 요청했다.

곧 강승애가 굳은 얼굴로 달려 나왔다. 이미 무슨 말을 들은 건가. 봉아는 초조해서 속이 타들어 갔다. 하지만 강승애는 아무런 말도 없이 앞장서서 길을 건너더니 골목 입구의 문 닫힌 가게 앞에 멈춰 섰다. 봉아가 곧장 애원하듯 말했다.

"언니, 우리 외삼촌 좀 도와줘."

강승애는 괴로운 얼굴로 입술을 깨물었다. 원칙대로 하면 될 일이라고 야멸친 소리부터 할 줄 알았는데, 그러지 않았다. 무슨 일이냐고 묻지도 않았다.

"앉아."

강승애는 그렇게 말하고 먼저 가게 앞에 놓인 평상에 앉았다. 도무지 엉덩이를 붙이고 앉을 기분이 아니지만 봉아도 순순히 자리에 앉았다. 은국도 봉아 곁에 앉았다. 강승애가 다시 입을 열었다.

"차근차근 말해 봐."

봉아는 어제부터의 일을 차분히 설명했다. 강승애는 중간에 묻는 법도 없이 그 이야기를 다 듣고는 잠시 생각에 잠겨 있다가 바닥을 바라보며 무겁게 입을 열었다.

"두 가지 이야기를 해 줘야겠다. 첫째, 양진석 동무의 일은 아직 자세히 모른다만, 아무튼 내가 어쩔 수 있는 일이 아니다. 본인이 자백을 했다니 조사받고 그에 따른 처벌을 받겠지. 그동안 양 동무가 열심히 활동했으니 정상 참작이 될 거야. 오복이 알아서 처리할 일이다. 내 도움은 필요치 않아. 양진석 동무는 보기보다 강한 사람이다. 잘 헤쳐 나갈 거야. 믿고 기다려. 그리고 황은국 동무."

강승애가 눈을 들어 은국을 바라보았다.

"밴드부에서 일어난 일이니 밴드부원 전체를 조사할 거야. 봉아도, 은국 동무도 피할 생각 말고 자진해서 수사에 협조하도록 해."

"알겠습니다."

은국에 이어 봉아도 입을 떼려는데, 강승애가 손짓으로 제지하고 다시 입을 열었다.

"그리고 둘째."

강승애는 말을 하려다 말고 입술을 깨물었다. 그리고 군모를 벗고 머리카락을 천천히 뒤로 쓸어 넘겼다. 강승애의 가느다란 목덜미가 눈에 띄었다. 언니가 많이 야위었구나. 봉아는 가슴이 더럭 내려앉았다. 언제나 굳건한 줄만 알았던 강승애의 고단한 모습에 불안감이 밀려들었다. 승애 언니, 우리…… 괜찮은 거지?

강승애는 봉아의 시선을 모르는 듯 한동안 먼 데를 응시하다가 다시 모자를 쓰고 말을 이었다.

"나쁜 소식이 하나 더 있다. 하필이면 이런 일이 겹쳐서 오는구나. 그래, 어차피 알게 될 일이니……. 경애가 포로로 잡혔다. 낙동강 전선에서 부대 전체가 적에게 사로잡혔다."

봉아는 저도 모르게 두 손으로 귀를 틀어막았다. 그럴 리가 없어. 안 잡히고 안 다치고 안 죽어. 봉아는 강경애의 약속을 똑똑히 기억하고 있었다.

통일의 날, 엄마가 너를 만나러 가마.

어머니는 봉아를 북으로 보내며 굳게 약속했다. 하지만 두 번 다시 만날 수 없었다. 이제 경애 언니도 다시 만날 수 없게 되어 버린 걸까.

강승애가 봉아의 손을 꽉 쥐었다. 봉아는 그제야 자신이 떨고 있다는 것을 알았다.

"저들이 포로를 비인도적으로 대한다지만, 제네바 협약이 있으니 최소한의 원칙은 지킬 거라고 믿어야지. 뭣보다 경애는 강한 애다. 절대 꺾이지 않을 거야. 해방의 날, 우리가 경애를 구하면 된다. 그러니……"

"해방의 날?"

봉아는 허탈하게 웃으며 손을 비틀어 빼냈다. 강승애가 굳은 얼굴로 입을 다물었다. 봉아는 강승애를 돌아보았다. 햇빛을 등진 강승애의 얼굴에 짙은 그늘이 드리웠다.

"해방의 날……. 그게, 대체 언젠데?"

은국은 봉아의 태도에 당황한 듯했지만, 강승애는 담담했다.

"언제인지는 모른다. 하지만 분명히 오고야 만다."

"오고야 만다……. 그런데 언제인지는 모른다? 그럼 나더러 어쩌라고? 죽고 다치고 잡혀가고, 그렇게 모두 사라지는데 그냥 보고만 있으라고? 언제인지도 모르는 그날을 믿고? 언제 오는지도 모르는 건 안 오는 거나 마찬가지잖아, 안 그래?"

"아니, 다르다."

강승애는 단호하게 말했다. 통일의 날 다시 만나리라고 어머니도 약속했다. 무사히 돌아오겠다고 강경애도 약속하지 않았는가. 그런데 결국 그 모든 약속은 거짓이 되었다.

그러나 봉아도 알 수 있었다. 어머니도 강경애도 그 약속을 지키기 위해 안간힘을 썼으리라는 사실을.

그렇다면 대체 누굴까. 이 모든 거짓말은 대체 누구의 짓일까. 아무도 답해 주지 않았다. 강승애의 확신에 찬 목소리만이 뜻 모를 메아리처럼 들려왔다.

"고봉아 동무, 믿어야 한다. 그날은 온다. 그것이 우리에게 주어진 유일한 길이다. 착취 없는 세상을 만들 수 있다고 믿는 것. 반드시 그렇게 만들기 위해 쉼 없이 싸우는 것. 그러지 않는다면, 우리는 저들에게 빼앗기고 짓밟히고 모욕당하며 목숨만 연명해야겠지. 그러니 그날을 믿고 싸우는 것이 유일한 길이라는 얘기다. 그 일이 지금 네 앞에서 이루어지지 않는다고 감히 불가능한 일이라 단정하지 마라. 언제 올지도 모르는 독립의 날을 위해 수많은 선배 열사들이 기꺼이 목숨을 던졌다. 그렇게 그날은 기어이 오고야 말았다. 역사 앞에서 우리의 오늘은 티끌보다 하찮은 한순간에 불과하다."

거짓말. 봉아는 무릎에 이마를 대고 흐느껴 울기 시작했다. 손가락 하나 까딱할 기운도 없었다. 지쳤다. 그저 외삼촌이 보고 싶을 뿐이었다.

너 하나는 내가 어떻게든 책임질 테니까.

외삼촌과 서먹하게 걷던 그날로 돌아가고만 싶었다. 다 잘될 것 같았는데. 다 잘 해낼 것 같았는데.

"너도 알겠지만……."

강승애의 목소리가 떨렸다. 봉아는 움찔하며 울음을 그치고 귀를 기울였다.

"경애 일은…… 내게도 감당키 어려운 아픔이다. 생살을 찢긴 것과 같아. 하지만 처음 겪는 아픔은 아니다. 소작료를 깎아 달라고 사정하다가 지주가 불러들인 왜놈 헌병에게 맞아 죽은 우리 아버지……. 왜놈 농장에서 날품팔이하다가 차에 치여 죽고 개처럼 내던져진 우리 어머니……. 어디 나만 그러하겠니? 내 집안만 그러하겠니? 지주와 소작인, 부르주아지와 프롤레타리아트(노동자 계급), 양반과 상민. 수천 년 동안 이어져 온 착취와 지배로 인민들의 삶은 늘 피로 얼룩져 왔어. 그런데 지금 우리가 하늘과 땅을 뒤집으려 하고 있는 거야. 어찌 쉬울 수 있겠니? 이거야말로 세상에서 가장 지독한 전쟁이야. 저들이 선선히 내놓을 리 없고, 우리도 순순히 물러날 수 없어. 저들은 물러서는 순간 가진 걸 다 내놓아야 한다. 만약 우리가 물러선다면, 우리는 희망을 내놓아야 해. 희망을 내놓는다는 건, 우리의 전부를 잃는 것과 같다. 그러니 지독한 전쟁이라는 거야. 우리는 이 전쟁에서 반드시 승리해야 하고. 그 누구의 희생이 있다 해도 멈출 수 없어."

바로 그때 군용 지프차 두 대가 달려와 정치보위부 앞에 멈춰 섰다. 강승애가 벌떡 일어나 지프차를 향해 거수경례를 하고 봉아를 돌아보았다.

"난 이만 들어가 봐야겠다. 봉아야, 널 믿는다."

강승애는 정치보위부로 뛰어 들어갔다. 멀리서 또다시 공습경보가 날아들었다.

봉아는 공습경보가 들려오는 쪽으로 걷기 시작했다. 어디로 가는지도 모르는 채 발이 제멋대로 움직였다. 무작정 걸었는데 저절로 서대문 쪽을 향하고 있었다.

어머니가 그리웠다. 그리움이 북받치듯 치밀어 올랐다. 어머니……. 누구의 눈치도 보지 않고 어머니 앞에 엎드려 펑펑 울어 버리고만 싶었다.

봉아는 발걸음을 재촉했다. 중간에 다시 공습경보가 울었지만 길가로 붙어서 그냥 걸었다. 독립문이 눈에 들어오는 곳에 이르러서야 걸음을 멈췄다. 뒤돌아보니 은국이 조금 떨어진 거리를 유지한 채 따라오고 있었다. 내내 말없이 함께 와 준 모양이었다.

"고마워, 오라버니."

"무슨……."

"……봉원사에 가 보려고."

은국은 짐작하고 있었다는 듯 고개를 끄덕이며 조심스럽게 물었다.

"같이…… 갈까?"

은국이라면 같이 가도 좋을 듯했다. 은국 또한 봉원사 명부전에 엎드려 울고 싶은 건지도 몰랐다. 봉아가 고개를 끄덕이고 둘은 말 없이 다시 걷기 시작했다.

그런데 서울 여관으로 들어가는 골목 입구에서 누군가 은국을 기다리고 있었다. 봉아도 아는 얼굴이었다. 경기 중학교 민청 지부장 최학성이었다. 은국과 학성은 굳은 얼굴로 서로를 바라보았다. 심상찮은 분위기가 감돌았다. 자리를 비켜 주는 게 좋을 것 같았다.

"오라버니, 난 그럼 먼저 가 있을게."

봉아는 혼자 봉원사로 올라갔다. 절 마당도 텅 비어 있었다. 절을 둘러싼 숲은 짙푸른 생명력을 내뿜고 있는데, 봉원사는 흡사 폐사지 같았다.

명부전 앞에 서자 세상 끝에 다다른 듯 기운이 빠졌다. 어머니……. 봉아는 가까스로 문을 열고 어머니의 위패를 눈으로 찾았다. 몇 초를 헤아릴 겨를도 없이 한눈에 들어왔다. 안으로 들어가 어머니 위패 앞에 향을 피웠다. 처음 제 손으로 어머니 영전에 향을 피우는 것이었다.

어머니. 봉아는 어머니를 가만히 불러 보았다. 대답은 들려오지 않았다. 그러나 마음이 전해져 오는 듯했다. 여전히 어머니의 변절은 이해할 수도, 용서할 수도 없었다. 그러나 어머니가 어떤 심정이었는지는 조금쯤 알 것 같았다.

지쳤던 거겠지. 기다려도 기다려도 오지 않는 꿈들에 그만 지쳤겠지. 드높았던 꿈도 그만 다 놓아 버리고 싶었을 거야. 그래서 그저 내 얼굴 한 번 보고 싶다는 마음만 남아…….

"어머니, 어머니……."

어머니가 보고 싶었다. 어머니 얼굴을 한 번만 보았으면 하는 생각이 가득했다. 지금 이 순간 그것만이 선명하게 손에 잡히는 꿈이었다.

봉아는 명부전 바닥에 엎드려 흐느껴 울었다. 산 아래에서 공습경보가 들려왔다. 산을 통째로 뒤흔드는 폭음이 잇따랐다. 가까운 곳에 폭탄이 떨어진 모양이었다.

그 모두가 먼 세상의 일처럼 느껴졌다. 죽은 자들의 이름만 가득한 이곳이 오히려 현실 같았다.

망 황기수.

봉아는 기수의 위패를 찾아 그 이름을 읊조려 보았다. 기수 오라버니.

봉아는 기수를 기억하고 있었다. 해방이 되고 기수 아버지 황인보가 첩인 서화영만 데리고 월남하자, 기수 어머니 차 씨는 황씨네 사당에서 목을 매고 죽었다. 철원에서 가장 악명 높던 친일 지주의

막내 도련님 황기수는 그렇게 혼자가 되었다.

황씨네 본가였던 천세택을 두고 동네 아이들은 온갖 괴담을 지껄이곤 했다. 차 씨의 귀신이 밤마다 천세택을 배회한다는 둥, 천세택 작은 사랑채 뒤 대숲에서 차 씨의 울음소리가 들린다는 둥, 언젠가 봉아가 기수에게 철없이 그런 소리를 그대로 전한 적이 있었다. 그때 기수는 봉아의 머리를 쓰다듬으며 이렇게 말했다.

아니다. 우리 어머니는 이제 편안해지셨을 거다. 저 높은 데서 보자면 이깟 땅뙈기는 얼마나 하잘것없겠니.

봉아는 어머니의 위패를 다시 보았다. 어머니도 그곳에서 편안하신가요? 아니…… 저를 이곳에 두고 편히 떠나지도 못하셨겠지요. 어머니, 이제 나는 어찌하면 좋은가요. 내 꿈은, 어머니의 꿈은 어찌 되는 걸까요. 어머니의 대답은 들려오지 않았다. 기수도, 또 다른 이들도 세상 저편에서 애달픈 눈으로 지상을 내려다보고 있을 뿐이었다. 봉아는 사위가 완전히 어두워질 때까지 명부전에 우두커니 앉아 있었다.

다시금 폭격기의 굉음이 울리는가 싶더니 바로 근처에서 폭음이 터져 나왔다. 봉아는 그제야 번득 정신을 차렸다. 은국 오라버니가 여관촌으로 갔는지도 모르는데! 황급히 명부전 밖으로 뛰쳐나와 보니 산 아래 저편의 어느 동네가 불길에 휩싸여 있었다. 봉아는 불타는 동네의 위치를 가늠해 보았다. 서울 여관 쪽은 아니었다. 그러나 안도할 겨를도 없이 섬뜩한 느낌이 밀려왔다. 아무래도 그곳은 정숙이 사는 동네인 듯했다. 봉아는 신발도 제대로 신지 못한 채 그대로 절 입구를 향해 달려갔다.

그런데 절 마당을 벗어나려는 순간, 누군가 수풀에서 툭 튀어나왔다. 봉아는 놀라서 그만 엉덩방아를 찧으며 주저앉고 말았다.

"어린 아가씨가 혼자 여긴 어쩐 일이야?"

구리무 장수 이오시프였다.

봉아는 대꾸할 겨를도 없이 발딱 일어나 산길을 달려 내려갔다. 아닐 거야. 정숙이네가 아닐 거야. 그러나 가까워질수록 불길한 예감이 강해졌다. 마침내 화마에 휩싸인 현장에 도착했다. 동네 전체가 깡그리 불타고 있었다. 정숙의 동네였다.

봉아는 바닥에 털썩 주저앉았다. 화끈거리는 열기와 함께 재가 사방으로 풀풀 날았다. 사람들의 비명과 아우성이 밤하늘을 뒤덮었다. 누군가의 이름을 외쳐 부르며 통곡하는 사람들도 있었다. 불길로 뛰어들려는 걸 억지로 뜯어말리며 눈물짓는 사람들도 있었다. 정숙아……. 봉아는 온몸이 떨려 일어서지도 못하고 앉아서 주변을 둘러보았다. 정숙아……. 낯선 얼굴들, 한 번쯤 본 것 같은 얼굴들. 그리고 그 얼굴이 있었다.

정숙의 어머니가 잿가루를 뒤집어쓴 채 불길을 향해 두 팔을 내저으며 그 이름을 울부짖고 있었다. 정숙아. 아가. 내 딸 정숙아.

15

"그랬구나……."

은국은 그 한마디만 몇 번이고 되풀이했다. 그랬구나. 상만이가 세상을 떠났구나……. 두 번 다시 상만이 얼굴을 볼 수 없게 되었구나. 겉멋 들어 건들거리는 그 걸음걸이도, 화가 나면 실룩대는 그 짙은 눈썹도, 소리 내어 웃을 때만 보이는 보조개도……. 은국은 두 손으로 머리를 감싸며 수돗가 옆 바위에 걸터앉았다.

바로 옆 동네가 폭격을 맞아 불타고 있었다. 아직도 펑! 펑! 하며 폭발음이 들려왔고 비명을 지르고 통곡하는 소리도 날아들었다. 바로 지척에서 들려오는 소리인데도 딴 세상의 일처럼 아득했다. 은국은 그 소리마저 듣지 못했다. 자신을 둘러싼 현실은 아득히 멀어지고 오랜 기억이 생생히 되살아났다. 지금이라도 고개를 들면 학성이 열띤 얼굴로 마르크스가 어떻고 레닌이 어떻고 장광설을 늘어놓을 것 같았다.

그러면 길재는 피식피식 웃으며 학성을 놀려 대겠지. 그런 거 외울 머리로 공부를 하면 네가 나를 밀어내고 수석이 될 텐데 말이야. 상만은 심술궂게 입술을 비죽거리며 구시렁댈 거야. 저 먹물, 입만 살아서는 암튼……. 야, 프롤레타리아트 혁명이 별거냐? 가난한 인민 잘살게 해 주는 거잖아. 그러니까 배고픈 이 형님을 위해 먹을 거부터 좀 내놔 봐. 혁명은 그렇게 시작하는 거지! 학성은 그 농담에 정색하고 성난 표정을 지을 거야. 고상만, 넌 대체 진지할 줄을 모르냐? 무식한 놈. 뭐? 무식한 놈? 그래, 나 무식하다. 그래서 유식한 너는 그렇게 잘나서 계집애 하나 어쩌지 못하고 첫사랑이 어쩌네 해 가며 질질 짜냐? 에라, 사내 망신은…….

"은국아."

은국이 고개를 들었다. 낯선 얼굴이었다. 분명 학성을 닮았는데, 너무도 낯설어서 학성이라고 믿을 수 없는 얼굴. 은국은 다시 고개를 숙였다.

"황은국."

"길재는…… 괜찮을까?"

은국이 고개 숙인 채 물었다. 학성의 대답이 들려왔다.

"글쎄, 나도 도망치는 뒷모습만 보았으니까……."

그날 그 자리에, 학성도 내무서원들과 함께 있었다고 했다. 경기 중학교 강당에 반동이 숨어 있다는 제보를 받고 습격한다는 이야기를 들으니, 민청 지부장으로서 가만있을 수가 없었다. 하지만 내무서원들이 만류해서 강당에 가까이 가지는 못하고 학교 담벼락 쪽에 서 있었다.

"너무 순식간에 일어난 일이었어. 그때는 그 시간이 엄청 길게 느껴졌는데……. 아마 채 일 분도 안 걸렸을 거야. 내무서원들이 강당을 포위하고 현관 자물쇠를 부쉈어. 그 순간 운동장 쪽으로 난 창문이 깨지면서 두 녀석이 운동장으로 굴러떨어졌어. 둘 다 죽을 힘을 다해 달려왔어. 교문은 막혀 있으니까 담장 쪽으로, 그러니까 내 앞으로……. 아마…… 둘 다 나를 봤을 거야. 나무 그늘 아래에 서 있었지만 그렇다고 상만이가 날 못 알아보겠냐. 길재도 그렇고……. 상만이는 내 눈앞에서 총에 맞았어. 길재는 나를 지나쳐서 담장 너머로 몸을 던졌고. 나중에 내무서원들이 나한테 뭐라고 하더라. 길재가 도망치는 걸 그냥 보고만 있었다고. 혹시 같은 학교 학생이라고 일부러 봐준 거 아니냐고. 길재가 교복을 입고 있었으니까……. 그런데 말이다, 은국아. 정말로 움직일 수가 없었어. 상만이가 총에 맞아서 그 커다란 눈을 부릅뜨는데…… ."

학성이 두 손으로 얼굴을 가리며 신음을 뱉었다. 더 이상 말하지 않아도 은국은 알 수 있었다. 지금 제 눈으로 죽어 가는 상만을 보고 있는 듯했다. 아무것도 해 주지 못한 채, 큰 소리로 이름 한 번 불러 주지도 못한 채. 은국은 소리 없이 눈물을 흘렸다. 학성은 먼 데를 보며 감정을 추스르고 다시 입을 열었다.

"아직 이런 사정을 아무도 몰라. 죽은 애가 상만이라는 사실을 내무서에 보고하지 않았어. 길재에 대해서도……. 하지만 이제 보고해야지."

"최학성!"

"열 올리지 마. 나도 안다. 너라면 끝까지 입 다물겠지. 은국이 너는 동무들을 감싸는 게 우선이잖아. 하지만 난 달라. 원칙을 지키는 게 우선이다. 그래야 세상이 올바르게 될 거라고 믿으니까. 다만, 그 전에 길재에게 기회를 주고 싶어. 그래서 일단 너를 만나려고 한 거야. 은국아, 길재는 어디 있는 거냐?"

그거야말로 은국이 궁금해하던 일이다.

"몰라."

은국은 그렇게 대답하며 인민군이 서울을 점령한 그 아침의 일을 떠올렸다. 그때, 오복도 그렇게 물었다. 네 아버지는 어디 있지? 어째서 세상은 내게 대답할 수 없는 것들을 자꾸만 묻는 걸까.

"숨긴다고 될 일이 아니야. 상만이 일로 내무서가 발칵 뒤집혔어. 공습 때문에 어수선해서 그렇지, 평소 같았으면 이미 상만이의 신분이 드러났을 거야. 길재도 그렇고. 내가 입 다문다고 될 일이 아니야. 내무서에서 곧 알아낼 거야. 그러니까 그 전에 자수하라는 거야. 길재가 자수해야 그나마 정상 참작이 되지. 네가 정말 길

재의 행방을 모른다면, 길재가 제 발로 나타나지 않는다면, 이제는
내가 보고할 수밖에 없어."

"길재를 신고하겠다는 거야? 동무를 신고하겠다고? 나쁜 자식,
너 정말······."

학성이 다시 은국의 말을 잘랐다.

"그래, 맞아. 난 나쁜 놈인지도 몰라. 동무를 신고하겠다는 놈이
니까. 앞으로 또 나쁜 놈이 될 짓을 하게 될지도 몰라. 그러지 않으
려고 최선을 다하겠지만, 죽을힘을 다해 옳다고 믿는 것을 선택하
겠지만, 안타깝게도 그 결과는 그리 좋지 않을 때가 많은 것 같더
라. 우리가 어려서가 아니라, 내가 어리석어서가 아니라, 사는 게
본래 그런 건가 봐. 그래서 어른들이 사는 게 쉽지 않다고들 하는
건가······. 하지만 은국아, 그렇다고 아무것도 선택하지 않을 순
없잖아. 어느 편도 되지 않겠다는 건, 그냥 손 놓고 구경만 하겠다
는 뜻인 거야. 아니, 내 말이 틀린 건지도 모르지. 나도 잘 모르겠
어. 네가 옳은 걸까? 내가 옳은 걸까?"

별안간 하늘이 무너지는 듯한 굉음이 울렸다. 폭격기가 날아오
는 소리였다. 옆 동네에서는 아직도 불길이 이글거리는데 또 공습
이었다. 아니, 어쩌면 어디엔가 폭탄 세례를 퍼붓고 돌아가는 폭격
기인지도 몰랐다. 확신할 수 있는 것은 없었다.

은국과 학성은 고요가 찾아올 때까지 말없이 밤하늘을 올려다
보았다. 폭격기 소리가 그치고 밤하늘은 다시 잠잠해졌다. 그러자

멀리서 어린애 우는 소리가 아득하게 들려왔다. 어찌 들으면 여인이 비명을 지르는 소리 같기도 했다. 학성이 소리 나는 쪽을 잠시 바라보다가 은국에게 고개를 돌렸다.

"그렇지만 잘못된 세상을 바로잡고 싶다는 생각만은 확고하다. 아직 어리다고, 힘이 없다고, 나 몰라라 할 생각은 없어. 지금 내가 믿는 일에 최선을 다할 거다. 그게 내 신념이야. 그러니 난 내 원칙대로 한다. 말했듯이, 네가 만약 길재와 연락이 닿는 상황이라면 한시바삐 자수하라고 전해라. 그러지 않으면 내무서에 사실을 보고할 수밖에 없어. 그것이 친구들을 위해 지금 내가 할 수 있는 최선의 행동이라고 생각해. 내일 아침까지 시간을 줄게. 실은 은국아. 나, 내일 입대한다."

은국은 심장이 쿵 내려앉는 듯했다. 입대. 그간 의용군 궐기 대회에서 입대를 독려하기 위해 수없이 북을 쳤다. 전원 입대를 결의하는 날이면 뿌듯한 마음이 들기도 했고, 입대를 결의하는 사람들이 대단해 보이기도 했다.

그러나 학성의 입대는 전혀 다른 의미로 다가왔다. 뿌듯한 일도, 대단한 일도 아니었다. 이제 서울 거리 어디에서나 흔히 보게 된 부상병들의 행렬이 눈에 선했다. 아들의 전사 통보를 받고 통곡하는 어머니들. 전선으로 나간 가족의 생사를 알고 싶어 전선사령부 게시판 앞을 떠나지 못하는 사람들. 이제 학성이 바로 그런 전선으로 떠난다는 얘기였다. 어쩌면 살아서 두 번 다시 만날 수 없을지도 몰랐다.

"학성아, 난⋯⋯."

학성이 무슨 말을 하려는지 안다는 듯 고개 저어 은국의 말을 막고 다시 얘기했다.

"그러니까 오늘 밤이 마지막 기회다. 나는 내일 아침 7시에 종로 내무서 앞에 집결해서 훈련소로 들어갈 거야. 그 전까지는 민청 사무실에 있을 거고. 오늘 밤 안에 길재가 나타나면 다행이지만, 그렇지 않으면 입대 전에 내무서에 모든 걸 보고할 거야. 은국아, 기다리고 있을게."

학성은 곧장 대문 밖으로 나갔다. 학성의 발소리가 무거운 울림을 남기며 멀어져 갔다.

은국은 넋을 잃은 채 휘청거리며 여관 안으로 들어갔다. 여관은 텅 빈 채 어둠에 잠겨 있었다. 바로 옆 동네가 폭격을 맞으니 다들 놀라서 몸을 피한 모양이었다. 연고만 있으면 시골로 찾아 들어가는 사람들이 늘어나고 있었다.

양진석의 방은 대대적인 수색으로 천장까지 뜯겨 있었다. 은국과 길재의 방은 물론, 봉아의 방도 수색을 당한 듯했다.

은국은 제 방 한가운데에 우두커니 섰다. 오복과 청년들이 들이 닥치던 그 아침, 은국의 집이던 울타리 저택도 꼭 이런 꼴이 되었다. 서울 여관의 이 작은 방을 제집으로 여기기 시작했는데 또 같은 일을 당하고 말았다.

빠직. 발밑에서 뭔가가 부러지는 소리가 났다. 어두운 탓에 잘 보이지 않아 허리를 굽혀서 집어 들었다. 길재의 안경이었다. 안경이 없으면 전차 노선도 읽지 못하는 녀석이 안경을 두고……. 지금 길재는 홀로 어둠 속을 헤매고 있을 것이다.

길재 그리고 양진석 선생님과 봉아……. 두려웠던 날들을 함께 보낸 이들이었다. 서울 여관도, 이곳에서 지냈던 한때도 이미 사라졌지만 그 사람들마저 잃을 수는 없었다. 더 이상 아끼는 사람들을 무력하게 잃어버리고 싶지 않았다. 혼자 도망치고 싶지 않았다. 이편으로 또 저편으로, 떠미는 대로 밀려다니는 건 이제 싫었다.

은국은 어지러워진 방 안을 차분히 정리했다. 다시 돌아올 수 없을 테지만 이렇게 엉망으로 남겨 둔 채 떠나는 건 싫었다. 그렇게 뒷정리를 하는 동안 마음을 굳혔다. 어쩌면 좋을지 구체적인 방법도 마련했다.

은국은 여관에서 나와 종로 내무서로 갔다. 다행히 오복이 자리에 있었다. 오복은 기다렸다는 듯 담담한 얼굴로 은국을 맞았다.

"드릴 말씀이 있습니다."

은국은 대뜸 그렇게 말했다. 에두를 필요는 없다. 상만을 숨겨 주다가 들켜서 도망친 건 바로 나라고, 단도직입으로 말하면 된다. 몰래 라디오를 훔쳤는데, 양진석 선생님이 나를 감싸느라 거짓말을 했다고 하면 된다. 말이 길어지면 허점이 드러나기 쉬운 법이다. 요점만 간단히, 그리고 입을 다무는 게 낫다.

그러나 오복은 말할 기회도 주지 않고 자리에서 일어섰다.

"우선 네가 만나 봐야 할 사람이 있다."

"오복 동무, 저는……."

"따라와."

오복은 은국의 말을 무시하고 앞장서 걸었다. 은국은 얼떨떨한 채 오복을 따라 2층으로 올라갔다. 오복이 취조실 문을 열었다. 그날 오복이 은국을 취조했던 바로 그 방이었다.

"들어가서 기다려."

오복은 은국을 억지로 밀어 넣고 문을 닫았다. 밖에서 문 잠그는 소리까지 들려왔다.

잠시 후 다시 문이 열리고 양진석이 들어왔다.

"야! 네가 여길 왜 와!"

양진석이 질겁을 하고 소리치다 오복의 눈치를 살피며 입을 다물었다. 오복은 아무 소리도 안 들리는 사람처럼 눈을 내리깐 채 나가 버렸다. 발소리도 멀어져 갔다.

"선생님, 괜찮으세요?"

"지금 내가 괜찮게 생겼냐? 너 어떻게 된 거야? 잡혀 온 거 아니지? 그렇지?"

은국이 고개를 젓자 양진석은 안도의 한숨을 크게 내쉬었다.

"선생님."

은국이 양진석 옆 의자에 앉았다.

"실은 학성이가 그날 학교에 있었대요. 상만이가 죽는 것도 봤고, 길재가 도망치는 것도 봤고요."

양진석이 소스라치게 놀라며 물었다.

"그래서? 그래서 뭐래? 설마 길재를 신고했대?"

은국이 고개를 가로저었다. 양진석은 허공을 바라보며 또 한숨지었다.

"딱한 놈, 상만이 그리되는 걸 봤으니 학성이도 속이 오죽하겠냐. 니들이나 나나, 어쩌다 조선 땅에 태어나 이리도 팍팍한 팔자를……. 아니다, 아니야. 포로수용소에 있을 때 보니까, 세상에서 제일 세다는 미국 놈으로 태어나도 마찬가지더라. 있는 놈들이야 워싱턴에 앉아서 나가라, 싸워라, 명령만 해 댈 테고, 결국 전쟁터에서 굴러먹는 건 다 없는 집 자식들이고……. 어, 나도 진짜 빨갱이 다 되었나 보다."

양진석이 미안한 얼굴로 웃어 보였다. 있는 놈 어쩌고 하는 소리에 은국이 마음 상할까 걱정하는 모양이었다. 은국은 가슴이 아파 왔다. 결심한 내용을 털어놓으면 양진석은 몹시 걱정할 게 분명했다. 하지만 다시 생각해도 이것이 최선이었다. 그래, 차라리 내가 나서는 게 나아.

"선생님."

은국의 진지한 말투에 양진석이 바싹 긴장했다.

"학성이가 이제 곧 길재에 대해 내무서에 보고하겠답니다."

양진석은 그럴 줄 안 모양인지 덤덤하게 고개만 끄덕였다.

"그래서 말인데요, 제가 그 전에 자수하려고 합니다. 길재가 아니라 저라고요. 상만이를 숨겨 주다 들켜서 도망친 건 저라고요."

양진석이 화들짝 놀라며 두 손을 내저었다.

"그게 무슨 소리야? 미쳤어? 혼자 했든 둘이 했든 죄는 똑같아. 그럼 나 혼자면 됐지, 뭐하러 너까지?"

"그러니까 저 혼자 한 일로 하겠다고요. 선생님 라디오를 제가 훔친 거고, 선생님은 그냥 저를 감싸려고……."

"쓸데없는 소리 마! 네가 왜……."

"그럼 봉아는 어쩌실 건데요?"

봉아 이야기가 나오자 양진석의 두 눈에 금세 눈물이 차올랐다.

"불쌍한 것……. 제 엄마가 변절자라고, 그게 무슨 죄라고 전전긍긍……. 그런데 외삼촌이라는 인간마저 이런 꼴이 되었으니. 하지만 은국아, 내가 대책 없이 일을 저지른 건 아니다."

양진석은 문가로 가서 귀를 대고 바깥의 기척을 살핀 뒤 다시 돌아와 낮게 속삭였다.

"솔직히 나야 대책 없었지, 뭐. 죽은 애가 누구냐고 오복 동무가 묻는데, 아무 생각 없이 그냥 상만이라고 이실직고했어. 살인 사건 어쩌고 하는 이야기도 내 입으로 술술 불고. 상만이 죽은 일로 놀라서 내 정신이 아니었다. 상만이도 가엾고 길재랑 너도 걱정되고……. 넋두리하듯 털어놓은 거지. 한데 오복 동무가 오히려 날

진정시키고 수를 내줬어. 일단 상만이 신분을 숨기라고. 의용군 가기 싫어서 숨어 있던 애가 놀라서 도망치다가 생긴 일이라고 말이야. 라디오는 밴드부 연습 때 쓰려고 가져다 둔 건데, 그 애가 몰래 빼돌린 모양이다, 경황이 없어서 아무렇게나 대답한 걸 자백으로 오인한 거다…… 그때부터 오복 동무가 시키는 대로 진술했어."

은국은 놀라서 문 쪽으로 고개를 돌렸다. 자리를 피해 주듯이 서둘러 나가 버리던 오복의 모습이 떠올랐다. 내가 무슨 말을 하려는지 알고 일부러 그런 것일까.

"그리고 지금 내무서가 여간 분주한 게 아니야. 전선에서 요구하는 건 많은데, 후방 지원은 부족하고. 그래서 이 일에 오래 신경을 쓸 상황이 아니야. 아까 오복 동무랑 조서도 다 꾸몄어. 이제 다 끝났어."

"그럼 석방되시는 거예요?"

"그게……."

양진석이 잠시 망설이다 툭 던지듯 말했다.

"입대하기로 했어."

"입대요? 군대에 가신다고요?"

"그래, 어차피 더 이상 피할 수 있는 일이 아니야. 수염 자국도 없는 애들까지 의용군으로 나가는 판국에 내가 어찌 더 버티겠냐? 나는 밴드부 지도 교사고 그 강당은 내 책임인데, 그 일에 대해 전혀 책임지지 않을 순 없지. 그러니 실수를 사죄하는 뜻으로 전선에서 싸우겠다, 뭐 그런 식으로 마무리하는 거야. 그러니까 은국아."

양진석은 은국의 손을 꽉 쥐고 다짐을 주듯 말했다.

"넌 암말 말고 가만있어. 자수고 뭐고 그런 말은 꺼낼 생각도 말고, 알았지?"

취조실 밖에서 기침 소리가 났다. 오복이 문을 열고 들어왔다.

"얘기는 다 끝났습니까?"

오복의 눈길이 은국과 양진석을 재빠르게 살폈다. 양진석이 고개를 끄덕였다. 오복이 말했다.

"그럼 같이 나갑시다. 양진석 동무는 봉아에게 인사라도 해야지요. 내일 아침 7시에 내무서 앞에서 집결이니 시간 맞춰서 오세요. 삼 주간 훈련을 받고 전선으로 나가게 될 겁니다. 그리고."

오복이 은국에게 눈길을 돌렸다.

"연합 밴드부는 해체하기로 결정되었다."

"네, 들었습니다. 그렇다면 저도…… 입대하겠습니다."

"야!"

양진석이 질겁하며 소리쳤다.

"선생님, 저 어린애 아니에요. 열일곱이에요. 구경만 하고 있을 나이는 아니에요. 선생님처럼 저 역시 더 이상 피할 수 없는 입장이에요. 피하고 싶지도 않고요."

이것이 지금 내가 믿는 최선이야. 도망치지 않는 것, 내가 아끼는 사람들과 함께하는 것. 은국은 마음속으로 학성에게 말했다. 물러서고 싶지 않았다. 스스로의 선택으로 나아가고 싶었다. 은국은 아버지의 동굴로 가지 않겠다고 마음먹었다. 그렇다면 아버지의 반대편이 되는 길만 남아 있었다. 지금의 세상에는 두 갈래 길밖에 존재하지 않았다.

"좋다. 그럼 너도 내일 아침 7시까지 나오도록."

오복이 은국에게 손을 내밀어 악수를 청했다. 은국이 오복의 손을 꽉 마주 잡았다.

"황은국 동무, 나도 곧 가마. 두고 봐라. 반드시 우리가 승리한다."

은국은 오복의 그 뜨거운 눈빛에 가슴이 덜컥 내려앉았다. 아버지의 말은 괜한 소리가 아니었다. 인민군이 밀리고 있는 모양이었다. 오복의 눈빛에 담긴 결의는 확신이 아니라 절박함이었다.

"이 전쟁, 기필코 우리가 이긴다."

오복이 다시 한 번 힘주어 말했다.

계절이 바뀔 때

1

달이 참 밝기도 했다. 전쟁이야 어찌 돌아가든 달은 어김없이 차올라 며칠 후면 추석이었다. 멀리서 들려오는 포성마저 달빛의 메아리인 듯 아련하게 느껴졌다.

"올해 추석은 어디서 보내게 될까요?"

봉아가 달을 우러르며 혼잣말처럼 중얼거렸다. 서화영이 곁으로 다가와 하늘로 고개를 들었다.

"글쎄다, 북으로 간다지만 어디까지 도망쳐야 하려는지 알 수가 있나. 철원일지 평양일지……. 어디든 달이야 뜨겠지만, 이왕이면 평양이 좋겠는데."

"평양에 가 본 적 있으세요?"

"그럼, 평양에도 안 가 보고 어찌 풍류를 안다 할까?"

서화영이 눈웃음치며 말했다. 통통통통. 불꽃놀이가 벌어진 축제의 밤처럼 포성이 끊임없이 울려왔다.

미 군함이 인천에 대고 함포 사격을 하는 소리라고도 하고, 인민군이 포격 훈련을 하는 소리라고도 했다. 한국군이 인민군 탱크에다 대포를 쏘는 소리라고도 하고, 인민군이 미군 폭격기에다 대공포를 쏘는 소리라고도 했다. 뭐가 되었든 포성은 한결 가까워져 있었다.

오복은 며칠 전부터 내일은 꼭 피란을 가야 한다고 성화였다. 그래도 그다음 날이 되어 서화영과 봉아가 내키지 않는 얼굴을 하고 있으면, 출발은 또 다음 날로 미뤄지곤 했다.

그런데 오늘은 달랐다. 저물녘에 찾아와 오늘 밤 당장 피란을 가야 한다고 못 박았다.

미군이 이미 영등포까지 들어왔어. 그리고…… 김일성 수상 동지가 후퇴 명령을 내렸다.

설마설마했는데 후퇴는 현실이 되었다. 하는 수 없이 짐을 다 꾸려 놓고 오복을 기다리고 있었다. 그런데도 서화영은 아직 미련이 남는 모양이었다.

"정말로 나까지 꼭 피란을 가야 하는지 모르겠구나. 내가 공산주의에 호의적인 건 사실이지만 로동당원도 아니고, 하다못해 여맹에도 가입하지 않았거늘. 미술가동맹이야 먹고살려고 일 나간 것인데 무에 그리 큰 죄가 될까."

"하지만 국방군들이 부역 혐의가 있는 사람들을 닥치는 대로 죽인다잖아요."

봉아는 서화영이 걱정스러웠다. 함께 떠나고 싶었다. 진고개에서 함께 지낸 지 한 달도 채 되지 않지만 그사이에 정이 많이 들었다. 양진석과 은국이 군대에 가고 길재마저 사라졌다. 강경애가 포로로 잡혔다는 소식도 그렇거니와 무엇보다 정숙의 죽음에 큰 충격을 받았다. 강승애도 자청하여 정치보위부를 떠나 전선으로 갔다. 서울을 끝까지 사수하는 결사대의 임무를 맡았다고 들었다. 서울에, 아니 하늘 아래 혼자만 덩그러니 남겨진 것 같았다. 그런데 서화영이 곁에 있어 주었다.

"참, 제가 콩 볶아 두었는데, 그건 챙기셨어요?"

이미 챙겼다는 걸 알면서 봉아는 괜한 소리를 꺼냈다. 함께 피란 간다는 사실을 다시 한 번 못 박아 두고 싶어서였다.

그러나 서화영은 생각에 잠겨서 콩이니 뭐니 하는 소리는 들리지도 않는 모양이었다.

"그래, 나도 국방군들이 민간인을 많이 죽였다는 소리를 들었다. 이제 부역자를 색출한답시고 온 나라에 피바람이 불겠지. 하지만 서울은 다르지 않겠니? 서울 시민 대부분이 피란을 가지 못했다. 안심하고 생업에 종사하라고, 저들이 그렇게 말했잖아. 그러는 새 한강 다리를 폭파해 버렸으니 서울 사람들이야 앉은 자리에서 인민 공화국 백성이 된 게 아니냐. 그렇게 지낸 게 석 달이다. 그동안 먹고살자면 인민 공화국에 협조하지 않을 재간이 있나. 그런데 설마 서울 사람들을 다 죽이겠니, 어쩌겠니? 게다가 이 집은 말이다, 봉아야."

서화영이 봉아의 손을 잡으며 집을 향해 돌아섰다. 어둠에 잠긴 작은 집은 오늘따라 호젓해 보였다.

"처음으로 갖게 된 내 집이다. 어린 시절, 첩살이하는 어머니랑 같이 그 집 문간방에서 눈칫밥 먹으며 자랐어. 그러다 본처 소생인 언니가 동경 유학을 가게 되어 몸종 노릇으로 따라갔지. 덕분에 잠시 미술을 공부하는 호사도 누렸고 공산주의도 알게 되었고. 그곳에서 황인보 나리를 만나서 다시 조선으로 돌아왔다. 그렇게 나리의 사람이 된 뒤로는 돈 걱정 없이 살았다만…… 그래 봤자 첩살이란 결국 더부살이 신세나 다름없는 게 아니냐. 그런데 나리께서 이 집을 마련해 주셨어. 헤어지는 마당이지만 내게 살 방도를 마련해 주신 거지. 그러니 이 집은 나리의 마지막 선물인 셈이다. 나의 첫 집이기도 하고. 이 집을 두고 차마 발걸음이 떨어지지 않는구나, 그리고."

서화영이 계면쩍은 얼굴로 웃으며 말을 이었다.

"나리께서 나를 아주 모른 척하시지는 않을 게다. 인민군이 물러가면 다시 황씨 집안이 세도를 떨칠 테니, 나리께서 내 한목숨이야 건져 주시겠지."

"무슨 말씀을 그리하세요?"

인민해방군이 패배할 리 없다. 이건 단지 일시적인 후퇴일 것이다.

"넌 아직도 인민군을 믿는구나."

서화영의 말에 봉아는 쉬이 대답이 나오지 않았다. 믿고 있는 걸까. 아니면 믿고 싶은 걸까. 그래, 믿지 않을 도리가 없는지도 몰라. 그 밖에 다른 건 몰랐다. 봉아는 스스로에게 다짐하듯 고개를 끄덕이며 말했다.

"미국 놈들의 기습에 잠시 밀려나는 것뿐이에요. 인천이라니, 허를 찔리고 만 거잖아요. 곧 다시 서울로 돌아올 거예요."

낙동강에서 공방 중이었는데, 어떻게 며칠 새 서울이란 말인가. 황씨 집안이 다시 득세한대 봤자 삼일천하일 것이다. 하지만 서화영은 서글픈 미소를 띤 채 가만히 고개 저었다.

"과연 그럴까, 불시에 허를 찔린 걸까. 난 아니라고 생각한다. 미군이 인천에다 함포를 쏜다느니 국방군이 인천 앞바다의 섬을 점령했느니…… 인천에서 뒤숭숭한 소식이 들려온 지 한 달이 넘었다. 내 귀에까지 그런 소식이 들렸는데, 인민군 수뇌부에서 미국의 인천 공격을 짐작하지 못했을 리 있겠니? 알지만 막을 수 없었던 거야. 역부족인 거지. 하긴, 사는 게 본디 그렇더라. 늘 역부족이지. 마음과는 달리 힘에 부치게 마련이야."

아니라는 말이 나오지 않았다. 봉아도 그랬다. 사는 일은 늘 힘에 부쳤다. 봉아는 다시 달을 바라보았다. 흩어져 있는 구름들이 연기처럼 나른하게 달을 가로질러 갔다. 봉아의 마음에도 그렇게 스쳐 가는 얼굴들이 있었다.

해방 전쟁을 목전에 두고 주저앉아 버린 어머니. 무사히 돌아오마 굳게 약속해 놓고 포로가 되어 버린 경애 언니. 너 하나는 어떻게든 책임지겠다더니 이상한 사건에 휘말려 입대해 버린 외삼촌. 그리고 정숙이…….

중학을 졸업하고 대학도 가야지. 비가 오나 눈이 오나 뾰족구두 신고, 잉그리드 버그먼처럼 우아한 모자도 쓰고.

그마저도 정숙이에게는 힘에 부치는 꿈이었을까. 정숙을 생각하니 코끝이 시큰해졌다. 그러나 슬픔에 잠길 새도 없이 또 포성이 밀려들었다. 퉁퉁퉁퉁. 이제 전선은 바로 대문 앞까지 다가와 있었다.

봉아는 어둠에 잠긴 남산을 돌아보았다. 이제는 출병했을까. 은국과 양진석은 훈련을 마치고 후암동의 민가에서 대기 중이었다. 전선의 상황이 어지러워 출병이 차일피일 미뤄지고 있다고 했다. 인천으로 간댔다가 용인으로 간댔다가. 오복의 주선으로 몰래 면회했을 때, 양진석은 그렇게 투덜대었다.

"마지막으로 얼굴이나 한 번 보고 떠나면 좋겠는데."

봉아가 그렇게 중얼거리자 서화영의 그 말뜻을 알아듣고 놀리듯 말했다.

"마지막은 무슨, 곧 돌아온다더니."

242 ●

봉아는 당황한 기색을 감추듯 얼른 웃어 보이며 고개를 끄덕였다. 작전상 후퇴. 내게는 모든 일이 역부족이지만, 조국은 다를 것이다. 그렇게 믿었다. 믿어야 했다. 조국이 나를 대신해 너를 돌볼 것이다. 어머니의 음성이 다시금 떠올랐다.

봉아는 봉원사가 걱정되었다. 서대문 형무소 근처도 폭격의 피해가 컸다. 지금도 폭격기가 서울 상공을 누비고 있었다. 부처님을 모신 절이라고 폭격에서 예외일 리 없었다. 어머니를 이렇게 두고 갈 수는 없다는 생각이 들었다.

"서화영 동무, 저 잠시 다녀올 데가 있어요."

서화영이 궁금한 눈빛으로 봉아를 바라보았다. 이번에는 봉아의 마음을 전혀 짐작하지 못하는 모양이었다.

특무 상사가 오른 주먹을 불끈 쥐고 흔들며 첫 소절을 시작하자 모두 따라 부르기 시작했다.

장백산 줄기줄기 피어린 자욱 압록강 굽이굽이 피어린 자욱
오늘도 자유 조선 꽃다발 우에 력력히 비쳐 주는 거룩한 자욱
아아 그 이름도 그리운 우리의 장군
아아 그 이름도 빛나는 김일성 장군

노래가 끝나자 특무 상사가 크게 헛기침을 하고 입을 열었다.

"동무들! 우리 인민해방군은 바야흐로 승리를 목전에 두고 있습니다."

특무 상사의 목소리가 담장을 넘었다. 은국과 함께 대문 앞에서 보초를 서던 양진석이 입을 비죽거렸다.

"또 시작한다. 허구한 날 허세는……."

은국이 조용히 하라고 손짓했다. 양진석의 낮은 목소리가 들릴 리 없으나, 그래도 조심스러웠다. 특무 상사는 인정 많은 사람이지만 비위에 거슬리는 일이 있으면 미친개처럼 돌변했다. 양진석도 그 사실을 모르지 않으니 얼른 입을 다물고 총을 고쳐 들었다. 특무 상사의 목소리가 이어서 들려왔다.

"……간악한 미 제국주의자들이 인천으로 상륙하기 시작했지만, 인민해방군은 그들을 바다에 처넣고 있습니다. 낙동강에서 버텨 보겠다고 발악 중이지만, 인민해방군은 낙동강을 리승만 매국 도당의 붉은 피로 물들이고 있습니다. 동무들! 승리가 머지않았습니다. 드디어 오늘 밤, 우리 부대도 자랑스러운 승리의 대열에 동참하게 되었습니다! 그간 우리 부대를 위하여 물심양면으로 힘써 주신 인민 여러분께 깊은 감사를 드리며……."

"오늘은 정말 출격하려나?"

양진석이 다시 말을 걸었다. 은국도 궁금한 얼굴로 담장 안을 돌아보았다.

훈련을 끝내고 후암동의 민가에 든 지 벌써 일주일이 넘었다. 그

동안 매일 밤 오늘은 출격할 거라는 소리를 들었다. 훈련이 끝났을 때는 이제 정말 전쟁터로 가는가 싶어 겁이 났는데, 이렇게 늘어져 있으니 대체 언제쯤 출격하나 싶어 조바심이 날 지경이었다.

"그래도 오늘은 진짜인 모양인데요. 김포다 수원이다 말이 많더니, 오늘은 어디로 가느냐고 물어도 기밀이라고만 하더라고요. 선생님은 달리 들은 얘기 없어요?"

대답이 없었다. 혹시 또 조는 건가? 양진석은 보초를 서다가도 졸고 얼차려를 받다가도 졸았다. 저러다 총을 쏘다가도 졸면 어쩌나 싶을 정도였다. 은국은 어이없다는 듯 웃으며 양진석 쪽으로 고개를 돌렸다.

"은국아……."

양진석이 잔뜩 겁먹은 얼굴로 두 손을 천천히 들어 올렸다. 양진석의 뒤편에서 누군가 모습을 드러냈다.

이오시프였다.

이오시프는 양진석의 뒤통수에 총구를 댄 채 손을 내밀었다. 양진석이 간신히 팔을 옆으로 움직여 그에게 총을 넘겨주었다.

그 순간 은국의 등에도 뭔가가 닿았다.

"도련님."

은국이 재빨리 돌아서 총을 겨눴다. 방 기사가 총구를 아래로 내렸다. 하지만 은국은 총을 거두지 않았다.

"어서 가요! 들키면 아저씨는 살아남지 못해요. 지금 담 너머에 인민군이 있어요!"

"네, 알고 있습니다. 그래서 도련님을 모시러 온 겁니다. 대체 무슨 생각으로 의용군에 자원하신 겁니까? 판사님께서 얼마나 진노하고 계신 줄 아세요? 상심은 또 얼마나 크신데요."

담장 안에서 다시 노랫소리가 흘러나왔다. 오늘의 모임을 마무리하는 노래였다. 이제 곧 부대원들과 마을 사람들이 밖으로 몰려나올 것이다.

"어서 돌아가요, 어서요!"

방 기사는 은국을 외면한 채 이오시프에게 턱짓했다. 이오시프가 양진석을 끌고 서서히 뒷걸음질 치기 시작했다. 은국이 급히 방 기사를 되돌아보았다.

"무슨 짓이에요? 선생님을 데려가서 어쩌려는 거예요?"

"저 사람은 아무래도 상관없습니다. 저는 도련님을 모시러 왔을 뿐이에요. 도련님이 따라나서지 않으시겠다니 저자라도 끌고 갈 수밖에요."

"난 안 가요."

방 기사는 어쩔 수 없다는 표정을 짓고서 이오시프에게 다시 턱짓했다. 자신도 이오시프 쪽으로 물러서며 은국에게 말했다.

"저자를 살리고 싶으시면 동굴로 오세요."

노래가 그치고 박수가 터져 나왔다. 방 기사가 후다닥 달려가 양진석의 팔을 붙잡았다. 이오시프가 권총으로 뒤통수를 갈기자 양진석은 그대로 축 늘어졌다. 방 기사와 이오시프가 양진석을 양쪽에서 번쩍 들고 골목 저편으로 사라졌다.

끼익 하고 대문 열리는 소리가 났다. 마을 사람들이 하나둘 밖으로 나왔다. 이제 곧 부대원들이 양진석이 없다는 사실을 알아챌 것이다. 그럼 어찌 된 일이냐고 물을 테고⋯⋯. 은국은 저도 모르게 대문에서 조금씩 물러섰다.

저자를 살리고 싶으시면. 방 기사의 그 말은 허투로 하는 협박이 아닐 것이다. 아버지는 선생님을 죽일지도 몰라. 그렇다고 인민군에게 아버지의 소재를 알리면⋯⋯ 아버지의 목숨이 위태로워지겠지.

"황은국 전사, 무슨 일이야?"

부대원 하나가 대문 밖으로 나오다가 은국의 창백한 얼굴을 보고 놀라며 물었다.

은국은 그대로 뒤돌아서 달리기 시작했다. 뒤에서 뭐라고 외치는 소리가 들려왔다. 다급한 발소리도 뒤따랐다. 머뭇거릴 여유가 없었다. 은국은 계단을 뛰어 내려가 맞은편의 축대 너머로 곧장 몸을 날렸다.

피융ㅡ. 낯선 소리가 길게 꼬리를 늘어뜨리는가 싶더니 남쪽의 먼 하늘이 기묘한 빛으로 밝아졌다. 조명탄이 밤하늘을 밝히고 있었다. 실제로 본 것은 이번이 처음이지만 조명탄 불빛이라는 걸 직

감할 수 있었다. 빗발치는 총성이 잇따라 들려왔다.

봉아는 더럭 겁이 났다. 서화영의 말을 들을 걸 그랬다는 후회가 들었다. 서화영은 가지 말라고 붙잡았고, 정 그러면 같이 가자고도 했다. 그런데 굳이 뿌리치고 혼자 나왔다. 오복과 길이 엇갈려서는 안 되기 때문이었다.

종로 내무서 앞에서 만나요. 저는 봉원사에 들렀다가 곧장 갈 테니, 서화영 동무는 오복 오라버니랑 같이 그쪽으로 오세요.

그렇게 혼자 나선 길이었다. 진고개에서 떠날 때만 해도 폭음은 잠시 잦아들어 있었다. 밤하늘에도 보름이 다 된 달이 오도카니 떠 있을 뿐, 폭격기마저 쉴 자리를 찾아간 듯 고요했다.

그런데 종로를 지나고 나니 다시 전쟁의 소음이 빗발치기 시작했다. 아까보다 더 격렬한, 그리고 가까이서 밀려드는 소리였다.

그렇다고 이대로 돌아갈 순 없었다. 이미 반도 넘게 왔다. 전투는 줄기차게 계속되지 않고 파도처럼 밀려왔다 또 밀려가곤 했다. 이 순간만 잘 넘기면 또 한동안 잠잠할 것이다.

봉아는 용기를 내어 다시 걷기 시작했다. 길가의 집들은 하나같이 빈집 같았다. 불빛은 물론이고 인기척도 느껴지지 않았다. 어제부터 시내에 대피령이 내려서 외곽으로 떠난 사람들이 많은 모양이었다. 갈 데 없이 집에 머무르는 사람들도 방공호에 들어가 있거나 부엌 바닥이나 마루 밑에서 솜이불을 뒤집어쓰고 숨소리조차 삼가고 있을 것이다.

인적이 끊긴 서울은 묘지처럼 음산했다. 봉아는 죽음의 땅에 홀로 버려진 듯한 공포를 느끼며 걸음을 재촉했다. 병사들만이 길가에 파 둔 방공호를 참호 삼아 전투를 준비하고 있었다. 돌연한 바람이 불었다. 구름이 걷히고 달빛이 거리를 비추었다. 분주하게 움직이는 병사들의 좌우로 뭔가 높이 쌓여 있었다. 시신이었다. 폭격으로 죽은 이들의 시신을 방공호에 몰아넣었는데, 너무 많아 봉분처럼 불룩하게 솟아 있었다.

"우욱!"

봉아는 헛구역질을 하며 도망치듯 달리기 시작했다.

명부전은 밤하늘을 배경으로 처마를 날렵하게 펼치며 여전히 우아한 자태를 드러내고 있었다. 산새들마저 모두 떠난 듯 적막한 절집은 신비한 분위기마저 풍겼다.

은국은 명부전으로 다가가 문을 열고 안을 들여다보았다. 삼촌……. 어둠 속에서도 삼촌의 위패가 있는 자리를 한눈에 찾아낼 수 있었다. 그대로 뛰어 들어가 목 놓아 울어 버리고 싶었다. 이 믿을 수 없는 세상이 끝날 때까지 차라리 명부전에 숨어 버리고 싶었다.

단 한 번의 선택이었다. 황씨 집안의 아들이 아닌 황은국으로, 그 결과에 대한 확신은 없었지만 그것은 자신의 선택이었다.

그러나 훈련소에 입소하고 며칠 지나지 않아 어쩌면 잘못된 길로 들어섰는지도 모른다는 회의가 들었다. 은국은 뜻밖에도 사격에 놀라운 재능이 있었다. 교관에게서 처음 총을 쏜다는 게 믿기지 않는다는 말까지 들었다. 겨눈다. 쏜다. 맞춘다. 그 기술로 따진다면 은국은 단연 으뜸이었다. 하지만 단지 그런 기술이 있을 뿐이었다. 사격 훈련용 모형임에도 불구하고, 자신이 쏜 총탄이 그 가슴팍에 꽂힐 때마다 은국은 제 심장이 꿰뚫린 듯했다.

내가 과연 산 사람의 심장에 총알을 박아 넣을 수 있을까. 은국은 스스로를 믿을 수 없었다. 그런 주제에 입대를 하다니, 길을 잘못 들어도 한참 잘못 들었다고 후회하기도 했다. 이런 자신 때문에 전우가 피해를 입지 않을까 걱정되었다. 총 한 방 쏘지 못하고 죽어 버릴까 겁이 나기도 했다.

그러나 이를 악물고 마음을 다잡았다. 스스로 선택한 길이었다. 전투에서 총에 맞아 죽든, 전투를 감당하지 못하고 비겁한 도망자가 되든 처음으로 자신이 선택한 길이었다.

그런데 다시 아버지였다. 아버지가 우악스럽게 멱살을 잡아끌고 있었다. 이렇게 끌려가긴 싫었다. 다른 사람, 그것도 아버지 때문에 자신의 선택을 저버리고 싶지는 않았다.

"거기서 뭐 하세요?"

느닷없는 목소리가 들려왔다. 은국이 화들짝 놀라 총구를 겨누었다. 이오시프였다. 그는 하얀 이를 드러내며 씩 웃더니 명부전 뒤편을 가리키고는 손가락을 입에 넣어 기묘한 새소리를 냈다. 동굴로 신호를 보내는 듯했다.

은국은 이오시프를 남겨 두고 동굴로 갔다. 황기택이 마중하듯 두 팔을 벌리며 처량한 얼굴로 은국을 맞이했다.

"은국아, 이러지 마라."

은국은 아버지를 외면하고 얼른 동굴 속을 살폈다. 양진석은 손발이 묶인 채 옆으로 자빠져 몸을 떨고 있었다. 선생님…… 아버지는 선생님을 정말로 죽일지도 모른다. 은국은 제 아버지 앞에 털썩 무릎 꿇었다.

"아버지, 선생님을 보내 주세요."

황기택은 그럴 줄 알았다는 얼굴로 은국의 어깨를 잡고 일으키며 선선히 고개를 끄덕였다.

"오냐, 알았다. 내 그렇게 하마. 너도 아비의 말을 들어 다오. 네가 인민군복을 입다니, 어찌 이런 일이 있단 말이냐? 어찌 네가 빨갱이들의 꼬임에 넘어갈 수 있단 말이냐?"

아니요. 아무도 나를 꼬드기지 않았습니다. 아버지가 나를 몰아낸 것입니다.

"아무튼 됐다. 이제라도 아비 곁으로 왔으니 되었다. 하마터면 내 아들을 잃을 뻔했구나. 빨갱이들은 이제 끝났다. 총참모장 강건이 죽었다는 사실을 너도 알지 않느냐? 며칠 전에는 빨갱이들이 그토록 칭송하던 이학구도 부대 전체를 이끌고 미군에 투항했다."

은국이 고개를 번쩍 들었다. 강건의 사망 소식은 들었지만, 이학구 이야기는 금시초문이었다. 소년 시절부터 조국 해방을 위해 싸워 온 혁명가. 이학구는 군인으로서도 더없이 훌륭하다는 평판이었다. 훈련소에서 이학구 참모장의 이야기를 들을 때면 삼촌 기수가 생각났다. 그런 이학구가 투항했다니. 은국은 마지막 희망마저 빼앗긴 듯 맥이 풀렸다.

"이학구 그자는 사단장 홍용진을 쏘아 죽이고 항복했다. 그 이유가 뭔지 아느냐? 제 부하들을 살리려고 그랬다는 거다. 지금 빨갱이들이 낙동강에서 무슨 짓을 저지르고 있는지 아느냐? 폭탄이 빗발치는 걸 뻔히 알면서 부하들을 낙동강으로 내몰고 있다. 왜놈들의 자살 특공대와 다를 게 무어냐? 빨갱이들은 그런 놈들이야. 제 놈들의 승리를 위해서는 사람 목숨 따위 수류탄처럼 내던지는 거지! 사람을 사람으로 보지 않는다. 그것들은 사람도 아니야!"

우리 집안이야말로 바로 그런 짓을 하지 않았습니까. 악질 친일 지주 황씨 집안. 할아버지는 일제에 충성하느라 소작인들의 고혈을 짜서 군자금을 갖다 바쳤습니다. 아버지는 징집을 피하려는 조선인들에게 가혹한 판결을 내렸습니다. 고모는 정신대를 독려하기 위해 여학교들을 순례했습니다. 네, 저도 다 알고 있습니다. 할아버지와 아버지는 철원애국청년단을 보내 살인을 저지르지 않았습니까. 그 일로 삼촌마저 죽음으로 내몰지 않았습니까.

은국은 가슴이 무너져 내렸다. 분노보다 더한 절망이었다. 모르는 척하려 애써 왔던 제 집안의 죄상들이 한꺼번에 눈사태처럼 밀려들었다. 모르는 척하려 애썼습니다. 아버지의 아들이기에…….

은국이 말없이 고개를 떨구자 황기택은 그것을 순종의 뜻으로 받아들였다. 은국의 어깨를 다정하게 두드리며 자못 인자하게 말했다.

"됐다, 괜찮다. 이렇게 돌아왔으니 됐다. 넌 하나밖에 없는 내 아들이다. 네가 없고서야 이 아비가 부귀영화를 누린들 무엇할 것이며, 왕후장상이 된들 또 무엇하겠느냐? 오로지 너를 위해서다. 너에게 온 세상을 다 주고 싶어서다. 그러니……."

"아니요!"

은국이 발작적으로 고개 저었다. 황기택이 불에 덴 듯 손을 뒤로 물렸다. 은국은 다시 무릎을 꿇었다. 아버지를 간절한 눈으로 올려다보았다.

"아버지, 저는 아무것도 필요치 않습니다. 저는…… 그저 아버지만 계시면 됩니다. 어머니와 동생들만 무사하면 됩니다. 우리 식구 그렇게……. 아버지."

은국이 무릎걸음으로 황기택에게 더 가까이 다가갔다.

"그 섬을 기억하시지요? 어머니께서 몽유도라 부르셨던 그 섬을 기억하시지요?"

"무슨 낮도깨비 같은 소리냐? 섬이라니?"

아버지가 그 섬을 기억하지 못할 리는 없었다. 은국은 아버지의 다리를 잡고 애원했다.

"저는 그 섬이면 족합니다. 더 이상은 아무것도 바라지 않습니

다. 할아버지, 아버지, 어머니, 은선이, 은경이…… 우리 식구 그 섬
에서……."

"한심한 놈 같으니!"

황기택이 은국의 손길을 뿌리쳤다.

"내가 너를 온실의 화초로 키웠구나. 섬이라니! 그 무슨 어린애
같은 소리냐! 세상이 그리 만만하게 보이느냐? 도망치고 숨어 버
리면 그만이라 생각하느냐? 맞서 싸워야 하느니! 공산주의자들은
그렇게 말한다지? 평등한 세상을 만들겠노라고. 부자도 없고 가난
한 이도 없는 세상? 위도 없고 아래도 없는 세상? 그런 말에 현혹
되어 기수가 죽었다! 어리석은 놈……. 하늘 아래 그런 세상은 없
다! 어디 인간만 그러하더냐? 목숨 달고 나온 모든 것들이 마찬가
지다. 제 한목숨 건사하기 위해 죽을힘을 다해 살아야 할 터! 이것
이 조물주가 만든 세상 만물의 숙명이다. 빨갱이들이 제아무리 날
뛴들 조물주의 이치를 거역할까? 이제 머지않았다. 저놈들은 쥐
새끼처럼 내몰려 떼죽음당하고 말 것이다. 한데 너는 어찌하여 아
직 빨갱이들의 요설에 이끌려……."

"상관없습니다! 승리하리라 생각하고 이 군복을 입은 게 아닙
니다."

"무어라? 그럼 죽을 작정이라도 했다는 말이냐!"

"네, 그렇습니다! 아버지를 따르느니 차라리 죽자고 작정하고
전쟁터로……."

"이놈이!"

황기택이 은국의 따귀를 때렸다. 은국은 그대로 바닥에 나뒹굴었다.

"불효막심한 놈 같으니라고! 대체 빨갱이가 무엇이관대 우리 집안을 이리 결딴낸단 말이냐! 하나밖에 없는 동생을 잡아먹더니, 이제 아들놈까지 빨갱이에게 미쳐서……."

"아버집니다!"

은국은 제 아버지를 향해 파랗게 눈을 지릅뜨고 소리쳤다.

"우리 집안을 이리 만든 것은 빨갱이가 아닙니다! 아버집니다! 아버지와 할아버지의 탐욕이 삼촌을 죽이고 나를 전쟁터로 내몰았습니다. 아시겠습니까? 아버집니다! 아버지가……."

꺄아아악!

아래쪽에서 단말마의 비명이 들려왔다. 황기택이 놀라며 방 기사를 돌아보았다. 방 기사도 당황한 얼굴로 급히 동굴 밖으로 달려나갔다.

봉아는 비명을 그쳤다. 아는 얼굴이라는 걸 깨달았지만, 어찌나 놀랐는지 아직도 온몸이 와들와들 떨렸다.

"깜짝이야. 뭘 그리 소리를 질러 대?"

그는 검게 물들인 군용 점퍼에 두 손을 찔러 넣은 채 가볍게 어깨를 으쓱했다. 구리무 장수 이오시프. 아는 사이라 할 순 없지만 그래도 여러 차례 보아서 안면이 있었다. 그런데도 봉아는 으스스한 기분이 가시지 않았다. 늘 보던 하얀 얼굴이 유난히 창백해 보였다.

"여긴 어쩐 일이야?"

"그, 그러는 동무는 여기서 뭘 하고 있는 거예요? 늦은 시간에 아무도 없는 저, 절에서."

"나야 집이 바로 저기거든."

이오시프가 명부전 뒤편을 턱짓으로 가리켰다. 달빛을 등진 산등성이는 저세상처럼 짙은 어둠에 휩싸여 있었다.

"나, 나는 그냥 명부전에 위패를……"

"아, 위패를 모시러 왔구나. 왜? 도망가려고? 하긴, 너 정도면 진작 도망갔어야지.. 어린 빨갱이로 아주 이름깨나 날렸잖아. 신문이며 벽보며, 네 사진도 사방에 도배가 되다시피 했고. 어서 도망가. 서울에 남아 있다가는."

이오시프가 얼굴을 쑥 들이밀었다.

"넌 죽은 목숨이야."

놀란 봉아가 그의 가슴을 세게 떠밀었다. 이오시프는 움찔하지도 않고 그저 쿡 하고 웃었다. 봉아는 주춤 뒤로 물러섰다.

턱.

누군가에게 등이 부닥쳤다. 봉아는 뻣뻣해진 목을 억지로 돌려 보았다. 이오시프처럼 시커먼 점퍼를 입은 사내가 험상궂은 얼굴로 봉아를 쏘아보고 있었다. 이오시프의 목소리가 들려왔다.

"그 밴드부의 독종 빨갱이 년이야. 로동신문에 얼굴까지 실렸던. 내가 일전에 말했지? 저년이 요새 진고개에서 같이 지내고 있다고."

사내가 주머니에서 권총을 꺼냈다. 이오시프가 말렸다.

"안 돼, 아직 총소리를 함부로 내면 안 돼. 연희 고지에 빨갱이들이 득시글거린다는 거 몰라? 총소리가 나면 빨갱이들이 몰려올지도 몰라. 그러니까 이년은……."

그 순간, 봉아가 총을 쥔 사내의 손을 움켜쥐었다. 사내가 당황하며 봉아를 뿌리치려 했다. 봉아는 죽을힘을 다해 그 손에 매달렸다.

"이년이!"

이오시프가 봉아를 붙잡으려 덤벼들었다. 봉아는 총을 쥔 사내의 손목을 그대로 깨물었다.

"악!"

사내가 비명을 질렀다. 탕! 총소리가 밤하늘을 갈랐다. 이오시프가 가슴에서 붉은 피를 뿜으며 고꾸라졌다. 사내가 당황하며 비틀 뒤로 물러섰다. 봉아는 그 틈을 타서 절 입구로 달렸다.

탕!

다시 총소리가 울렸다. 봉아는 등허리에 뜨거운 기운을 느끼며 그대로 엎어져 비탈을 따라 굴러떨어졌다.

총성은 밤하늘을 가르며 동굴 속까지 날아들었다. 은국은 반사적으로 총을 겨누며 아버지에게 소리쳤다.

"무슨 짓을 하는 겁니까? 또 누굴 죽이려는 거예요?"

황기택이 경악한 얼굴로 은국과 총을 번갈아 보다 손바닥으로 총구를 세게 내리쳤다.

"네 이놈! 감히 아비에게 총을 겨누다니! 네놈이 아비를 쏘기라도 하겠다는 게냐!"

바로 그때 방 기사가 파랗게 질린 채 동굴로 뛰어들었다.

"이오시프가 죽었습니다!"

"뭐라? 그, 그럼 빨갱이들이 여기를 습격했다는 거냐?"

방 기사가 급히 고개 저었다.

"아닙니다. 그 빨갱이 계집애 때문에 어쩌다 그만…… 제 총에 맞아서……."

"지금 대체 무슨 소리를 하는 게야!"

황기택이 두 주먹으로 허공을 때리며 소리쳤다. 방 기사가 고개를 조아리며 빌었다.

"죄송합니다. 그 빨갱이 년이 어찌나 지독한지……. 아무튼 당장 이곳을 떠나야 합니다. 총소리도 그렇거니와 그년이 지금 이곳에 나타났다는 게 아무래도 찜찜합니다. 혹시 도련님의 뒤를 쫓아온 건지……."

"그게 무슨 소리예요?"

은국이 방 기사에게 총구를 돌렸다. 방 기사도 반사적으로 은국에게 권총을 겨눴다.

"그 총 내려놓지 못하겠느냐!"

황기택이 호통치자 방 기사는 내키지 않는 얼굴로 총구를 내렸다. 은국은 그대로 방 기사에게 한 발 다가갔다. 방 기사가 권총을 쥔 채 두 손을 머리 위로 올리며 황기택을 바라보았다. 황기택이 은국에게 고함쳤다.

"당장 총 내려놔!"

은국은 황기택의 말을 무시하고 방 기사에게 더 가까이 다가갔다.

"빨리 말해요. 나를 뒤쫓다니, 대체 누가요? 누굴 쏜 거예요? 어서 말해요! 빨갱이 계집애라니요!"

"으으으으으으!"

양진석이 온몸을 비틀며 비명을 지르기 시작했다. 재갈 물린 입 밖으로 공포에 질린 비명 소리가 새어 나왔다. 은국은 등줄기가 서늘해졌다. 손이 떨려서 총신까지 마구 흔들렸다. 방 기사의 당황한 표정에 불길한 예감이 더해졌다.

"어서 말해요!"

은국이 총구로 방 기사의 배를 쿡 찔렀다.

"네! 말하겠습니다. 말할 테니 도련님, 진정하세요. 어서 그 총부터 치워 주세요!"

은국이 총구를 아래로 툭 떨어뜨렸다. 총을 겨누고 있을 힘도 없었다. 비틀거리다 간신히 벽에 기대어 섰다. 안 돼……. 방 기사가 그 틈을 타 은국의 총신을 붙잡아 옆으로 향하게 한 뒤 입을 열었다.

"그…… 밴드부의 계집애……. 도, 도련님! 진정하세요. 죽지 않았을 겁니다. 총을 맞긴 했지만 사라졌어요. 산길로 굴러떨어졌는데 없어졌어요. 제가 찾아봤는데 없었어요. 그 계집애가 제 발로 도망친 겁니다. 그래서 포기하고 돌아온 거예요. 정말입니다. 아직 살아 있을 거예요!"

"으으으으으!"

양진석이 꽁꽁 묶인 두 발로 동굴 벽을 걷어차며 몸부림쳤다. 은국은 총을 떨어뜨리고 황기택에게 매달렸다.

"아버지, 봉아를 살려야 해요. 선생님을 보내 주세요. 제발, 아버지……."

은국은 스르르 바닥에 주저앉아 두 손으로 바닥을 짚고 고개를 떨어뜨렸다.

"시키는 대로 다 할게요. 아버지를 거역하지 않겠습니다. 그러니 제발 선생님을 놓아주세요. 봉아를 살려야 해요. 아버지, 제발……."

은국이 흐느껴 울었다. 양진석의 짐승 같은 신음 소리가 동굴 벽에 메아리를 울렸다. 황기택은 그 소리가 거슬리는 듯 양진석을 힐긋 노려보고는 은국에게 눈길을 되돌렸다.

"진심이냐?"

진심이었다. 모든 기운을 잃었다. 애초에 불가능한 일을 꿈꾼 모양이었다. 아버지를 넘어설 수 없었다. 선택의 자유 따위는 애초부터 자신에게 주어지지 않은 듯했다. 그것이 황씨 집안의 운명인지도 모른다는 생각마저 들었다. 그래서 삼촌은 그예 요절했는지도 몰라. 그 운명을 거역할 수 없어서……. 그래서 봉아마저 총을 맞게 된 건지도 몰라. 내가 그 운명을 거역하려 들어서…….

이윽고 황기택이 입을 열었다.

"알겠다."

은국에게서 모든 의지가 사라졌다는 것을 느낀 듯 여유로운 말투였다.

"보내 주어라."

황기택이 방 기사에게 명했다. 방 기사가 재갈을 풀자 양진석은 짐승처럼 봉아의 이름을 울부짖었다.

"선생님, 어서 가세요. 봉아를 살리셔야 해요. 꼭 그렇게 하셔야 해요. 이제 제가 바라는 건, 그 한 가지뿐입니다. 선생님, 부디……."

양진석은 미친 듯 고개를 끄덕이며 동굴 밖으로 달려 나갔다. 봉아야! 양진석의 목소리가 온 산에 메아리쳤다.

봉아야……. 은국은 혼절하듯 바닥에 쓰러졌다. 삼촌과 할머니의 영혼을 위해 간절히 빌던 그날처럼, 알 수 없는 누군가에게 빌었다. 부디, 부디…….

봉아는 풀숲에서 간신히 몸을 일으켰다. 온몸이 불길에 휩싸인 듯 뜨거웠다. 숨을 쉴 때마다 뜨거운 기운이 치밀어 올랐다. 여기는 어딜까……. 난 이미 죽은 걸까……. 손톱을 세워 바닥을 긁으며 조금씩 앞으로 기어갔다.

봉아야! 봉아야! 귀에 익은 목소리가 들려왔다. 외삼촌일까. 외삼촌이 나를 구하러 온 걸까. 그럴 리가……. 그렇다면 내 저승길을 배웅하는 소리일까. 외삼촌은 나를 배웅하려고 저리도 목 놓아 우는 걸까.

외삼촌의 목소리가 들려오는 곳으로 가고 싶었다. 늪에 빠진 듯 가라앉는 몸을 억지로 끌고 조금씩 앞으로 기어갔다. 목소리는 와락 가까워졌다가 또 성큼 물러났다. 방향을 가늠할 수가 없었다. 깊은 물속에 빠진 듯 숨이 막혀 왔다.

봉아야! 봉아야! 불현듯 목소리가 또렷하게 들렸다. 뒤편이다. 봉아는 급히 몸을 돌려 두 손을 앞으로 디뎠다. 그러나 온몸을 통째로 집어삼키는 듯한 통증이 밀려들었다.

"으…….”

봉아는 비명조차 지르지 못하고 그대로 쓰러졌다. 그렇게 엎드린 채 죽을힘을 다해 조금씩 조금씩 기어갔다. 바로 앞의 어둠 속에서 서늘한 기운이 느껴졌다. 봉아는 오싹한 기분을 느끼며 급히

옆으로 방향을 틀었다. 하지만 그 순간, 다시 비탈로 굴러떨어지기
시작했다.

아가?

어머니의 목소리가 들렸다. 어머니가 젖은 목소리로 다시 봉아
를 불렀다. 툭! 봉아의 몸이 다시 편편한 흙바닥에 닿았다. 아가!
어머니의 손길도 느껴졌다. 어머니가 봉아를 감싸 안았다. 봉아는
힘겹게 눈을 떴다. 흐릿한 눈앞으로 어머니의 얼굴이 나타났다. 어
머니의 목소리가 들렸다.

"옥아, 내 아가! 여기 있었구나. 여기서 혼자 울고 있었구나. 불
쌍한 내 아가. 여기 있는 줄도 모르고 엉뚱한 데서 헤매고 다녔구
나. 옥아, 내 아가……."

어머니가, 아니 어머니처럼 보이는 여인이 봉아의 머리를 가슴
에 품고 흐느껴 울었다.

"봉아야! 봉아야!"

외삼촌도 오열하듯 봉아의 이름을 불렀다. 멀지 않은 곳이었다.
외삼촌……. 그러나 봉아는 소리를 낼 수가 없었다. 숨 쉬기조차
힘겨웠다.

"쉬…… 아무 걱정 마라. 이제 어미가 있잖니. 옥아, 엄마가 왔
다. 걱정 마라. 쉬……."

작고 도톰한 손이 봉아의 등을 부드럽게 토닥였다. 외삼촌…….
봉아는 다시 눈꺼풀을 들어 올렸다.

"봉아아! 봉아야!"

분명 외삼촌 목소리였다. 소란스럽게 달려오는 발소리도 들려왔다. 곧 낯선 목소리가 외쳤다.

"꼼짝 마!"

덜컥거리며 총을 겨누는 소리가 잇따랐다. 양진석이 겁에 질린 목소리로 말했다.

"사, 살려 주세요."

"왜 혼자서 여길 돌아다니고 있는 게요? 복장을 보니 의용군 전사인데……. 어느 부대 소속이오? 소속과 관등 성명을 밝히시오."

"저는 제8소대 양진석 전사입니다. 지금 제 조카를 찾아야 합니다. 조카가 총에 맞아……. 분명 이 근처에 있을 겁니다. 바로 저기서 핏자국이 끊어졌으니 분명 이 수풀 어딘가에……."

"동무! 지금 무슨 소리를 하는 거요?"

"말씀드렸잖아요. 우리 봉아를 살려 주세요. 분명 이 근처에……. 봉아야! 봉아야!"

"이 동무가 지금 뭐라고 횡설수설하는 거야?"

또 다른 목소리가 끼어들었다.

"혹시 탈영병 아닙니까? 오늘 저녁에 두 사람이 탈영했다는 보고가 있었습니다. 그게 아마…… 8소대일 겁니다."

"그런가? 동무! 혹시 탈영한 거 아니오?"

다시 양진석의 목소리가 들려왔다.

"소위 동무, 살려 주세요. 봉아가…… 제 조카가 총에 맞았어요. 제 말을 믿어 주세요. 탈영이 아닙니다. 그건 어쩔 수 없는 일이었어요. 하지만 어떤 벌이든 달게 받을 테니 제발 우리 봉아만……."

"탈영병 맞구먼! 특무 상사, 이 동무를 어서 끌고 가시오!"

"안 됩니다! 소위 동무! 소위 동무! 우리 봉아를…… 봉아야! 봉아야! 봉아야!"

양진석의 목소리가 차츰 멀어져 갔다. 그의 목소리를 간신히 붙잡고 있던 봉아의 의식도 희미하게 꺼져 갔다. 부옇게 흐려지는 의식 속으로 한 줄기 빛처럼 나직한 음성이 흘러들었다.

"옥아, 아무 걱정 마라. 엄마가 살려 줄게. 엄마가 있으니 아무 걱정 마. 쉬…… 옥아, 우리 아가……."

여인이 봉아를 등에 업었다. 봉아는 따뜻한 등에 얼굴을 묻었다. 익숙한 느낌이었다. 오래전에, 아주 오래전에 느껴 보았던. 봉아가 힘겹게 고개를 들었다. 쪽 지은 머리가 보였다. 엄……마? 봉아는 그대로 정신을 잃었다.

2

"도련님, 식사 가져왔습니다."

중년 여인의 목소리가 들려왔다. 철커덩거리며 자물쇠 풀리는 소리도 났다. 방 앞을 지키던 청년이 문을 열었다. 여인이 식사가 담긴 쟁반을 들고 들어와 책상에 내려놓았다.

"오늘부터 집안일을 돌봐 드리기로 했어요. 파주댁이라 합니다."

파주댁은 은국을 대하기가 거북한지 인사를 하는 둥 마는 둥 얼른 방에서 나가 버렸다. 다시 자물쇠 잠기는 소리가 났다.

집으로 돌아온 지 사흘밖에 안 됐는데, 벌써 일꾼까지 구했다. 울타리 저택은 본래의 분위기를 빠르게 되찾고 있었다.

은국은 창가로 다가가 바깥을 내다보았다. 몸집 좋은 청년들을 태운 트럭이 대문 앞에 섰다. 멸공이라고 쓰인 완장을 찬 청년들이 트럭에서 내려 와자하게 떠들며 울타리 저택으로 들어섰다. 아래 층에서 부산한 움직임이 전해져 왔다. 열린 창문을 통해 시끌벅적하게 웃고 떠드는 소리가 들려왔다.

저녁놀이 내린 동네의 정경은 얼핏 보아 지난여름 이전과 그리 다르지 않았다. 아직 빈집이 많지만 주인이 돌아온 저택들은 은은한 불을 밝힌 채 평온한 밤을 맞이하고 있었다. 목청 좋은 개가 컹컹 짖는 소리가 울려 퍼졌다. 울타리 저택과 두 집 떨어져 있는 국회 의원 곽태성의 집에서 키우는 독일산 셰퍼드의 소리였다. 전쟁이 터지던 날로 곧장 피란을 갔다더니, 개도 피란길에 동행했다가 돌아온 모양이었다. 개 짖는 소리에서는 전란을 겪은 피로가 조금도 느껴지지 않았다.

하지만 노을빛에 감싸인 가로수들은 전쟁의 상흔을 드러낸 채 볼썽사납게 죽어 가고 있었다. 한쪽이 시커멓게 그을기도 했고, 벌써부터 잎을 다 떨군 채 바싹 말라 있기도 했다.

울타리 저택도 잔디밭 한가운데가 시커멓게 죽어 있었다. 황기택은 집으로 돌아오자마자 인민 공화국의 흔적을 닥치는 대로 집어 던지고 짓밟고 정원으로 끌어내었다. 김일성과 스탈린의 초상화, 인공기를 비롯한 지난여름의 흔적들을 모조리 불살라 버렸다.

아버지는 또 무슨 일을 벌이고 있는 걸까. 구체적인 내용은 모르지만 대충 짐작이 갔다. 울타리 저택 대문 위에 현수막까지 걸려 있었다.

자유수호동지회.

봉아와 양진석은 소식을 알 길이 없었다. 길재의 행방도 전혀 몰랐다. 학성과는 훈련소에서 같이 지냈지만 서로 다른 부대에 배치되었다. 전선으로 갔는지 어떤지도 모르는 채 소식이 끊겼다. 학성이는 무사하겠지. 봉아는 양진석 선생님과 잘 만났을까. 무사히 북으로 갔을까. 부상이 심하지 않아야 할 텐데. 길재는 어디서 어떻게 지내고 있을까. 서화영 그분은 북으로 가셨을까.

그때는 경황이 없어서 미처 생각하지 못했는데, 돌이켜 보면 의아했다. 어째서 봉아 혼자 봉원사에 왔던 걸까. 그렇다면 서화영 그분은 봉아와 따로 움직였을까. 그렇게라도 북으로 가셨어야 하는데. 그게 아니라면…….

은국은 심장을 옥죄는 공포를 느꼈다. 그 빨갱이 년부터 요절낼 것이니! 그런데 서화영을 도와줄 유일한 사람인 황인보는 아직 부산에 있었다. 은국의 어머니와 동생들도 전쟁이 완전히 끝날 때까지 돌아오지 않을 것이라 했다.

이대로 손 놓고 있을 수는 없었다. 일단 확인해 봐야겠다는 생각이 들었다. 진고개로 가 보면 뭔가 단서가 있을지도 모른다. 서화영을 만나게 되면 봉아의 행방도 알게 될지도. 적어도 서화영이 북으로 갔는지 어떤지는 확인할 수 있을 것이다. 하지만 만약 이미 일이 잘못되었다면……. 은국은 세차게 고개 저었다. 인민군이 후퇴한 것은 며칠 전의 일이지만, 정부가 정식으로 환도한 지 겨우 만 하루가 지났을 뿐이었다.

아래층에서는 왁자한 소리가 끊이지 않았다. 지금이 좋은 기회인 것 같았다. 은국은 창턱을 짚고 아래를 내려다보았다. 벽을 타고 곧장 내려가면 서재 창문을 지나게 되어 있었다. 정원 잔디에 서재의 불빛이 얼비치고 있지만 지금은 저녁 시간이니 서재가 비어 있을지도 몰랐다. 요 며칠의 일과를 돌이켜 보면 은국에게 밥을 차려다 준 뒤에야 식당에서 저녁들을 먹는 것 같았다.

은국은 문밖의 기척을 살핀 뒤 조용히 침대 시트를 벗겨 내고 커튼도 떼어 냈다. 그리고 시트와 커튼을 길게 연결해서 한쪽 끝을 침대 다리에 묶고 다른 쪽을 창문 아래로 늘어뜨렸다.

하얀 끈이 서재 창문 바깥에서 달랑달랑 흔들렸다. 다행히 서재에서는 별 기척이 없었다. 은국은 다리를 방 안으로 하고 창턱에 걸터앉아 두 손으로 끈을 꽉 잡았다. 숨을 한껏 들이쉰 뒤 창턱을 밟고 일어서서 끈에 의지한 채 두 다리로 벽을 딛고 내려가기 시작했다. 위태롭지만 조금씩 조금씩 땅이 가까워졌다.

그런데 팽팽하던 끈이 갑자기 헐거워졌다. 쾅! 침대가 끌려와 벽에 부닥치며 큰 소리를 냈다. 은국은 그대로 땅바닥에 나뒹굴었다.

"도련님!"

방문 앞에서 감시하던 청년이 창밖으로 몸을 내밀며 소리쳤다.

은국은 굴러떨어진 아픔을 느낄 겨를도 없이 곧장 일어나 대문을 향해 뛰었다. 대문가에 자전거가 세워져 있었다. 현관문이 벌컥 열리는 소리가 들렸다. 도련님! 은국은 자전거를 타고 전속력으로 달리기 시작했다.

세상은 또 한바탕 뒤집어져 있었다. 중앙청에는 인공기 대신 다시 태극기가 나부꼈다. 은국이 집으로 돌아올 때만 해도 성조기가 걸려 있었는데, 그새 태극기로 바꿔 단 모양이었다.

광화문 앞 큰길을 따라 늘어선 은행나무들은 시커멓게 죽어 가고 있었다. 전차 선로는 본래의 형체를 알아볼 수 없을 만큼 심하게 우그러져 있고, 무너진 건물 잔해에서는 아직도 시커먼 연기가 풍겨 나왔다. 종각은 완전히 불에 탔고 인경은 패전국의 왕처럼 비참하게 주저앉아 있었다.

정체를 알 수 없는 역한 냄새가 감도는 거리를 따라 시체들이 거적에 덮인 채 발만 비죽비죽 내밀고 있었다. 민간인과 군인을 가리지 않고 여러 구가 한데 뒤엉킨 채 방공호에 함부로 처박혀 있기도 했다. 살아 있는 사람들 또한 시체처럼 창백한 얼굴로 소리 없이 움직였다.

그 지옥의 풍경 속에 오도카니 앉아 풀빵을 구워 파는 사내가 있었다. 그 옆에는 열 살 남짓한 여자아이가 반쯤 썩은 감자가 담긴 함지를 내놓고 쭈그려 앉은 채 꾸벅꾸벅 졸고 있었다.

빠앙! 거리 저편에서 경적 소리와 함께 미군 트럭 세 대가 줄지어 달려왔다. 어린애들이 그 뒤를 따라가며 앙상한 손을 간절하게 내밀었다. 트럭 짐칸에 탄 미군 하나가 비틀거리며 일어서서는 아이들을 향해 볼일 보는 시늉을 했다. 그의 동료 병사들이 배를 잡고 웃어 대며 아이들에게 뭔가를 던져 주었다. 아이들은 서로 잡겠다고 악다구니를 하며 싸워 댔다.

탕! 탕! 어디선가 총성이 메아리쳐 왔다. 사람들은 잠시 움찔했을 뿐, 곧 저마다 발걸음을 재촉했다.

은국은 꼼짝도 할 수 없었다. 두려움에 숨조차 쉴 수 없었다. 어디로든 도망쳐 버리고 싶은데 손끝도 달싹일 수 없었다.

군용 지프차 두 대가 바삐 달려가며 연거푸 정적을 울렸다. 은국은 화들짝 놀라서 자전거와 함께 옆으로 넘어지고 말았다. 다시 일어서지도 못하고 그대로 주저앉아 있는데 왼쪽 팔목에 뜨끈한 느낌이 들었다. 넘어지면서 상처를 입은 모양이었다. 붉은 피가 뚝뚝 듣고 있었다. 은국은 통증조차 느끼지 못한 채 상처를 멍하니 바라보았다. 황은국? 어렴풋이 그런 소리가 들려왔다. 힘겹게 눈길을 들었지만 눈앞이 흐릿했다.

"황은국?"

그제야 서서히 눈앞이 밝아졌다. 은국은 말을 건 청년을 알아보았다. 요즘 울타리 저택을 자주 드나드는 자였다. 청년이 명령하자 다른 두 청년이 은국을 양쪽에서 잡아끌어 억지로 차에 밀어넣었다.

은국은 다시 집으로 끌려왔다. 현관으로 들어서자마자 황기택이 은국의 따귀를 때렸다. 은국은 바닥에 나뒹굴며 현관문에 머리를 세게 부닥쳤다.

"네놈이 진정 실성을 하였구나! 기어이 집안을 결딴내려고 작정을 하였어! 네가 지금 그 얼굴을 빤빤하게 쳐들고 서울 거리를 활보할 주제가 된다고 생각하느냐!"

황기택은 화가 나서 발을 쿵쿵 구르다 분에 못 이겨 옆에 놓인 장대를 집어 들었다. 자유수호동지회의 깃발이 펄럭하며 황기택의 팔에 휘감겼다. 방 기사가 얼른 황기택의 팔을 붙잡았다.

"판사님! 고정하십시오!"

방 기사가 힐긋 뒤를 돌아보고서 황기택에게 속삭였다.

"보는 눈이 많습니다."

황기택이 장대를 내던졌다. 방 기사가 은국을 일으켰다.

"어서 2층으로 올라가십시오, 어서요."

거실에 있던 청년들이 호기심 어린 표정으로 이쪽을 흘금거렸다. 이상하리만치 낯빛이 창백했다. 지난여름 내내 토굴이나 마루 밑에서 숨어 지내느라 햇빛을 본 적이 없어서 그런 듯했다.

은국은 그들의 핏기 없는 얼굴을 외면하며 방 기사에게 이끌려 걸음을 옮겼다. 그런데 황기택이 다시 소리쳤다.

"아니다! 다시 이리 오너라!"

"판사님!"

방 기사가 만류했지만 황기택은 다시 고함쳤다.

"이리 와! 네놈 두 눈으로 똑똑히 보아라. 네놈이 지금 어떤 처지인지, 네놈이 아비를 어떤 지경으로 몰아넣었는지!"

황기택은 그렇게 소리치고 서재 문을 벌컥 열었다. 네놈이 지금 어떤 처지인지. 은국은 두려움을 느끼며 무겁게 발을 움직여 서재로 다가갔다.

서재 소파에 앉아 있던 이가 고개를 옆으로 돌린 채 일어섰다. 한쪽 눈에 시커먼 안대를 두른 모습은 낯설기 그지없었다. 하지만 분명 아는 얼굴이었다.

"진……서?"

진서를 닮은 그 얼굴이 은국을 돌아보았다. 분명 진서의 얼굴인데, 도무지 진서라고 믿을 수 없었다. 안대 탓만은 아니었다. 눈빛도, 자세도, 움직임도, 진서를 진서답게 만드는 그 어떤 분위기가 완전히 사라져 버렸다. 낯선 영혼이 진서의 모습으로 은국 앞에 서 있었다.

"그래, 나다."

진서가 무거운 음성으로 말하며 은국을 외면했다. 목소리만은 여전했다. 낮고 굵지만 부드러운, 바리톤으로 딱 어울릴 듯한 목소리. 은국은 저도 모르게 진서의 손을 보았다. 여자보다 희고 고운 데다 구부러진 곳 하나 없이 기다랗고 우아한 손가락. 서재 창문으로 달빛이 들이쳤다. 진서가 연주하는 베토벤 바이올린 소나타 5번 「봄」. 은국은 그 아름다운 선율을 지금도 기억하고 있었다.

"정신 똑바로 차려라."

황기택이 서재로 들어왔다. 진서가 원망스러운 눈으로 황기택을 노려보았다. 황기택은 입가에 비웃음을 머금고 진서에게 말했다.

"어째서 그런 눈으로 쳐다보느냐? 은국이 앞에서는 그래도 수치심을 느끼는 게냐? 네놈에게도 자존심이라는 게 조금은 남아 있다는 게냐?"

진서는 자리를 박차고 나가려는 듯 움찔했지만, 그러지 못했다. 황기택이 소리 내어 비웃고서 말을 이었다.

"왜, 그냥 가지 그러느냐? 이런 꼴을 보이느니 돈 따위 필요 없다고 호기롭게 큰소리치고 나가지 그러느냐? 그러면 내 너를 사람으로 보아 주마."

진서는 아무 말도 못 했다. 손끝 하나 달싹이지 않았다. 은국은 진서에게서 눈을 뗄 수가 없었다. 진서에게 대체 무슨 일이 일어났던 걸까. 그 도도했던, 누구보다 바이올린이 잘 어울리던 진서에게 대체 무슨 일……. 황기택이 은국을 돌아보며 이기죽거렸다.

"저놈이 너의 부역질을 들먹이며 내게 돈을 내놓으라더구나. 그 빨갱이 밴드부 일에다 의용군에 자원한 일까지, 속속들이 잘 알고 있더구나. 돈을 내놓지 않으면 지금 당장 너를 부역자로 고발하겠단다, 보아라."

황기택이 은국의 아래턱을 움켜쥐고 똑바로 두 눈을 노려보았다.

"이것이 바로 네놈이 처한 현실이다. 저런 병신의 손가락질 한 번으로 너는 만고에 둘도 없는 부역자가 되어 돌팔매에 맞아 죽어도 할 말 없는 몸이다. 네놈의 그 짓거리로 인해 이 아비가 저따위 비렁뱅이에게 협박을 당하고 있단 말이다, 알겠느냐?"

황기택은 은국의 얼굴을 내던지듯 밀어내고 서재 책상으로 다가갔다. 책상 아래의 금고에서 달러 한 묶음을 꺼내어 진서의 면상에다 내던졌다. 픽! 끈이 풀리며 지폐가 허공으로 날았다. 진서는 당황해서 허둥지둥 돈을 줍다가 문득 은국을 바라보고는 그대로 손을 멈추었다.

"주제에 아직도 체면을 차리는 게냐?"

방 기사가 조심스레 황기택을 만류했다.

"판사님, 이만 고정하세요. 저 아이의 비위를 잘못 건드렸다가는……."

"그랬다가는 뭐! 내가 저깟 놈이 무서워 돈을 내주는 줄 아느냐? 빨갱이에게 끌려가다 폭격에 눈알을 잃었다니 크게 마음먹고 적선하는 것이야!"

은국은 진서의 사연을 짐작할 수 있었다. 후퇴하는 인민군이 반동으로 분류된 사람들을 끌고 갔다고 들었다. 김준한 의원도 납북되었다고 했는데, 진서도 잡혀가다 미군의 폭격에 부상을 입고 버려진 모양이었다.

한쪽 눈을 잃고 목숨만 건져 서울로 돌아온 진서는 혼자일 것이다. 무엇 하나 가진 것 없이, 더 이상 잃을 것도 없이.

황기택이 진서를 똑바로 가리키며 다시 소리쳤다.

"그 돈 주워서 당장 꺼져라. 다시 내 눈에 띌 때는 너의 건방진 주둥아리를 땅속에 파묻고 말 것이니!"

황기택이 서재에서 나가며 문을 거세게 닫았다. 쾅! 창문이 부르르 몸을 떨고 침묵이 찾아들었다.

은국이 방 기사에게 말했다.

"잠깐 자리 좀 비켜 주세요."

방 기사는 망설이다가 서재에서 나갔다. 은국은 말없이 돈을 줍기 시작했다. 진서는 우두커니 선 채로 창밖을 쏘아보았다. 은국이 돈을 다 주워서 진서에게 내밀었다. 진서는 은국의 손을 물끄러미 내려다보다가 천천히 손을 내밀어서 돈을 받아 들었다.

"나는…… 잘츠부르크로 가려던 참이었다."

은국도 기억하고 있었다. 촉망받는 소년 바이올리니스트 은진서. 이미 중학교 2학년 때 우미관에서 독주회까지 열었다. 전쟁이 아니었다면, 지금쯤 오스트리아에서 바이올린을 켜고 있을 것이다.

"인민재판 때 사람들이 그러더라. 우리 어머니 아버지가 미제의 첩자였다고, 일본 놈들에게 붙어먹었다가 미국 놈들에게 붙었다고……. 기실, 없는 소리는 아니다. 우리 아버지는 총독부에서 일하셨고 우리 어머니는 미 군정청에서 통역을 하셨고, 그러다 두 분이 같이 미군 통역관으로 일하셨고……. 그래, 맞아. 맞는데, 그게 죽을죄인 거냐? 모르겠다. 아무것도 모르겠어. 내가 아는 건 단지 은진서는 그날 죽었다는 거다. 우리 아버지 어머니가 내 눈앞에서 돌아가셨을 때."

그렇지 않아. 은국은 마음속으로 반박했다. 비록 고아가 되어 맨몸으로 집에서 쫓겨난 처지였지만, 밴드부 시절의 진서는 여전히 뛰어난 바이올리니스트였다. 진서의 연주에는 세상에 하나밖에 없는 특별한 무엇이 깃들어 있었다. 그때의 진서는 설령 초라한 차림일지언정 과거의 진서와 다르지 않았다. 그런데 언제, 무엇이, 어떻게 너를 이렇게 만든 걸까⋯⋯. 상만이를 신고했을 때? 폭격에 맞아 한쪽 눈을 잃었을 때? 아니, 지금 이 순간이라는 생각이 들었다.

은국은 가슴 깊이 죄책감을 느꼈다. 자신만 이렇게 몸성히 제 방으로 돌아와 있다는 사실에, 진서의 이런 모습을 두 눈으로 목격해 버렸다는 사실에. 이미 돌이킬 수 없는 일이었다. 이제 와서 바로잡을 수도 없는 일이었다. 은국이 알던 진서는 죽었다. 그리고 은국은 어쩌면 자신도 이미 죽어 버린 건지 모른다고 생각했다. 동굴에서 아버지 앞에 무릎 꿇었을 때, 아니면 이런 모습으로 진서와 마주 선 지금 이 순간.

"그러니까 은국아."

진서가 부르는데도 은국은 차마 고개를 들지 못했다. 진서가 혼잣말처럼 말을 이었다.

"지금 네가 본 이 모습은, 은진서가 아니다. 이건 그냥 은진서의 잔해 같은 거야. 그러니 그때의 은진서를…… 바이올린을 켤 수 있었던 은진서만을 기억해 주라."

진서는 조용히 문을 열고 밖으로 나갔다. 방 기사가 서재로 들어왔다.

"도련님, 이제 그만 올라가셔야지요."

회의라도 하는지 집 안이 조용한 가운데 웅얼거리는 말소리가 낮게 들려왔다. 찻잔을 내려놓는 듯 도자기 달그락거리는 소리가 평화로운 한때의 분위기를 자아내고 있었다.

"도련님."

방 기사가 은국을 채근했다. 은국은 서재를 천천히 둘러보았다. 창가에는 흔들의자가 놓여 있었다. 황인보가 특별히 주문해서 제작했다는 오동나무 의자는 전란에도 불구하고 여전히 홀로 고고했다. 울타리 저택에서 살던 시절, 서화영은 그 의자에 앉아 책을 읽곤 했다.

안녕.

은국이 서재로 들어왔다가 서화영과 마주치고 당황할 때면 서화영은 언제나 그렇게 담백한 인사말을 건넸다. 그러면 은국은 고개를 꾸벅하고서 허둥지둥 서재를 빠져나가곤 했다.

"그분은…… 어찌 되셨습니까?"

"그분이라니요?"

"진고개의 그분 말입니다."

방 기사가 은국의 눈길을 피했다.

"말해요."

은국의 차분한 말투에는 서늘한 기운이 깃들어 있었다. 방 기사는 질린 얼굴로 더듬거렸다.

"도, 도련님!"

"말해요, 어서."

"뭘 믿고 서울에 남은 건지……."

"그……래서……요?"

방 기사의 표정이 모든 걸 말해 주고 있었다. 직감이 맞았다. 은국은 홀린 듯 창가로 돌아섰다. 커피는 마음껏 마실 수 있으면 좋겠는데 말이야. 싱긋 웃는 서화영 특유의 미소가 떠올랐다. 커피 향이 잘 어울리는 사람이었다.

"큰 나리라도 계셨으면 모를까, 그리 부역질을 하고도 제집에 떡하니 앉아 있었으니……. 판사님께서도 벼르고 계셨지 않습니까. 작은 마님은 이틀 전에 돌아가셨습니다. 그래도 한때나마 황씨 집안 사람이었으니 그에 걸맞은 대우를 하라 하셔서……. 자진할 시간을 드렸습니다. 집 마당에 있던 벗나무에 스스로 목을 매었습니다."

도움이 필요할 땐 언제든 찾아오렴. 여느 때의 차가운 인상과는 어울리지 않게 인자한 빛을 띠고 있던 그 눈동자.

"아악!"

은국이 비명을 지르며 손에 닿는 물건을 힘껏 던졌다. 쨍그랑! 서 제 유리창이 깨졌다. 유리 파편들이 흔들의자에 가시처럼 박혔다.

"국민 여러분. 국군 제1군단이 삼팔선을 돌파했습니다. 또한 해 군은 여수를 점령하고 북상 중입니다. 북괴군은 남북에서 협공당 하여 독 안의 쥐 신세가 되고 말았습니다. 위대한 결단으로 인천 상륙 작전을 감행하여 눈부신 승리를 일구어 낸 연합군 사령관 맥 아더 장군은 오늘 김일성에게 공식적으로 항복을 요구하는 한편, 연합군에게 삼팔선을 돌파하여 북진하도록 명령하였습니다. 이제 곧 북괴는……."

아나운서의 목소리는 라디오 드라마의 한 대목처럼 극적인 분 위기를 풍겼다. 소리가 작은데도 조금 열린 문틈으로 격정적인 감 정이 고스란히 전해졌다.

봉아는 가만히 누운 채 눈만 깜박거렸다. 라디오에서 들려오는 목소리는 너무도 절절해서 오히려 비현실적이었다.

나무 계단을 올라오는 발소리가 들려왔다. 낮지만 분명한 현실 의 소리였다. 봉아는 억지로 몸을 일으켜 앉으려다 포기하고 드러 누웠다. 방문이 열리며 재중 의원 안주인 최 씨가 들어섰다. 최 씨 가 얼른 바닥에 앉으며 봉아를 다독였다.

"괜찮다. 그냥 누워 있어."

봉아는 바싹 마른 입술에 희미한 미소를 지으며 고개를 끄덕였다. 예의를 차리고 싶지만 아직 기운이 달렸다.

"그래, 옥아. 오늘은 좀 어떠니?"

"덕분에 많이 좋아졌어요. 하룻밤 자고 나니 또 한결 나은 것 같아요."

최 씨가 환하게 웃으며 봉아의 이마에 흐트러진 머리카락을 다정하게 쓸어 넘겨 주었다.

"그래, 정말 다행이다. 네가 이리 회생하다니, 기적이지 뭐겠니? 내 기도가 헛되지 않은 모양이다. 얼마나 감사한 일인지……. 묵주는 잘 가지고 있지?"

봉아가 이불 밑에 넣고 있던 손을 꺼내 보였다. 봉아의 손에는 최 씨가 준 옥빛 묵주가 들려 있었다. 기도를 하지는 않지만, 그 마음을 받는다는 기분으로 손에서 놓지 않았다.

최 씨가 봉아의 손을 토닥였다.

"주님이 너를 지켜 주신 거야. 인간의 힘으로 할 수 있는 일이 아니었어. 네 어미의 그 갸륵한 사랑에 감동하여 주님께서 은총을 내려 주셨나 보다. 기적이다, 기적이야."

기적이라고, 봉아도 그렇게 생각했다. 옥이 엄마의 품에서 정신을 잃으며 분명 어머니의 기적을 느꼈다. 괜찮다, 봉아야. 괜찮다. 어머니의 넋이 생생한 목소리로 그렇게 속삭여 주었다.

그날 옥이 엄마는 믿기지 않을 정도의 힘을 발휘했다. 봉아를 업고 재중 의원까지 가서 어둡고 고요한 의원 문을 두드리고 두드려,

마침내 문을 열게 만들었다. 인민군을 피해 숨어 있던 재중 의원 박 원장의 마음을 움직여 조명탄 불빛에 의지해 봉아를 수술하게 했다. 그렇게 봉아를 살렸다.

고봉아가 아니라 조옥이라는 이름으로.

최 씨가 몸서리치며 한 손으로 봉아의 손을 꼭 잡고 다른 손으로 자신의 뺨을 감쌌다.

"인민군들이 전쟁 통에도 여자를 건드리지 않는 것만은 장한 노릇이라고들 했는데, 도망치는 길에 이성을 잃고 환장했던 모양이다. 네가 겪은 일을 생각하면 아직도 몸서리가 나는구나. 이렇게 어린 여자아이를 겁간하려 덤비는 게 어디 사람이 할 짓이란 말이냐? 그러고도 모자라 도망치는 아이 등에 총을 쏘다니……."

"다 지난 일인걸요."

봉아가 얼른 말했다. 옥이 엄마가 둘러댄 말에 모두 깜빡 속아 넘어갔지만, 혹여나 들통이 날까 겁이 났다. 봉아의 표정이 눈에 띄게 불안해진 모양이었다. 최 씨가 봉아를 안쓰럽게 내려다보았다.

"그래, 네 말이 옳다. 끔찍한 일을 자꾸 들춰내어 무엇하겠니? 어서 훌훌 털고 일어나려무나. 옥아, 네 목숨은 그냥 흔한 목숨이 아니다. 네 어미의 사랑과 우리 의원님의 용기와 주님의 은총이 되 살려 낸 값진 목숨이야, 알았지? 자, 이걸 좀 보려무나."

최 씨가 손에 쥐고 있던 작은 종이를 내보였다. 봉아와 옥이 엄마의 신분 증명서였다. 심사를 통해 신분증을 발급받지 못하면, 빨갱이라는 의심을 받게 되었다. 그건 곧 언제 죽을지 모르는 목숨이라는 뜻이었다. 그런데 박 원장과 최 씨 덕에 별다른 심사도 없이 신분증까지 손에 넣었다.

"고맙습니다. 고맙습니다."

봉아가 누운 채 몇 번이나 고개 숙여 인사했다. 최 씨는 빙긋 웃고서 창가로 다가가 바깥을 내다보았다. 서양식 2층 건물 위에 납작하게 엎드린 옹색한 다락방이지만, 창밖의 풍광만은 어느 저택 부럽지 않았다. 최 씨는 누렇게 물들어 가는 산자락을 바라보며 고개를 절레절레 저었다.

"이렇게 멀리서 바라보면 참으로 고즈넉한 가을 산이 아니냐? 하지만 가까이 다가가면 아직도 피비린내가 진동을 한다는구나."

그 산꼭대기의 연희 고지에서 인민군은 서울에서의 마지막 결전을 치렀다. 전사자가 수백 명이라고도 하고, 수천 명이라고도 했다. 숫자의 차이는 컸지만, 그 광경에 대한 증언은 한결같았다.

산등성이에 시체 더미로 또 하나의 산이 만들어졌다고, 이미 목숨이 끊어진 혹은 죽어 가는 병사들이 한 덩어리로 뒤엉킨 채 지옥에서 들려올 듯한 목소리로 울부짖었다고, 죽을 때까지 그 광경을 잊을 수 없을 거라고.

봉아가 재중 의원에서 수술을 받는 사이, 연희 고지의 결전을 끝으로 인민군은 서울에서 완전히 쫓겨났다.

봉아의 조국은 그렇게 떠나 버렸다. 봉아는 상처 입은 채 버려졌다. 병원에 남아 있다가 학살당했다는 부상병들처럼, 연희 고지에서 죽어 갔다는 병사들처럼. 힘에 밀려 쫓겨난 것이라지만 봉아는 버려졌다는 기분을 떨칠 수가 없었다. 반드시 승리할 거라고 하지 않았는가. 그 약속은 지켜지지 않았다.

봉아는 찬 바람이 가슴으로 파고드는 듯한 기분에 이불을 목까지 끌어당겼다. 최 씨가 봉아의 기척을 느끼고는 창문을 닫고 다시 곁으로 왔다.

"대체 이데올로기가 뭐라고 그 젊디젊은 청년들을 개죽음시킨단 말이니? 주님의 뜻을 안다면 저들도 더 이상 무도한 짓을 하지 않을 텐데……. 부자가 천국에 들어가는 건 낙타가 바늘구멍을 지나는 일만큼 어렵다 하셨다. 가난한 이들에게는 천국의 자리가 마련되어 있다는 말씀도 있어. 그런데 눈앞의 이익만을 좇아 이데올로기를 앞세워 죽고 죽이다니……."

천국의 자리, 과연 그런 게 있을까. 봉아가 원하는 건 지상의 자리였다. 크지 않아도 좋았다. 높지 않고 화려하지 않아도 좋았다. 언제든 지친 몸 부릴 수 있는, 그 누구도 함부로 빼앗을 수 없는, 그런 지상의 작은 의자 하나.

다시 발소리가 다가오더니 방문이 열렸다. 옥이 엄마가 최 씨를 보고 잔뜩 굽친 얼굴로 고개를 조아렸다. 최 씨의 눈길이 옥이 엄마의 손에 들린 쟁반을 향했다. 최 씨가 사람 좋은 웃음을 지으며 말했다.

"그렇게 눈치 볼 거 없수. 아픈 사람은 잘 거두어 먹이는 게 당연지사지. 우리 그렇게 인심 사나운 사람들 아니니까 눈치 보지 말고 옥이 잘 챙겨 먹여요. 얼른 털고 일어나야 옥이도 제 몫을 하지. 그래야 옥이 엄마도 더 열심히 일해 줄 테고, 안 그래요?"

최 씨는 봉아에게 맛있게 먹으라는 인사말까지 하고 아래층으로 내려갔다. 발소리가 완전히 사라지자 옥이 엄마가 방문을 닫고 봉아를 안아서 일으켰다.

"어서 먹자."

옥이 엄마가 계란을 풀어 넣고 끓인 죽을 한 숟가락 떠서 입으로 후후 불어 식혔다.

"제가 먹을게요."

"아니다. 엄마가 먹여 줄게."

옥이 엄마는 기어이 한 숟가락씩 정성 들여 죽을 떠 주었다. 봉아는 아기 새처럼 입을 벌려 받아먹으며 옥이 엄마를 물끄러미 바라보았다.

옥이 엄마는 멀쩡할뿐더러 손끝이 야무지고 행실에 빈틈이 없는 사람이었다. 최 씨도 옥이 엄마를 일꾼으로 들인 것에 적이 만족하는 눈치였다.

그런데 옥이에 대한 기억만 온전하지 못했다. 폭격에 무너진 집터처럼 비어 버린 그 자리에 봉아를 데려다 놓았다.

이따금 옥이 엄마가 너무도 슬픈 눈빛을 보내올 때가 있었다. 그럴 때면 봉아는 가슴이 철렁 내려앉았다. 옥이 엄마가 제정신을 차릴까 봐 겁이 났고, 그걸 두려워하는 자신에게 당황했다. 그렇게 가슴 졸이고 있노라면 옥이 엄마는 어느새 세상 그 누구도 부럽잖다는 듯 행복한 눈빛으로 봉아를 바라보며 다정하게 웃곤 했다.

"장하다, 우리 옥이. 이렇게 잘 먹어 주니 엄마는 얼마나 고마운지 모르겠다."

옥이 엄마는 빈 그릇을 옆으로 치워 놓고 수건으로 봉아의 입가를 꼭꼭 눌러 닦아 주었다.

"엄마."

"응?"

옥이 엄마가 봉아의 머리를 천천히 빗겨 주기 시작했다.

"엄마는 소원이 뭐야?"

"무슨 소리야, 뜬금없이?"

"그냥, 궁금해서. 엄마는 소원이 뭔가 하고."

"글쎄. 그런 거 생각 안 해 봤는데. 암튼 내 바람이야 오직 하나지. 우리 옥이 얼른 털고 일어나는 거. 그래서 우리 두 모녀 그저 무탈하게 사는 거. 그 밖에 더 바랄 게 뭐 있겠니?"

"그게 우리 엄마 이데올로기야, 그치?"

옥이 엄마는 빗을 내려놓고 깔깔 소리 내어 웃었다. 봉아의 이마를 장난스레 쿡 쥐어박고서 물수건으로 얼굴을 닦아 주기 시작했다. 봉아는 갓난아이처럼 그 손길에 몸을 내맡긴 채 눈을 감고 중얼거렸다.

"그냥 그런 게 우리 이데올로기잖아. 남의 거 빼앗지도 않고 내 거 빼앗기지도 않고, 공평하게 나눠 먹고 사이좋게 어울려 사는……. 내 것도 없고 네 것도 없고, 높고 낮은 차별도 없는 세상. 죽고 죽이지 않고, 쫓고 쫓기지도 않는 세상……. 그게 그렇게 어려운 걸까? 그런 세상은 어디에도 없는 걸까?"

봉아가 눈을 떴다. 옥이 엄마는 물수건을 내려놓고 봉아의 머리칼을 정성스레 쓸어 넘겨 주고는 어딘지 슬퍼 보이는 미소를 띤 채 다락방에서 나갔다.

3

"아유, 속상해서 정말……. 성탄을 피란길에서 지내게 생겼으니, 어쩌면 좋으니?"

최 씨는 안타까운 얼굴로 또 달력을 쳐다보았다.

이번 성탄절을 위해 화려하게 트리를 꾸미고 동네 신자들까지 모두 초청해 두었는데, 실망이 이만저만 큰 게 아닌 모양이었다. 하필이면 성탄 전날에 피란령을 내릴 건 뭐냐고 내내 투덜거렸다.

봉아는 달리 대꾸할 말이 없어 어색하게 웃기만 했다. 최 씨는 인정스러운 사람이지만 중년의 나이치고는 철이 없어도 너무 없었다.

최 씨는 피란 준비로 정신없는 와중에 성탄 선물까지 챙겼다. 봉아에게 작은 꾸러미를 주며 명동 성당의 어느 수녀에게 전하라고 했다. 기어이 심부름까지 보내면서도 무척이나 아쉬워했다.

"직접 드리지 못해 죄송하다고 꼭 전해라. 잘 간수해야 한다. 꼭 끌어안고 가, 알았지?"

걱정할 만한 상황이었다. 절도니 강도니 벌건 대낮에도 범죄가 기승을 부렸다. 경찰은 부역자를 잡아들이는 일에만 골몰했다. 하루하루 먹고사는 일이 전쟁보다 무서웠다. 사대문 안까지 토막집이 들어섰고, 추위가 몰려들자 벌써부터 얼어 죽는 사람들이 속출한다는 소문이었다. 굶어 죽고 얼어 죽느니 차라리 칼 들고 남의 주머니라도 털겠다는 사람이 생기는 건 당연한 일이었다.

봉아가 현관문을 열고 나가는데 최 씨가 2층 창문으로 고개를 내밀고 손짓했다. 봉아가 다가가자 최 씨는 좌우를 살피고 목소리를 낮추어 당부했다.

"옥아, 시내 쪽에는 미군들이 많다더라. 코쟁이들은 애고 노인이고 가리지 않는다는 소문이야. 다 그런 건 아니겠지만 아무튼 미군이 보이거든 일단 숨고 봐야 한다, 알았지?"

"네. 염려 마세요, 마님."

봉아는 큰길로 나가 전차를 기다렸다. 피란령이 내려서인지 평소보다 길에 사람이 많았다. 전차 정거장도 혼잡했다. 봉아는 가슴이 빠르게 두근거렸다. 거동을 할 수 있게 되면서부터 재중 의원 심부름으로 여기저기 많이 쏘다녔지만, 아직도 사람 많은 곳에 가면 주눅이 들었다. 혹시라도 저를 알아보는 사람이 있을까 하는 걱정을 떨칠 수 없었나. 동덕 여중 근처로 약 심부름을 갔을 때는, 집으로 돌아와 탈진해서 앓아누울 만큼 긴장했다.

하긴, 지금의 나를 누가 알아볼까. 생김새야 여전하지만 가뜩이나 왜소하던 몸이 더 야위었다. 무엇보다 상대방을 무안하게 만들만치 암팡지던 그 눈빛이 사라지고 없었다. 덩치가 작은데도 어디서나 남의 눈길을 끄는 구석이 있었는데, 지금의 봉아는 있는 듯 없는 듯 그저 작고 조용한 소녀일 따름이었다.

그냥 걸어갈까. 성탄 선물이라는 걸 해 보고 싶어서 돈을 모으던 중이었다. 성탄절에는 맞추지 못했지만 조금 더 모으면 겨울이 가기 전에 엄마에게 목도리라도 사 줄 수 있었다.

봉아는 전차를 기다리다 말고 걷기 시작했다. 이따금 피란 짐을 이고 진 사람들이 급한 걸음으로 지나가곤 했다. 피란을 가는구나. 새삼스럽게 실감이 나서 마음이 무거워졌다.

미군을 중심으로 한 연합군과 한국군이 기세 좋게 반격해서 압록강까지 올라가더니, 이번에는 인민군이 중공군을 등에 업고 재반격이었다. 전쟁은 그렇게 남북을 톱질하듯 오가며 닥치는 대로 짓밟고 불살랐다. 이제 다시 인민군이 서울로 들어온다면 앞으로 이 전쟁은 또 어떻게 흘러갈지 누구도 장담할 수 없었다.

봉아는 저도 모르게 걸음을 멈추었다. 최 씨는 당연히 봉아와 옥이 엄마도 함께 피란 간다고 생각하고 있었다. 옥이 엄마도 마찬가지였다. 봉아도 딱히 피란을 가지 않겠다고 마음먹은 것은 아니었다. 하지만 가야겠다는 결심이 서지도 않았다.

외삼촌은 어찌 되었을까……. 그날 내 이름을 부르던 그 목소리가 정말 외삼촌이었을까. 아니면 환청을 들었던 걸까. 은국 오라버니는 어찌 되었을까. 서화영 동무는, 오복 오라버니는, 승애 언니는, 경애 언니는…….

차마 소리 내어 부르지도 못하고 가슴에 묻어 둔 이름들이었다. 그들을 생각하면 가슴이 불에 덴 듯 쓰라렸다. 이불깃을 움켜쥐고 숨죽여 울며 그 이름들을 얼마나 수없이 되뇌었는지 몰랐다.

피란을 가지 않으면 그들을 다시 만날 수 있을까. 어쩌면 그럴지도 모른다. 그런데도 서울에 남아야겠다는 마음이 들지 않았다. 서울에 남는다 해도 만날 수 없을지도 몰라. 연합군이 압록강에 이르는 동안 인민 공화국은 폐허로 변했다고 들었다. 인민군도 거의 궤멸되어 지금 남하하는 부대는 사실상 중공군이 주력이라고 했다. 그렇지만 혹시…….

봉아는 생각의 갈피를 잡지 못하고 멍하니 걷다가 문득 정신을 차렸다. 호화로운 저택들이 즐비한 동네가 보였다. 아는 동네였다. 봉아는 골목 입구에 서서 동네 안쪽을 들여다보았다. 집집마다 대문 앞에 자동차가 서 있지만 오가는 사람은 거의 없었다. 자동차가 있는 걸 보면 아직 피란을 가지 않은 것 같은데도 저택들은 빈집 같은 분위기를 풍겼다.

그 동네의 반대편 끝에 은국의 집이 있었다. 외삼촌을 따라 서울시 중구 인민위원회에 갔다가 그 집의 전 주인이 황씨네라는 말을 들은 적이 있었다.

봉아는 골목으로 들어서며 목을 움츠렸다. 텅 빈 저택들의 커다란 창문이 감시의 눈길처럼 느껴졌다. 그냥 돌아갈까 싶기도 했지만, 은국의 소식을 알 수 있을지도 모를 일이었다. 이대로 돌아서기는 아쉬웠다. 봉아는 불안한 마음을 달래며 울타리 저택까지 갔다.

하지만 울타리 저택에서는 인기척이 전혀 느껴지지 않았다. 하긴, 은국 오라버니가 이 집에 있을 리 없지. 봉아는 쓸쓸하게 웃으며 돌아섰다.

그 순간, 울타리 저택의 현관문이 열렸다. 봉아는 얼른 맞은편 집 담벼락으로 다가가 울타리 저택을 등지고 섰다. 대문 열리는 소리가 나더니 조용한 발소리가 봉아를 스쳐 지나갔다.

봉아는 조심스럽게 고개를 돌렸다. 소박하지만 말끔하게 차려입은 중년 여인이 큰길 쪽으로 걷고 있었다. 봉아는 좌우를 살피고서 빠른 걸음으로 여인을 따라잡았다.

"저기……"

"아이, 깜짝이야!"

여인이 가슴에 손을 얹으며 봉아를 흘겨보았다.

"죄송해요."

"뭐니, 너는?"

"저기…… 혹시, 은국 오라버니…….."

"우리 도련님? 네가 도련님을 어찌 아니?"

여인이 수상쩍다는 눈길로 봉아의 허름한 행색을 훑어보았다. 봉아는 가슴이 무섭게 뛰었다. 막상 은국을 알고 있는 사람을 만나니 안부를 묻기가 두려워졌다.

"애, 무슨 일이야, 대체? 네가 우리 도련님을 어찌 알고?"

"네……. 그게, 우리 오라버니 친구예요. 경기 중학교 동창이요. 마침 근처를 지나다가 소식이 궁금해져서요. 은국 오라버니는 잘 계신가요?"

"아, 도련님 친구 동생."

여인의 말투가 한결 부드러워졌다.

"도련님은 아까 부산으로 떠나셨어. 한발 늦었구나."

봉아는 머리를 한 대 얻어맞은 듯 멍해졌다. 부산. 도련님. 마지막으로 보았던 은국의 모습이 떠올랐다. 군복이 좀 커서 우스꽝스러웠는데……. 특등 사수라고 말하면서도 전혀 자랑스러워하지 않았는데……. 그런 은국 오라버니가 어떻게 다시 도련님이 되어 부산으로 떠났단 말인가.

"왜 그래? 우리 도련님에게 긴한 볼일이라도 있니?"

여인의 눈빛에 호기심이 감돌았다. 봉아는 화들짝 정신을 차렸다. 그러고 보니 눈가가 젖어 있었다. 황급히 손등으로 눈가를 훔치고 여인에게 억지로 웃어 보이고는 방향을 가늠할 겨를도 없이 도망치듯 달려갔다.

그렇구나. 은국 오라버니는 무사히 집으로 돌아갔구나. 어찌 된 사연인지 모르지만, 다시 황씨네 도련님이 되어 피란길에 오른 거구나. 그렇다면 은국 오라버니는 무사하겠네. 걱정하지 않아도 되겠네……. 봉아는 눈물을 흘리고 있었다. 슬프지는 않았다. 안도의 눈물이었다. 사정이 어찌 되었든 은국이 무사하다는 사실만으로 한결 마음이 가벼워졌다. 고마운 생각마저 들었다.

차츰 마음이 가라앉았다. 봉아는 언제부터인가 편안한 걸음으로 걷고 있었다. 머릿속이 텅 빈 것 같은데 발길이 알아서 명동으로 향했다.

명동은 전쟁 따위 모르는 듯 한가로웠다. 찻집에서는 잔잔한 음악이 흘러나오고, 고급 양복점 쇼윈도에는 깃에 털을 단 코트가 당당히 내걸려 있었다. 중국집 유리창에는 난데없는 마릴린 먼로의 커다란 사진이 붙어 있었다. 명동 성당 건물에 남은 총탄 자국만이 눈치 없이 전쟁의 속살을 드러냈다. 문을 닫은 몇몇 상점들을 제외하면 피란령과는 무관한 세상으로 보였다.

봉아는 성당으로 가서 선물을 전하고 다시 큰길로 나왔다. 진고개가 멀지 않았다. 서화영 동무는 어찌 되었을까. 설마 그 집에 남지는 않으셨겠지. 오복 오라버니랑 같이 떠나셨을 거야. 그래도 혹시……. 걱정스럽고 궁금해서 자꾸 마음이 쓰이는데도 몸이 움직이지 않았다. 그날의 일들을 떠올리자 두려움에 진땀이 났다. 당장이라도 누군가 달려와 뒷덜미를 잡아챌 것만 같았다. 온몸이 무거워서 한 발 내딛는 것조차 버겁게 느껴졌다.

그래, 여기까지로구나. 봉아는 스스로를 다독였다. 울타리 저택에서 은국의 소식을 안 것으로 충분했다. 더는 그날의 기억으로 다가갈 수 없었다.

정거장에 도착하니 이마에 식은땀이 송송했다. 아무래도 돌아갈 때는 전차를 타야 할 것 같았다. 봉아는 전봇대에 기대선 채 앞을 바라보았다. 맞은편 건물 벽에 하얀 페인트가 덧칠해져 있었다. 처음에는 그저 멍하니 보았는데, 한참을 그러고 있으니 페인트 아래에 숨겨진 글자가 보였다. 눈에 보이는 게 아닌지도 몰랐다. 기억이 숨겨진 글자를 읽어 낸 것 같았다.

조선 민주주의 인민 공화국 만세!

카랑카랑하게 외치던 제 목소리가 되살아났다. 그때의 그 열정, 그 확신, 그 감동.

무엇에 그렇게 들떴던 걸까. 무엇 때문에 그렇게 가슴 벅차올랐을까. 어떤 사람은 그걸 이데올로기라고 했고, 어떤 사람은 조국이라고 했다. 봉아에게 그 모든 말들은 꿈의 동의어였다.

꿈. 거리를 헤매던 어린 시절부터 내내 꾸어 왔던 꿈. 배고파서 괴로운 사람도 없고, 짓밟혀서 서러운 사람도 없고, 의지할 데 없어 외로운 사람도 없는, 그런 세상. 그런 꿈.

그 여름의 서울에서 봉아는 뜨겁게 그 꿈을 꾸었다. 그 여름의 서울은 너무도 뜨거웠다. 불온한 꿈이 들불처럼 타올라 세상을 온통 불살라 버렸다. 그 절정의 밤에 생사를 넘나들며 고봉아는 불에 데어 죽었다. 봉원사도 그 밤의 폭격으로 불타 버렸다.

이제 봉아는 그 뜨거움을 감당할 수 없었다. 그저 약간의 온기만을 원했다. 그것으로 충분하고, 그것밖에 감당할 수 없었다. 은국이 살아 있다는 사실에 안도하며 내쉬는 숨결. 옥이 엄마와 나누는 체온. 살아 있음을 확인할 수 있는 온기면 충분했다. 옥이라는 이름으로 살아가는 봉아가 감당할 수 있는 건 딱 그 정도였다.

피란을 가자. 봉아는 마음을 굳혔다. 인민군이 서울로 돌아오든 어쩌든, 그리운 이들을 다시 만날 수 있든 없든, 지금은 죽음의 전장이 아니라 산 사람들의 아우성에 섞여 들고 싶었다. 남쪽으로 가면 조금이나마 더 따뜻하겠지. 그래, 부산에 가면 은국 오라버니를 찾아봐야지. 은국 오라버니는 외삼촌의 소식을 알지도 몰라. 맞아, 거제도에 포로수용소가 있다 했지. 그럼 경애 언니도 거기 있을까. 부산에서 거제도는 멀지 않을 테니 꼭 한번 찾아가 봐야지.

벌써부터 남쪽 바다의 따뜻한 햇살이 느껴지는 듯했다. 봉아는 목도리를 고쳐 맸다. 엄마가 보고 싶었다. 저 먼 곳의 엄마가 아니라, 재중 의원 1층 난로 위에 올려놓은 주전자에 거듭 물을 채워 넣으며 자꾸만 창밖을 내다보고 있을 그 엄마가.

봉아는 전찻길 저쪽으로 목을 늘였다. 성당 쪽에서 성탄 노래가 들려왔다.

You better watch out

You better not cry

You better not pout I'm telling you why

Santa Claus is comin' to town

봉아는 영어를 알아듣지 못하지만 그 가락이 듣기 좋아서 음도 맞지 않는 콧노래를 불렀다.

땡땡땡땡. 전차가 경쾌한 종소리를 울리며 들어섰다. 정류장에 서 있던 사람들이 우르르 몰려가 전차에 탔다. 봉아는 운 좋게도 맨 먼저 전차에 타서 자리에 앉을 수 있었다. 다시 전차가 달리기 시작했다.

봉아는 두 손으로 언 뺨을 감싸며 무심코 옆으로 고개를 돌렸다.

"너……."

옆자리에 앉아 있던 여학생이 봉아를 보고 경악하며 일어섰다. 봉아는 그대로 굳어 버렸다. 여학생이 손가락으로 봉아를 똑바로 가리켰다.

"너…… 고봉아지? 그렇지?"

여학생이 맞은편 의자를 향해 새된 목소리로 외쳤다.

"엄마! 얘, 얘…… 의용군 궐기 대회에서 설치던 그 빨갱이 년이 야. 우리 언니가 이년이 하는 말에 홀려서……. 엄마! 엄마!"

맞은편에 앉아 있던 한복 차림의 여인이 두 눈을 크게 뜨고 봉아를 바라보았다. 쪽 시은 머리에 하얀 상장이 달려 있었다. 차 안의 사람들이 놀라서 봉아와 여인과 여학생을 번갈아 보았다.

"나는…… 그게 아니라……. 나는…… 저는……."

봉아는 막대기처럼 뻣뻣하게 일어섰다. 딸을 잃은 어머니가 핏발 선 눈을 지릅뜨고 서서히 일어섰다. 여인의 작은 입이 커다랗게 벌어지며 검은 동굴이 열렸다. 짙은 어둠이 물결치듯 흘러나와 봉아를 휘감았다. 여인이 두 손가락을 갈고리처럼 구부리고 봉아를 향해 팔을 뻗었다.

"아악!"

봉아는 비명을 지르며 사람들 사이를 헤치고 달려갔다. 어둠이, 여인의 가슴에서 뻗어 나온 짙은 어둠이 끈적끈적한 손이 되어 봉아의 목을 졸랐다. 봉아는 그 어둠을 떨쳐 내려 몸부림치며 빛을 향해 그대로 전차에서 뛰어내렸다.

빠앙!

경적 소리가 크게 울렸다. 국방색 트럭은 갑작스럽게 튀어나온 작은 몸을 미처 피하지 못하고 그대로 들이받았다.

쾅!

봉아는 하늘로 날아올랐다. 살얼음 낀 호수처럼 파란 하늘에 첫눈처럼 하얀 새털구름이 한가롭게 흘러가고 있었다. 하늘은 따뜻한 빛으로 가득했다. 엄마? 봉아는 분명 어머니를 보았다. 어머니를 향해 손을 뻗자 따스한 온기가 봉아에게 스며들었다. 차가운 어둠은 더 이상 봉아를 따라오지 못했다.

　봉아는 따스한 빛에 감싸인 채 가만히 눈을 감고 높이 떠올랐다. 그리고 아리잠직한 그 육신만이 차갑게 식은 채 겨울의 땅으로 추락했다.

4

윤 씨는 아직도 불안한 기색이었다. 서울역으로 가는 차 안에서도 내내 은국의 손을 꼭 잡고 놓지 못했다.

은국은 어머니가 안쓰러웠다. 어머니를 미워하는 건 아니었다. 어머니에게 화를 내는 것도 아니었다. 그렇지만 예전처럼 대할 수는 없었다. 어머니뿐만 아니었다. 아무렇지 않은 얼굴로 세상을 대할 수가 없었다.

황기택이 굳이 가두지 않더라도, 은국은 제 방에서 나오지 않았다. 커튼을 친 채 어두컴컴한 방에 틀어박혀 가을을 보냈다. 황기택은 그런 은국이 불안한 나머지 부산에 있던 윤 씨를 불러 올렸다.

윤 씨가 은국의 손등을 토닥이며 말했다.

"은국아, 이렇게 나선 김에 동경으로 가자. 부산에 가서 할아버지께 인사드리고 은선이, 은경이랑 다 같이 한동안 동경에서 지내자. 동경은 이제 완전히 안정되어서 예전보다 좋아졌다고도 하더라. 그래, 아예 거기서 학교를 다니다 대학까지 가는 게 어떻겠니? 동경대도 좋고 와세다도 좋고……. 넌 교토를 좋아하니 그쪽으로 가는 것도 괜찮겠다."

황씨 집안은 일본에서 사업으로 꽤 크게 성공했다. 은국의 고모 황기옥의 일본인 남편과 동업하여 군복 공장을 운영하다가 이제는 군용 식량에까지 손을 대고 있었다. 전쟁이 터지면 군수 산업은 호황을 맞게 마련이었다. 이 전쟁이 황씨 집안에는 더없는 기회가 되어 주었다.

서울역 앞은 인산인해였다. 군인의 행렬이 계속 밀려들었고 민간인은 그보다 많았다. 남대문부터 서울역까지, 큰길은 물론 골목까지 사람들이 들어차 있었다. 서울역 앞에 길게 줄지어 서 있기도 했고, 아예 광장에 거적을 깔고 이불을 뒤집어쓴 채 하염없이 기다리는 사람들도 있었다. 냄비며 쌀자루 같은 짐은 물론이고 미싱에 자전거까지, 이삿짐을 방불케 하는 짐 더미가 곳곳에 어지러이 널려 있었다.

지난여름의 후퇴와는 상황이 완전히 달랐다. 정부에서 미리 경고하며 등을 떠밀기도 했거니와, 그러지 않았대도 죽을힘을 다해 피란길에 나서지 않을 수 없었다.

여름에 떠나지 않고 서울에 남았던 사람들은 누구나 할 것 없이 부역 혐의를 받았다. 생업에 종사하라는 말을 믿고 주저앉았다는 그 사실 자체가 의심의 빌미가 되었다. 살아야 해서 협조했건, 신념을 가지고 참여했건, 기어이 겉돌기만 했건, 인민 공화국 세상에서 밝은 태양을 보고 살아 숨 쉬었다는 이유만으로 빨갱이라는 혐의를 받았다. 빨갱이라고 지목당하기만 해도 그 자리에서 목숨을 잃었다. 그나마 재판을 거쳐 처형된 사람들은 죽음을 준비할 시간이라도 가졌으니 다행으로 여기는 판이었다.

인민군 세상을 향해 폭우처럼 폭탄을 쏟아 내던 미군의 폭격도 두려웠다. 중공군이 인육을 먹는다는 둥, 미군이 원자 폭탄을 준비하고 있다는 둥 흉흉한 소문도 끝없이 흘러나왔다. 지난여름 동안 인민군이 서울에서 인심을 얻지 못한 탓에, 위험을 무릅쓰고 인민 공화국 세상을 기다릴 사람은 별로 없었다.

길바닥에서 얼어 죽더라도, 굶어 죽는 한이 있더라도 일단 떠나야 했다. 언제 기차를 탈 수 있을지 기약도 없지만 찬 바람에 한뎃잠을 자더라도 서울역 앞을 지켜야 했다.

하지만 황씨 일가는 그런 보통 사람들과 처지가 달랐다. 인파를 헤치고 서울역 앞에 자동차를 세운 방 기사는 임시로 마련된 군막으로 갔다. 곧 병사 둘이 황급히 달려와 자동차를 향해 차려 자세를 취했다. 방 기사가 차 문을 열고 은국과 윤 씨가 차에서 내렸다.

"추웅―서엉!"

병사들이 은국과 윤 씨에게 거수경례를 했다.

서울을 수복한 뒤, 황기택은 판사가 아니라 검사로 복귀했다. 자유수호동지회가 부역자를 색출한 공로가 인정되어 이미 부장 검사였다. 검찰 총장 정도는 맡아 놓은 자리라고들 했다. 황기택의 권력은 그 직위보다도 막강했다. 인민 공화국 치하에서 빨갱이에게 협력하지 않고 살아남았다는 영웅적인 전력을 앞세워 초법적인 권력을 누리고 있었다.

황기택의 가족인 은국과 윤 씨는 병사들의 호위를 받으며 역사로 들어갔다. 방 기사가 역장실로 가서 황기택과 함께 돌아왔다. 황씨 일가는 줄 서 있는 사람들의 부러움 섞인 눈길을 받으며 거칠 것 없이 플랫폼으로 나갔다.

이미 기차가 들어와 있었다. 객차마다 사람이 터질 듯 들어차 있었다. 일부러 깼는지 어쩌다 깨진 건지 성한 유리창이 없었다. 창가에 선 사람들은 아예 상체가 창밖으로 밀려난 채 간신히 버티고 있었다. 찬 바람이 그대로 들이치는데도 누구 하나 꼼짝 않고 그 자리를 지켰다.

플랫폼에는 열차를 타고 막 도착한 듯한 병사들이 도열해 있었다. 애티 나는 얼굴들로 보아 학도병이 포함된 부대 같았다. 선임 하사가 선창하자 병사들이 한 팔을 힘차게 흔들며 군가를 불렀다.

무명지 깨물어서 붉은 피를 흘려서

한 글자 쓰는 사연 두 글자 쓰는 사연

대한민국 국군 되기 소원합니다

황기택이 시끄럽다는 듯 찌푸린 얼굴로 병사들을 힐긋 보고는
기차 쪽으로 바싹 붙어서 걸었다. 도열한 병사들 때문에 플랫폼에
는 한 사람이 겨우 지나갈 정도의 여유밖에 없었다. 윤 씨가 앞서
가며 손을 뒤로 뻗어 은국의 손을 꼭 쥐었다. 은국은 윤 씨가 이끄
는 대로 플랫폼을 따라 걸었다.

병사들이 목청껏 부르는 군가가 귓가에서 왕왕 울렸다. 추운 날
씨인데도 땀에 전 숨내와 입에서 나는 단내가 뒤섞인 역한 냄새가
진하게 풍겨 왔다. 황기택과 윤 씨는 물론 뒤따라오는 방 기사까지
괴롭다는 듯 인상을 찌푸렸지만 은국은 아무것도 느끼지 못했다.

마치 혼령이 되어 제 육신을 떠나 멀찍이서 자신을 지켜보고 있
는 기분이었다.

다들 살아 있긴 한 걸까. 은국은 앳된 얼굴의 병사들을 보며 제
동무들을 생각했다. 학성이는 무사한 걸까. 인민군이 많이 죽었다
고 들었는데……. 봉아는 괜찮을까. 양 선생님과 무사히 만났을까.
길재는 어떻게 된 걸까. 대체 어디로 사라져 버린 걸까.

바로 그때였다.

은국은 그 얼굴을 보았다. 길재를 꼭 닮은 병사가 은국을 노려보
고 있었다. 은국은 그 병사 앞에서 걸음을 멈추었다.

길재, 틀림없는 길재다.

"퉤!"

길재가 은국의 얼굴에 침을 뱉었다. 은국은 눈을 질끈 감았다. 윤 씨의 비명과 방 기사의 고함이 들렸다.

"이 자식이 미쳤나!"

"가만둬요!"

은국이 소리치며 눈을 떴다. 길재는 입꼬리를 한쪽으로 치켜들며 비웃음을 띤 채 은국을 노려보았다. 주변의 병사들이 노래를 건성으로 부르며 은국과 길재를 흥미롭게 쳐다보았다. 길재는 다시 시선을 바로 하고 목에 핏대가 서도록 소리 높여 군가를 불렀다.

달도 하나 해도 하나 사랑도 하나
이 나라에 바친 마음 그도 하나이련만
하물며 조국이야 둘이 있을까 보냐
모두야 우리들은 단군의 자손

"도련님."

방 기사의 눈짓에 은국이 퍼뜩 정신을 차렸다. 황기택이 저 앞에서 목을 길게 늘여 은국을 돌아보고 있었다. 윤 씨가 당황하며 은국에게 물었다.

"무슨 일이니, 이게?"

은국은 어머니의 등을 떠밀며 앞으로 갔다. 황기택이 끼어들었다기는 길재를 곤란하게 만들지도 몰랐다.

"아무것도 아니에요. 어서 가요, 어머니. 아저씨도 아무 말씀 말고 따라오세요."

방 기사 역시 여기서 소동이 벌어지는 건 원치 않는 듯했다. 세 사람은 줄지어 앞으로 나아갔다. 황기택이 기차에 오르는 게 보였다.

은국은 문득 걸음을 멈추었다. 이대로 헤어지면 두 번 다시 못 만날지도 몰랐다. 그토록 안부를 걱정했는데, 이렇게 다시 만났는데. 길재는 길재가 아닌 얼굴로 은국에게 침을 뱉었다.

은국은 그 이유를 짐작할 수 있었다. 길재는 상만을 고발한 사람이 은국이라고 생각하는 듯했다. 적어도 그 오해만은 풀어야 했다. 자신이 배신자로 낙인찍히는 게 두려워서가 아니었다. 길재가 그런 상처를 품은 채 전장으로 떠나도록 할 순 없었다.

"어머니."

윤 씨가 불안한 얼굴로 은국을 돌아보았다.

"아까 그 병사, 밴드부를 같이했던 제 동무예요. 잠시 얘기 좀 하고 올게요."

윤 씨가 은국의 옷자락을 와락 붙잡았다. 얼굴에 걱정이 가득했다. 은국은 어머니의 손을 부드럽게 떼어 냈다.

"약속드려요. 잠시면 돼요. 아저씨, 잠깐만 짬을 주세요."

방 기사가 난처한 눈길을 보내자 윤 씨가 허락의 뜻으로 고개를 끄덕였다. 방 기사가 옆으로 비켜서고 은국은 비좁은 틈을 헤치며 길재에게 달려갔다. 병사들은 바닥에 앉아 대기 중이었다.

은국이 무릎을 바닥에 대고 길재 앞에 앉았다.

"길재야."

길재는 귀가 먼 사람처럼 앞만 쳐다볼 뿐 미동도 하지 않았다. 시간이 없었다. 은국은 길재의 두 팔을 와락 붙잡았다. 앞쪽에 서 있던 소대장이 길재 쪽을 쳐다보자 방 기사가 달려가 뭐라고 설명했다.

"흥."

길재가 코웃음 치며 은국을 돌아보았다.

"길재야, 오해야. 상만이를 고발한 건……."

"네가 아니겠지."

길재가 은국의 말을 잘랐다. 은국은 뜻밖의 소리에 할 말을 잃었다. 길재를 잡았던 손에서 스르르 힘이 빠져나갔다. 길재가 다시 앞을 바라보며 입을 열었다.

"오해를 풀고 싶어 허겁지겁 달려오셨구나. 내가 바보야? 네가 그런 짓을 할 놈이 아니라는 것쯤은 잘 알고 있어. 누군지는 모르지만, 넌 상만이를 고발하지 않았겠지."

"그럼 왜 이러는 거야? 길재야, 내가 뭘 잘못……."

"아니, 넌 아무 잘못도 없어. 그냥 화풀이한 거야. 이 세상에, 이

개 같은 세상에다 침이라도 한 번 제대로 뱉지 않으면 울화병이 날 것 같았는데, 네가 마침 눈앞에 나타난 거야. 위세 등등한 아버지를 앞세우고 자애로운 어머니의 손을 잡고…… 그 대단하신 도련님 면상에 침 한 번 뱉으니 조금은 속이 풀리네."

방 기사가 다가왔다. 은국은 기다리라고 손짓하고 다시 길재를 바라보았다. 길재가 또 한 번 코웃음 쳤다.

"흥, 왜? 궁금해? 등신처럼 웅크리고 책만 파던 오길재가 어쩌다 이리 미쳤나 싶어? 나, 이제 무서운 거 없어. 상만이 숨겨 주다 딱 걸린 바람에 빨갱이 피해 고향으로 도망쳤다. 그런데 곧 국군이 돌아오데? 이제 살았구나 싶어서 좋다고 태극기 흔들어 댔는데, 그거야말로 최고의 병신 짓이었지. 부역자 때려잡는답시고 우리 아버지 끌고 가서 반 죽여 놓고, 우리 누이는 마을 한가운데에 세워 놓고 쏴 죽이더라. 우리 아버지가 마을에서 제일 가난하다는 이유로 농지 위원장이라나 뭐라나 감투를 썼거든. 토지 분배받았다고 우리 아버지가 인민 공화국 만만세, 술 자시고 환호도 좀 했던 모양이야. 우리 누이도 마찬가지야. 제일 못사는 집에서 태어나 제일 못 배우고 제일 못났으니 인민군들이 아주 제대로 대우해 줬나 봐. 그 죄야. 그 잠깐 동안 대우받은 죄로 개처럼 죽었다. 나라고 별수 있냐? 서울에서 무슨 빨갱이 짓을 하고 다녔냐고 족치더라. 빨갱이 피해서 고향으로 도망쳤다고 해 봤자 믿어 주나? 피똥을 싸면서 몇 달을 얻어터졌다. 그냥 때리는 거야. 김일성 만세 해 보래서 안 하면 말 안 듣는다고 패고, 하면 빨갱이라고 패고……. 그러다 감방에서 꺼내더니 이제 전쟁터로 몰아넣네? 그래도 경기 중학교 다니던 놈이라고 명색이 학도병이란다? 흥.”

길재가 계급장도 없는 군복 어깨를 은국 쪽으로 들어 보였다.

“그러니 침 한 번 뒤집어쓴 걸로 억울해 마라. 나는 총알 뒤집어쓰러 가는 길이니. 사격 훈련 딱 한 시간 받고 바로 전선으로 나가는 길이다. 봐, 나 안경도 없잖아. 안경 없으면 1미터 밖도 안 보인다고 했다가 또 얼마나 얻어터졌는지……. 하긴, 총 쏘라고 내보내는 거겠냐? 총알받이 삼으려는 거지. 보이든 안 보이든 무슨 상관이겠냐? 하긴 나도 그렇다. 매 맞아 죽으나 총 맞아 죽으나……. 그래도 시원하게 총질하다 죽는 게 낫지.”

뚜우우우. 열차가 기적을 울리며 출발 시간이 되었음을 알렸다.

길재는 다시 앞으로 고개를 돌렸다. 은국이 곁에 있다는 것도, 아니 은국이라는 동무가 존재했다는 사실마저도 잊은 듯한 얼굴이었다.

“도련님.”

방 기사가 재촉했다. 윤 씨도 가까이 다가와 있었다. 은국이 일어서려다 휘청하자 방 기사가 얼른 부축했다. 은국은 방 기사에게 이끌려 기차에 탔다.

기관차 바로 뒤에 붙은 두 객차는 안락했다. 실내는 따뜻하고 깔끔했으며 적당한 간격으로 배치된 의자에 한 사람씩 편히 앉을 수 있었다. 미군들이 절반쯤 되고 나머지는 고위급 인사나 부유층이었다. 식당차가 따로 없는 대신 객차 앞쪽에 마련된 임시 주방에서 커피를 비롯한 간단한 음료와 맥주 그리고 벤또(도시락)를 팔았다.

"아, 고단하다. 커피 한잔 마시면 딱 좋겠네. 설탕 듬뿍 넣고."

황기택이 자리에 앉으며 중얼거렸다. 객차 안까지 따라온 소위가 굽실대며 말했다.

"지금 준비 중인 모양이니 조금만 기다려 주십시오. 벤또도 꽤 고급이라니 가시는 동안 크게 불편하지는 않으실 겁니다. 차장에게 검사님을 잘 모시라고 당부해 두었습니다. 곧 찾아뵙고 인사 여쭐 겁니다."

황기택이 고개를 끄덕이고서 코트 주머니에서 누런 봉투를 꺼내 소위의 상의 주머니에 쓱 찔러 넣었다.

"국군만 믿겠네. 나도 남쪽에서 빨갱이를 때려잡아 전쟁을 도와야지. 장군께 안부 전해 드리게. 곧 서울에서 다시 뵙자고."

"네, 알겠습니다. 그럼 편안한 여행 되십시오."

소위가 거수경례를 하고 객차에서 내렸다.

황기택은 못마땅한 눈초리로 은국을 힐긋 보고는 창밖으로 눈길을 돌렸다. 앉으라는 뜻인 듯했다.

"앉으시지요. 열차가 출발합니다."

방 기사가 말했다.

"알겠네. 먼저 앉게. 나는 잠시⋯⋯."

윤 씨가 민망한 얼굴로 화장실 쪽을 힐긋 보았다. 방 기사가 눈치껏 물러나서 황기택의 뒷자리에 앉았다. 은국이 어머니에게 말했다.

"제가 모실게요."

윤 씨는 흡족한 얼굴로 웃으며 은국의 손을 꼭 쥐었다 놓고 앞장서 문을 열었다. 찬 기운이 와락 덤벼들었다. 따뜻한 객차에 있다 나와서 더욱 춥게 느껴졌다. 윤 씨는 두루마기 위로 두른 여우 목도리를 여미며 눈살을 찌푸렸다.

"얼른 다녀오세요."

윤 씨가 다시 웃음 지으며 은국의 얼굴을 새삼스러운 눈길로 찬찬히 바라보았다.

"우리 아들과 이리 함께 있으니 참 좋구나. 어미는 이제 더 바랄 게 없다."

"추워요. 어서 다녀오세요."

윤 씨가 화장실로 들어갔다. 기차가 서서히 움직이기 시작했다. 은국은 객차 사이의 연결 통로로 나갔다.

바로 뒤에 연결된 객차의 창문으로 일반 객실이 들여다보였다. 두터운 철문을 사이에 두고 있지만, 유리창으로 보이는 풍경만으로도 그 소리와 냄새와 고통과 절망이 고스란히 느껴졌다.

봉아 또래로 보이는 소녀가 유리창에 몸을 바싹 붙이고 서 있었다. 객차를 가득 메운 사람들에 떠밀려 유리창에 기댄 소녀의 얼굴은 완전히 짜부라져 있었다. 그래도 소녀는 무표정한 채 자세를 바꿀 생각조차 하지 않았다.

소녀가 기대선 그 출입문은 아예 땜질이 되어 있었다. 특실 객차 쪽으로는 아예 문을 열 수 없었다. 소녀는 결코 은국이 속한 세계로 건너올 수 없었다.

이편과 저편. 은국은 지금 그 사이의 찬 바람 속에 서 있었다. 다시 기적이 크게 울었다. 기차는 속도를 높이고 있었다. 이제 어머니가 화장실에서 나오면, 은국은 그 자애로운 손을 잡고 돌아가 안락한 의자에 앉게 될 것이다.

먼지 섞인 바람이 불어와 은국의 뺨을 쳤다. 동면에서 깨어나듯 은국의 의식 한편에 서서히 빛이 들었다.

또다시 갈림길에 서 있었다. 기차를 타고 아버지의 세계로 깊이 들어가거나, 기차에서 내리거나.

은국은 아버지의 세계로 가고 싶지 않았다. 유리창에 얼굴을 붙이고 선, 봉아를 닮은 저 소녀에게 뒷모습을 보이고 싶지 않았다. 길재의 분노를 모른 체하고 도망치고 싶지 않았다. 스스로를 부끄러워하며 살 순 없었다.

아마도 학성의 말이 옳을 것이다. 대개의 경우 선택의 결과는 그다지 만족스럽지 않을 테지만 그렇다고 아무것도 선택하지 않을 수는 없었다. 그 무엇도 선택하지 않는다는 것은, 자신은 아무것도 아닌 사람이라는 뜻인지도 몰랐다. 자신만의 선택은 해 본 적도 없는 빈껍데기. 바람 따라 이리저리 떠밀려 다니는 쭉정이.

동굴에서 아버지에게 무릎 꿇은 뒤 더 이상 선택의 기회는 없을 줄 알았다. 하지만 그렇지 않았다. 선택의 기회란 누군가 주는 게 아니라 스스로 만드는 것이다. 지금이 은국에게 그런 순간이었다.

은국은 화장실 쪽을 돌아보았다. 어머니, 죄송합니다.

어디로 가려는지는 아직 모른다. 그건 어디로든 갈 수 있다는 뜻이기도 했다. 지금 이 순간처럼 매 순간 스스로 고민하고 결정하며 한 발자국씩 나아가면 된다.

아버지의 기차에서 내린다는 것은 전쟁의 불길 속으로 뛰어든다는 의미였다. 지금의 세상에 다른 선택지는 없었다. 이편과 저편 가운데 한쪽을 택하라는 강요만 있을 뿐, 총을 들지 않을 자유는 없었다. 총을 들게 된다는 것은 죽음을 뜻했다. 내가 죽거나, 나로 인해 누군가 죽거나. 그런 순간에 나는 어떤 선택을 하게 될까. 무엇이 옳고 무엇이 그른 걸까. 은국은 아무것도 확신할 수 없었다. 다만 한 가지 자신할 수 있는 것은 어떠한 순간에도 스스로에게 부끄럽지 않은 선택을 하겠다는 지금의 이 마음이었다.

기차는 이제 역사 바깥으로 달려 나가고 있었다. 전쟁의 소용돌이가 휘몰아치는 서울 거리가 눈에 들어왔다. 은국은 그대로 기차에서 뛰어내렸다. 선로가 깔린 자갈밭을 구르다 곧장 일어나 좌우를 살폈다. 한때는 남북을 잇던, 그렇게 대륙 저편까지 나아갔으나

이제는 끊어지고 구부러져 버린 길. 그렇게 어디로 향하는지 알 수
없게 된 선로가 자갈 위로 길게 뻗어 있었다.

은국은 요란하게 자갈을 밟으며 기차와 반대 방향으로 달리기
시작했다.

1953년 7월 27일

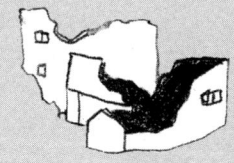

서울은 또 다른 여름을 보내고 있었다.

너나없이 올여름은 유난히 덥다는 불평들을 늘어놓았다. 괜한 불평이 아니라 실제로 지독하게 더웠다. 유례없이 늘어난 인구로 서울은 몸살을 앓았다.

거리에도, 장터에도, 학교에도, 공장에도, 어디에나 콩나물시루처럼 들어찬 사람들의 열기로 후끈거렸다. 다른 이의 열기에 숨이 막혔고, 숨이 막힌 탓에 다른 이에게 또 열기를 뿜어내었다. 서울은 달궈진 가마솥처럼 이글거렸다. 모두의 가슴에서 홧홧하게 불길이 일었다. 오늘 하루를 무사히 넘겼다 해도 내일은 또 어찌 살아야 할지 막막했다. 가끔 내리는 소나기는 한때의 위안일 뿐 지독히 더운 여름은 끝날 기미를 보이지 않았다.

느닷없이 전란 속에 내던져진 지 이미 삼 년이 넘었다. 그 사이 서울은 네 번이나 주인이 바뀌었다. 그렇게 힘 있는 자들이 서울을 두고 줄다리기를 하는 동안, 사람들은 너무도 많은 것을 잃었다. 전쟁에 대한 책임 없는 사람들이 전쟁에서 가장 많은 것을 잃었다. 이제 남은 것은 기나긴 전란 속에서도 끝내 살아남은 강인한 목숨 뿐이었다. 폭격보다 두려운 것은 삶이었다. 서울은 삶과의 격렬한 전쟁을 치르고 있었다. 먹고살기 위한 아우성은 포성보다 요란했고, 살아남기 위한 몸부림은 육탄전보다 치열했다. 삶은 전쟁보다 지독했다.

아이들만 여름을 만끽하며 뛰놀았다. 방학을 맞이한 아이들은 온종일 골목을 누비고 다녔고, 먹고사느라 학교에 다니지 못하는 아이들조차 방학의 흥분에 휩쓸려 덩달아 들썩였다. 변변찮은 먹거리로 아침을 때운 아이들은 누가 먼저랄 것도 없이 바깥으로 내달렸다.

전쟁의 잉걸불이 이글거리는 서울 거리는 흥미진진했다. 장총을 곧추세운 군인들이 거리를 따라 줄지어 왔고 지프차를 탄 미군들이 뜻 모를 말을 지껄이며 서울을 누볐다. 잘려 나간 팔 대신 쇠갈고리를 달고 다니는 상이 병사들의 모습조차 경이로운 데가 있어 보였다. 빨갱이라는 죄목으로 끌려가는 사람들에게 무턱대고 돌팔매질을 하는 것도 짜릿한 일이었다. 골목마다 전쟁 무용담이 흘러넘쳤다. 들어도 들어도 지겹지 않을 만큼 흥미로운 이야기들이었다. 전우의 시체를 넘고 넘어 앞으로 앞으로……. 아이들은 군가를 소리 높여 부르며 전쟁 이야기를 곱씹었다. 전쟁은 더 이상 두려움의 대상이 아니었다. 공습경보에 오줌을 지리며 엄마 품으로 파고들었던 것은 오랜 추억일 따름이었다.

그러다 해가 중천에 떠오를 때쯤이면 아이들도 슬슬 지쳤다. 그나마 점심거리라도 있으면 다행이었고 그렇지 못하면 개천에 머리를 박고 물로 배를 채웠다. 뿔뿔이 흩어지기는 싫어서 그늘로 몰려가 서로 등을 기대고 꼬박꼬박 졸기 시작했다.

바로 그때, 한반도에 긴 사이렌이 울려 퍼졌다.

이 년 동안 줄다리기를 거듭하던 정전 협정이 드디어 체결되었다는 신호였다. 한반도의 전쟁은 사이렌이 울린 시점의 바로 그 자리에서 멈추었다. 북위 38도를 기준으로 두 동강 난 채 해방을 맞이했던 한반도는, 그때와 별반 다를 것 없이 북위 38도를 불규칙하게 넘나드는 155마일의 전선을 기준으로 다시 쪼개어졌다. 그렇게 남북을 오르내리며 제자리로 돌아오는 동안 남한에서는 약 15만의 병사와 100만의 민간인이 희생당했고, 북한에서는 약 50만의 군인과 200만의 민간인이 사망했다. 그렇게 세상을 떠난 사람들 대부분은 자신이 왜 죽는지 알지 못했다.

정전.

전쟁이 멈추었다. 얼마나 긴 시간의 쉼표가 될지는 알 수 없으나 그 순간 비로소 전쟁은 광폭한 질주를 멈추었다. 전쟁이 멈춘 그 자리는 앞으로 군사 분계선 혹은 휴전선이라 불리게 될 것이며, 그 경계선으로부터 남북 약 5킬로미터 지역은 비무장 지대라는 이름의 진공 상태가 될 예정이었다.

남과 북, 어디에도 속하지 않는, 그 누구도 가질 수 없고 다스릴 수 없는 땅.

전쟁은 그곳에 지친 몸을 부렸다. 어쩌면 오래도록 깊은 잠을 자게 될지도 모른다. 언젠가 찌뿌듯한 몸을 일으켜 다시 그 벌판을 호령하는 꿈을 꾸며.

사이렌이 그치자 정적이 찾아들었다. 돌연한 바람이 불어와 뭉게구름을 흩어 놓았다. 잠시 구름에 가려져 있던 여름 해가 다시 기세를 올려 뙤약볕을 쏟아 내었다.

아이들은 눈살을 찌푸리며 잠에서 깨어났다. 무성한 나뭇잎 사이로 따가운 햇살이 비쳐 들고 있었다. 누가 먼저랄 것도 없이 손등으로 눈가를 비비며 일어나 주위를 두리번거렸다. 뭐라고 딱 꼬집어 말할 순 없지만, 아까와는 다른 분위기가 느껴졌다.

골목 약방 앞에 어른들이 잔뜩 모여 서 있었다. 모두가 입을 꼭 다물고 잔뜩 귀를 기울인 채 라디오만 뚫어져라 지켜보았다.

"정전 협정이 체결됨에 따라⋯⋯."

아나운서의 격앙된 목소리와는 달리 라디오를 듣는 사람들의 분위기는 차분했다. 긴장감이 감돌고 있을 뿐 승리를 축하하지도,

패배를 한탄하지도 않았다. 전쟁이 끝났다는 소식에 잠시 안도했지만, 그럼에도 삶은 계속된다는 사실을 잘 알았다. 사람들은 고단한 얼굴로 하나둘 자리를 떴다.

"대통령 이하 정부는 북괴의 남침을 막아 낸 승리를 자축하며 국민 여러분께……."

아나운서가 전하는 치하의 말이 끝나기도 전에 사람들은 어디론가 바삐들 걸음을 재촉했다.

전쟁은, 전쟁에 대한 기억은 어딘가 깊이 파묻어 버린 지 오래였다. 서울은 더 이상 전쟁을 기억하지 않았다. 그 여름의 서울이 무엇을 아파했는지, 그때 서울의 사람들이 무엇을 꿈꾸었는지, 더 이상 아무도 궁금해하지 않았다. 남은 것은 오직 전쟁으로부터 살아남은 지독한 삶이었다.

아직 삶으로 내던져지지 않은 아이들만이 전쟁을 추억했다. 머리 굵은 녀석 하나가 허리춤에 차고 있던 냄비를 머리에 뒤집어쓰며 나뭇가지를 번쩍 치켜들었다.

"국군 할 사람 여기!"

아이들은 부리나케 전투를 준비했다. 제가끔 무기를 준비하고 눈치껏 국군 편에 붙어야 했다. 승패는 이미 결정되어 있었다. 재바른 녀석들은 국군 대장 앞에 줄을 서서 사뭇 비장한 표정을 지었다. 삽시간에 전열이 갖추어졌다. 왁자하던 골목이 일순 조용해졌다.

냄비를 쓴 국군 대장이 흡족한 얼굴로 아이들을 둘러보고는 나뭇가지로 상대편을 가리키며 크게 소리쳤다.

"돌격!"

오후의 전투가 시작되었다. 땅! 땅! 땅! 앳된 총성이 메아리치는 가운데 여름 해는 절정을 지나 서서히 저물어 가고 있었다.

그 여름의 서울로부터 1,128일이 흐른, 1953년 7월 27일 정오를 넘긴 어느 무렵이었다.

그 일요일의 오후, 나는 철원에서 시간의 문을 열었다. 어쩌면 철원이 내게 오래된 문을 열어 보였다는 표현이 맞을지도 모르겠다. 혹은 굳게 잠겨 있던 자물쇠가 시간에 마모되어 저절로 열리고 만 것일지도.

강원도 철원군 관전읍 관전리. 민간인 출입 통제선 바로 안쪽의 폐허가 되어 버린 땅에 홀로 우뚝 서 있는 오래된 건물이 하나 있다. 넓은 광장을 내려다보듯 서 있는 3층 석조 건물의 정식 명칭은 조선로동당 철원군 당사. 건물이 지어졌던 1947년 당시에는 조선로동당이 아니라 조선공산당이었다. 이제는 역사의 뒤안길로 사라진 이름이지만 건물의 형태는 아직도 거의 온전하게 남아 있다.

비록 폭격에 지붕이 꺼져 내렸고 벽면에도 총탄 자국이 빼곡하지만 처음의 위용을 능히 짐작할 만하다.

1945년 8월 15일.

식민의 시대가 종언을 고하고 해방의 아침이 밝아 오던 때, 희망에 찬 마음으로 새 시대를 맞이하며 읍내 한가운데에 보란 듯이 웅장한 건물을 지었을 것이다. 하필이면 식민 통치의 상징이던 경찰서 바로 옆에다 그와는 비할 수 없이 웅장한 건물을 지어 올린 것이니, 로동당사는 그날의 희망을 상징하는 기념비였으리라.

바로 그곳이 출발점이었다. 이제는 묘비처럼 홀로 남겨진 오래된 건물 앞에서 나는 해방의 날로 거슬러 오르는 시간의 문을 열었다. 역사책에 박제된 사건이 아니라 해방의 날을 벅차게 맞이했던 그때의 사람들을 찾아 나섰다. 그들의 눈동자를 들여다보고 생생한 숨결을 느끼며 가슴에서 울려 나오는 목소리를 들으려 애썼다. 그들의 목소리를 받아 적는다는 심정으로 기나긴 이야기를 쓰기 시작했다.

1945년 8월 14일 자정 무렵, 천애 고아나 다름없는 처지로 부잣집 행랑살이를 하던 어린 소녀 경애의 사소한 의문으로부터 시작되는 전작 『1945, 철원』에서 1953년 7월 27일 정오 무렵, 골목을 누비며 전쟁놀이에 열중하는 꼬마 녀석들의 신바람 난 목소리로 끝나는 『그 여름의 서울』까지.

육십 년 전의 그날, 한국 전쟁은 일단 종지부를 찍었다. 아니, 종지부라고 할 수는 없다. 1953년 7월 27일 정오의 사이렌을 신호로 정전 협정이 체결되며 '6·25'라고 불리는 하나의 전쟁이 끝났을 뿐, 한반도는 여전히 전쟁 중이다. 종전이 아니라 정전 혹은 휴전일 뿐이다.

전쟁 나면 앉은 자리에서 다 죽을 테니까 피란 갈 필요도 없어.

초등학생끼리 이런 말을 아무렇지 않게 주고받는 세상이다. 전쟁 발발 시 우리 동네의 생존율이 얼마나 되는지 인터넷으로 검색해 볼 수도 있다. 청년들은 당연히 군대에 가야 하고, 총을 들기를 거부하면 감옥에 가게 된다. 한반도에서 전쟁은 선택 사항이 아니라 강제된 것이다. 한반도에서 살아가는 우리 모두에게 전쟁은 역사가 아니라 일상이다.

단지 휴전선을 사이에 둔 군사적 대치 상황에 국한된 이야기가 아니다. 누군가를 밟고 올라서지 않으면 안 되는 세상은 전쟁을 잉태하고 있다. 네 것을 빼앗아 내 것으로 만들어야 잘살 수 있는 세상에서는 삶이 곧 전쟁에 다름 아니다. 그것이 총탄 빗발치는 물리적 전쟁으로 변하는 것은 시간문제일 뿐이다. 전쟁은 그 첫 단추를 누르는 누군가의 손끝에서 비롯되는 것이 아니다.

그것이 그날로부터 내가 전해 들은 이야기다. 해방을 벅차게 맞이하던 『1945, 철원』의 아이들, 그리고 전쟁의 시대를 숨 가쁘게 살아가던 『그 여름의 서울』의 아이들이 내게 그렇게 말해 주었다.

그날의 목소리를 제대로 전한 것인지 걱정스럽다. 이렇게 책을 마무리하고 작가의 말을 쓸 때쯤이면 나로서는 할 만큼 했다며 툭툭 털고 돌아서게 마련인데, 이번에는 못내 아쉽기만 하다. 그러나 마음을 다해 그날로 통하는 문을 조금 열어 두었다고 위안하며 마침표를 찍는다.

빼앗지 않아도 풍요로울 수 있고 올라서지 않아도 존엄할 수 있는 세상을 꿈꾸며, 그리하여 이 땅의 아이들이 더불어 평화로울 수 있기를 기원하며.

2013년 여름의 서울에서
이현

창비청소년문학 51

그 여름의 서울

초판 1쇄 발행 • 2013년 6월 17일
초판 12쇄 발행 • 2022년 10월 14일

지은이 • 이현
펴낸이 • 강일우
책임편집 • 김효근
펴낸곳 • (주)창비
등록 • 1986년 8월 5일 제85호
주소 • 10881 경기도 파주시 회동길 184
전화 • 031-955-3333
팩시밀리 • 영업 031-955-3399 편집 031-955-3400
홈페이지 • www.changbi.com
전자우편 • ya@changbi.com

ⓒ 이현 2013
ISBN 978-89-364-5651-1 43810